Nina Bach

Stadt, Land, Mann

Montlake

Das Buch

Nathalie und Ina sind beste Freundinnen und lieben das Großstadtleben in Berlin. Als Ina von ihrem Freund sitzen gelassen wird, ist Nathalie sofort zur Stelle und fest entschlossen, sie so schnell wie möglich wieder an den Mann zu bringen. Gerade als es zwischen Ina und dem attraktiven Barkeeper Nick zu funken scheint, erbt Ina ein Gasthaus im tiefsten Schwarzwald. Während sie die High Heels gegen Gummistiefel tauscht, stellt Nathalie fest, dass sie Nick selbst nicht von der Bettkante stoßen würde. Und plötzlich steht auf der Kippe, woran die zwei Frauen in all den Jahren von Liebeskummer und Karrierefrust nie gezweifelt haben – ihre Freundschaft.

Die Autorin

Nina Bach ist das Pseudonym der erfolgreichen TV- und Radioreporterin Kristina Hortenbach. Sie hat Politik, Geschichte und Germanistik studiert und sich seitdem einen Namen als Promireporterin gemacht. Neben zahlreichen Interviews hat Nina Bach unter anderem Restaurantführer geschrieben und einen Sprachratgeber entwickelt. »Stadt, Land, Mann« ist ihr erster Roman.

NINA BACH

STADT, LAND MANN

ROMAN

Montlake

Deutsche Erstveröffentlichung bei
Montlake, Amazon Media EU S.à r.l.
38, avenue John F. Kennedy, L-1855 Luxembourg
Mai 2021

Umschlaggestaltung: bürosüd° München, www.buerosued.de
Umschlagmotiv: © GoodStudio/Shutterstock; © Antikwar/Shutterstock;
© girafchik/Shutterstock; © KittyVector/Shutterstock;
© Daniela Iga/Shutterstock; © Incomible/Shutterstock; © Anastasia_B/
Shutterstock; © Ksenia Zvezdina/Shutterstock
Lektorat: Marketa Görgen
Lektorat und Korrektorat: VLG Verlag & Agentur, Haar bei München,
www.vlg.de
Gedruckt durch:
Amazon Distribution GmbH, Amazonstraße 1, 04347 Leipzig /
Canon Deutschland Business Services GmbH, Ferdinand-Jühlke-Straße 7,
99095 Erfurt /
CPI books GmbH, Birkstraße 10, 25917 Leck

ISBN 978-2-49670-787-8

www.montlake.de

Für alle Freundinnen

10 Punkte, an denen Sie merken, dass die Liebe flöten geht:

1. Wenn Sie Händchen haltend spazieren gehen wollen, behauptet er, Sie wollten ihn vors nächste Auto ziehen.

2. Sie möchten Sex und er sagt: »Aber ich muss doch noch das Buch auslesen.« Er ist leider erst auf Seite 7.

3. Wenn er anfängt, aus seiner Hälfte der Putzrechnung Ihre Steuerermäßigung abzuziehen.

4. Wenn er unter einem gelungenen Abend versteht, sich alle aufgenommenen Reportagen über das Aussterben der Feuerqualle anzusehen.

5. Wenn er beim romantischen Sonnenuntergang nur an Mücken und das nächste Bier denkt.

6. Wenn Sie spät nach Hause kommen und er gar nicht fragt, wo Sie waren.

7. Wenn er bei jedem zärtlichen Annäherungsversuch die Decke unter seinen Beinen feststeckt und »Lass das!« ruft.

8. Wenn Sie seine Zunge seit Monaten nicht mehr gespürt haben, nirgendwo.

9. Wenn er mantramäßig den Satz wiederholt: »Sex wird überschätzt!«, auf Ihre Gegenfrage »Warum?« aber keine Antwort weiß.

10. Wenn er in letzter Zeit ständig »Ich liebe dich« sagt, was er vorher nur unter Androhung von Folter und Geschirrspülen getan hätte.

Kapitel 1

»Ina!«

Bäng!

»Jetzt sag schon, was ist passiert?«

Bäng!

»Du bist mit deinen neuen Schlangenleder-High-Heels im Gullygitter hängen geblieben und Tom musste dich nach Hause tragen?«

Bäng!

»Ähm, du kamst vom Klo, hattest dein Kleid hinten in der Unterhose stecken und alle haben's gesehen?«

Bäng!

Ina hörte die Stimme ihrer besten Freundin Nathalie wie durch eine Glasscheibe. Ach, es war ja eine Glasscheibe. Die dicke, bis eben sauber geputzte Scheibe dieses extravaganten gläsernen Esstischs in Nathalies Wohnzimmer. Durch diese Glasscheibe nahm Ina jetzt die Blicke ihrer Freundin wahr. Nathalie kniete auf dem Teppich vor ihr, schaute sie verzweifelt von unten an und stellte ihr eine Frage nach der anderen.

»Jetzt weiß ich's – es war der romantischste Abend deines Lebens und Tom hat dir einen Heiratsantrag gemacht?«

Bäng! Bäng! Bäng!!

»Waaas? Ist nicht wahr?«

»Nahaaaain.« Ina hob mit gequältem Gesichtsausdruck ihren Kopf von Nathalies Glastisch. Auf der Stirn zeigte sich ein fetter roter Fleck.

Am liebsten hätte sie die Erinnerungen an den letzten Abend mit Tom aus ihrem Kopf gehauen … ach, am besten gleich die an die letzten Wochen mit ihm. Dabei hatte doch alles so wunderbar angefangen. So anders. Tom sah gut aus. Ina hatte gar nicht mehr daran geglaubt, im Internet auf so jemanden zu stoßen. Nathalie hatte noch gelästert, dass beim Internet-Dating doch nie ein Prinz an der Maus saß, sondern immer nur Frösche, die uralte Fotos hochluden.

Einer schrieb vielversprechend unterhaltsam und hatte als Beruf »Autor« angegeben. Als Ina ihm dann aus ihrem Leben erzählte, antwortete er nicht mehr und änderte seinen Beruf in »Bananenzüchter«.

Ein aussichtsreicher Kandidat, mit dem sich Ina auch tatsächlich getroffen hatte, war immerhin Kinderchirurg, dafür trug er Wampe, Haarkranz und dicke Brille und wollte sie nach dem zweiten Treffen nicht mehr sehen, weil ihn ihre Haltung zu Syrien störte. Ina konnte sich wirklich nicht mehr daran erinnern, auf welchen Wegen ihr Gespräch damals in der syrischen Wüste versandet war. Dabei hatten sie 84 Prozent Gemeinsamkeiten, behauptete das Computersystem. Die bezogen sich wahrscheinlich auf den Bauchumfang.

Mit Tom war das anders: Es war sein erstes Internet-Date gewesen und ihr letztes, so ihr Vorsatz. Deshalb hatte sich Ina weder geschminkt noch die Haare frisch gewaschen und saß cool, ja fast schon desinteressiert hinter ihrer *Vogelfreund*-Fachzeitschrift, als er in ihre Stammbar kam. Und es hatte gleich gefunkt.

Hätte sie doch einen Tag früher ihr Profil gelöscht! Tom war nicht der Letzte, er war das Letzte. Das wusste sie jetzt.

Ina sah ihre Freundin Nathalie ernst an. »Wir haben uns gestritten wie noch nie«, sagte sie. »Ich glaube, das wars.«

Bäng!

Nathalie zog ihre Freundin in die Senkrechte. »Ina, lass den Corbusier in Ruhe, der steigt noch im Wert. Ich dachte, ihr wart gestern schön essen, in diesem neuen hippen Futterschuppen in Mitte, den ich dir empfohlen hatte. Aber jetzt erzähl mal der Reihe nach.«

Ina versuchte, sich an jeden Gang des Molekularmenüs im gerade angesagten Laden in Berlin zu erinnern. Lauter komische Kleinigkeiten. Und zu jedem Gang ein Sake.

»Warum hast du mir nicht früher gesagt, dass so ein Sake schon mal sechzehn Prozent hat?«, maulte sie ihre Freundin an. »Wer trinkt denn literweise Reisschnaps zu drei Sirtaki-Pilzen?«

»Shitakepilze, aus der Familie der Schwindlingsverwandten, du Anfängerin«, verbesserte sie Nathalie.

»Schwindlings-was?« Ina spürte noch jedes Prozent der Sake-Sause durch ihren vorderen Hirnlappen Sirtaki tanzen. »Das Essen war ja ganz harmonisch«, fing sie an zu erzählen. »Tom hat vom Urlaub geschwärmt, wie schön es doch war mit mir und seinen Kindern beim Camping.«

»Du meinst, als ihr vierzehn Tage lang im Reihenhausgarten bei seiner Mutter gezeltet habt?«, unterbrach Nathalie Inas Redefluss. »Bei Regen! Mit den Kindern! In einem Zelt! Und Tom sich nichts weiter einfallen ließ, als jeden Tag ein neues Gesellschaftsspiel aus dem Rucksack zu zaubern. So hast du es mir damals erzählt. Meinst du etwa diesen wundervollen Wellnessurlaub im Sauerland?«

»Ach, Nattie …« Ina wusste, dass ihre Freundin nur deshalb so streng war, weil sie das Beste für sie wollte. Nathalie passte immer ein bisschen auf sie auf – seit ihrer ersten gemeinsamen Flurfete im Studentenwohnheim, auf der sie sich kennengelernt hatten. Als Nathalie sie davor bewahrt hatte, auf den

Schönling des Stockwerks reinzufallen. Auch diesmal hatte ihre Freundin recht, was Tom betraf. Tom hatte gleich beim ersten Rendezvous seine Päckchen auf den Tisch gelegt, zwischen ihre geliebten Sex-on-the-Beach-Cocktails, in Form seiner beiden Kinder von zwei verschiedenen Frauen in zwei verschiedenen Städten. Da war ihr etwas mulmig geworden, was nicht an den Cocktails lag. Und schon wurden die Blagen wechselweise fast jedes Wochenende eingeflogen und lagen zwischen ihnen im Bett und wollten morgens um sechs Uhr mit Papa kuscheln. Nein, so einen Sonntagmorgen mit dem Liebsten hatte sich Ina anders vorgestellt. Fast zwei Jahre ging das jetzt schon so. Solang sie mit Tom zusammen war, solang war ihre Beziehung ein Kampf um seine Zeit, sein Herz. Aber gestern … gestern hatte sie ihren Tom ganz für sich allein gehabt, ihren schönen Banker.

»Also«, fuhr Ina fort, »nach dem Essen wollten wir noch was trinken gehen, und natürlich fuhr die Tram wieder nicht, also wollte Tom laufen und ich hing an seinem Arm, weil die neuen Schlangenlederstiefel … na ja, die gabs nur noch in vierzig … Und da fing er an.«

»Dich zu küssen?« Nathalie schaute sie erwartungsvoll an.

»Nein, zu meckern. Warum ich ständig an ihm dranklebe, Händchen halten will, knutschen, alles. Der flippte richtig aus.« Ina spürte, wie die Prozente in ihrem Hirnlappen vom rhythmischen Zumba zu einem wütenden Pogostampfen übergingen. Ihre Stimme wurde höher. »Er will überhaupt keine Zärtlichkeiten mehr mit mir, im Bett ist auch Flaute, und das seit Monaten.« Ina kamen die Tränen.

»Mooooment!« Nathalie sprang auf. »Ich bin gleich wieder da.« Als sie aus der Küche zurückkam, hatte sie eine Flasche Tonic in der einen und eine Flasche Gin in der anderen Hand. Eine sehr kleine Flasche Tonic und eine sehr große Flasche Gin, fand Ina. »So, mein Hasenpuschel«, Nathalie grinste sie an,

»Alkohol muss man mit Alkohol bekämpfen, und Männer kann man sowieso nicht anders ertragen als betrunken.«

Nathalie weiß einfach immer, was zu tun ist, dachte Ina. *So selbstsicher wie ein Mann. Vielleicht verabscheut sie deshalb Mädchengetränke mit Männernamen wie Hugo und erwachsene Frauen, die sich auf den Mund küssen und »Süße« nennen.* Nathalie goss ihr Gin ins hohe Glas mit den Worten: »Jetzt wollen wir deine schwierige Situation erst mal in Ruhe analysieren.«

* * *

Zwei Stunden und x Gin Tonic später kam Ina der flüchtige Gedanke, dass ihr Gesicht die Farbe von Nathalies eigenhändig angestrichener Esszimmerwand angenommen haben musste: Radicchio. Oder hatte es Nathalie damals Terre d'Egypte genannt? Das Reden fiel Ina etwas schwer nach dem Gin, aber jetzt musste alles raus, ihre ganze Leidensgeschichte mit dem Titel Tom.

»Ständig muss er seine Ex-Freundinnen treffen. Die himmeln ihn alle an, aaallllleeee, immer noch. Mit der einen geht er zum Badminton, was issn das fürn Sport, Feeeederball! Dass ich nicht lache!« Ina brach in ein kurzes gackerndes Lachen aus und hinterließ beim Sprechen Tröpfchen auf Nathalies Glastisch. Sie redete sich in Rage. »Die andere is seine Ärztin. Die guckt ihm jedes Jahr in den Popo. Das ist doch nicht normaaal. Und eine stand mal am Sonntag im Wohnzimmer mit Geschenken für seine Kinner. Ich hab sie rausgeschmissen, das blöde Weib!« Ina schrie ihre beste Freundin Nathalie jetzt fast an. Deren Augen sahen ihr unter dem strengen Bubikopf kritisch ins Gesicht, aber Inas Redefluss war nicht zu stoppen.

»Und weissu noch, als wir bei dieser unsäglichen Juristenparty waren und ich um jeden Drink betteln musste?

Gemeinsames Portmonee auf 'ner Party, pfffff. So ein Geizhals! Mehr Gin!«

Auffordernd hielt Ina ihrer Freundin das leere Glas hin und entdeckte Nathalies Lebensgefährten Johannes in der Tür. »Hallo, Hannes, was machst du denn hier? Haben deine Studenten ihren Dozenten schon gehen lassen für heute?«

»Na, ich wohne hier. Wollt ihr nicht lieber den günstigen Gin wegsüffeln? Den teuren aus dem Schwarzwald brauche ich noch für das Hohenloheschwein.«

»Haaaaa, Schweinchen Schlau«, kreischte Ina, bevor ihre Freundin auch nur den Mund aufmachen konnte. »Komm, küss uns mit deiner feuchten rosa Schnauze.«

Nathalie lächelte ihrem Freund entschuldigend entgegen. »Wir haben hier so was wie einen Liebesnotfall.«

Johannes blickte zweifelnd. »Ich bin dann mal in der Küche! Du weißt, wir haben nur Schwein für zwei.«

Kapitel 2

10 Dinge, die eine verlassene, betrunkene Frau niemals machen sollte:

1. **Ihn bis zu 37 Mal täglich anrufen, um zu fragen, ob sie tatsächlich getrennt sind.**

2. **Alle Fotos von ihm wegschmeißen – daraus lassen sich noch tolle Gesichter für Voodoo-Puppen basteln.**

3. **Sich mit der besten Freundin vor Liebeskummer besaufen und dann den Ex besuchen.**

4. **Ihm rührselige Nachrichten oder E-Mails mit Küsschen-Emojis schreiben.**

Nathalie kaute an ihrem linken kleinen, perfekt lackierten Fingernagel im aktuell angesagten Farbton »Dancing in the rain« und grübelte. Was so ein bisschen Gin Tonic bei Ina doch auslösen konnte! Es hätte nicht viel gefehlt und sie hätte sich in Johannes' neuen Wasserkocher übergeben, den von innen beleuchteten. Aber für Nathalies wöchentliche »10-Punkte-Liste« in ihrem Klatschblatt war ihre Freundin ein steter Quell.

Sechs Punkte fehlten ihr noch. Nathalie griff zum Hörer.

Ina meldete sich. »*Beißer*, die Zahnarztzeitschrift, guten Tag.«

»Na, du Schnapsdrossel, haben wir wohl geruht?«

»Ach, Nattie, du bists!«

»Lass mich raten, du dachtest, ich bin Tom, was?« Nathalie wusste, wie ihre Freundin tickte. Warum Ina nur immer an den falschen Kerlen klebte? Ihre bisherige Männerwahl war nach Nathalies Geschmack und positiv ausgedrückt *interessant* gewesen. Während neunundneunzig Prozent der Frauenwelt auf Model mit Knackarsch standen und sich nicht zwischen George Clooney und Brad Pitt entscheiden konnten, war es bei Ina immer der Typ Professor gewesen, mit schütterem Haar und wahrscheinlich auch Mundgeruch. Gern verheiratet oder bindungsunfähig, am besten beides. Nathalie hatte nie verstanden, woher ihre Freundin diese Vorliebe hatte. Umso erfreuter war sie gewesen, als Ina ihr Tom vorgestellt hatte. Mit ihm war Ina monatelang das Modell Banker mit zwei Kindern gefahren, was erst mal nach schicken Partys und viel Geld klang – die Kinder bekam man sicherlich auch irgendwo geparkt. Aber leider entsprach Tom nicht so ganz dem Klischee des typischen Karrierebankers. Guter Body, guter Job, das musste Nathalie zugeben, aber leider war er knauserig, vor allem mit seiner Zeit, mit seiner Liebe. Vor allem, was Ina betraf.

Und wenns in der Liebe nicht so lief, begegnete Ina ihrem Frust mit Essen.

Nathalie grübelte. Sie selbst hatte am gestrigen Abend mit Johannes ein Fläschchen Wein geleert zum Hohenloheschwein. Das hatte Stil. Dagegen konnte sie sich gut vorstellen, dass Ina zur selben Zeit in ihrer dunklen kleinen Altbauküche ihrem Ärger über Tom mit ein paar hart gekochten Mayonnaise-Eiern entgegengetreten war – wie immer. Dabei wollte ihre

Freundin doch mal wieder abnehmen. Und wollte sie nicht von Vegetarierin auf Veganerin umsatteln?

Nathalie kam kurz der Gedanke an Mutter Beimer aus der »Lindenstraße«. Eine TV-Serie, die beendet worden war – genau wie Inas Beziehung. So was von gestern. Dabei sollte Ina doch gut aussehen und fit sein, jetzt, da sie wieder Single war.

»Erzähl, du Superweib, was hast du alles angestellt, nachdem du bei mir raus warst? Ich hätte dir ja die Couch ausgezogen und Johannes davon überzeugt, dass zwei mit Gin abgefüllte Frauen kein bisschen anstrengend sind, aber du musstest ja unbedingt nach Hause.«

Ina klang kläglich. »Na ja, ich wollte ja eigentlich nur noch die Vögel füttern und ins Bett, aber dann dachte ich, ich sollte die Sache doch lieber sofort klären. Nicht schlafen gehen, ohne sich vorher auszusprechen – alte Regel, weißte doch. Aber dann fiel mir ein, dass Tom seinen Eishockeyabend hat mit seinen Jungs.«

Nathalie seufzte innerlich und schaute im Computer, ob sie neue Mails bekommen hatte. Dieser Tom musste aber auch jede freie Minute mit irgendeinem Sportquatsch verbringen. »Lass mich raten, du bist raus zur Halle und hast ihm seinen Schläger ordentlich in seinen Puck gerammt.«

»Äh, das hatte ich vor«, klärte Ina sie auf. »Ich habe mir die Feuchtigkeitsmaske vom Gesicht gewaschen, meinen kürzesten Rock angezogen und bin los zur Halle. High Heels, Hochsteckfrisur – so wie er's mag.«

»Und, haste ihn gefunden, Ina?«

»Na ja, das Spiel lief, und ich weiß ja, dass Tom im Tor steht. Also bin ich hin zu ihm.«

»In High Heels, übers Eis?«, fragte Nathalie skeptisch.

»Ja, das war das Problem. Nach drei Schritten hat's mich hingelegt und alle haben blöd geglotzt. Da bin ich zu ihm hingerobbt und hab ihn angeschrien.«

»Auf den Knien, übers Eis?« Nathalie konnte sich Ina irgendwie nicht so richtig als eisige Dramaqueen vorstellen. »Hat er dir wenigstens hochgeholfen, dich vom Eis getragen, direkt in sein Bett?«

»Mmh, nein. Er hat sich den komischen Gesichtsschutz abgenommen und darunter kam Pickel-Berti zum Vorschein und nicht Tom. Der saß schon längst in der Vereinskneipe beim Hefeweizen.« Nathalies Freundin klang verzweifelt.

»Also, Drama, 2. Akt?«

»Ich hab mich vor ihm aufgebaut und ihm gesagt, dass er so nicht mit mir umspringen kann, und ihm dann das Bier über den Kopf geschüttet.«

»Wow, hätte ich dir gar nicht zugetraut.« Nathalie war jetzt doch beeindruckt.

»Viel war nicht mehr drin im Glas und Hefeweizen ist bestimmt gut für die Haare. Aber ich glaube, er war echt baff, wie ich abgerauscht bin, bis mir draußen auffiel, dass ich meinen Wohnungsschlüssel zu Hause vergessen hatte. Also bin ich wieder rein und hab ihn nach seinem Schlüssel gefragt.«

5. **Nach einem starken Abgang wieder zurückkommen.**

6. **Bevor man seinem baldigen Ex eine Szene macht, das eigene Äußere überprüfen (in fleckiger rosa Jogginghose wirkt man nun mal nur halb so anziehend und aufregend wie in – ach, ihr wisst schon …).**

7. **Sein Auto zerkratzen und sich dabei erwischen lassen, wenn man keine Haftpflicht-, Unfall- oder sonst irgendeine Versicherung hat.**

8. **Die Hundetour – ihm hinterherrennen, sich an ihn hängen, sabbern und um Liebe winseln.**

Ina jammerte weiter. »Er hat mich dann noch nach Hause gebracht und war irgendwie ganz kleinlaut. Ach, er ist halt doch ein Guter!«

»Ina!«

9. Sich sofort wieder einlullen lassen, als wäre nichts geschehen, nur weil er noch einen menschlichen Zug erkennen lässt.

»Es ist nichts passiert, vor der Haustür hat er mich stehen lassen. Er hat mir meinen Schlüssel zurückgegeben und gesagt, dass er am Wochenende seine restlichen Sachen holen kommt, wenn seine Kinder da sind, die könnten dann tragen helfen. Ach, Nattie, es ist aus. Ich habs versaut!«

Nathalie wurde energisch. »Quatsch, er weiß einfach nicht, was er an dir hat. Ina, du wirst ihn nicht wiedersehen. Du legst ihm den Schlüssel unter die Fußmatte. Kann er seine dreckigen Socken allein zusammensuchen. Am Wochenende bist du nicht da. Wir gehen aus und suchen dir einen Neuen!«

10. Ihm beim Auszug die Kisten tragen und ihn ein wirklich allerletztes Mal bekochen. Die Kraft sparen wir uns für den nächsten Mann!

»Wer sucht einen Neuen, du etwa?« Ein blau geblümtes Minikleid stand in der Tür.

»Karlotta!« Nathalie lächelte genervt. Die jüngste Errungenschaft ihres Chefs für die Redaktion – vor ein paar Monaten von der Praktikantin zur Volontärin aufgestiegen. Das heißt, sie befand sich zwar noch in Ausbildung, fühlte sich aber wie die Starreporterin der Zeitschrift. Nathalie hatte bei dem Namen Karlotta immer gleich Pippi Langstrumpf vor Augen, mit geringelten Kniestrümpfen und roten Zöpfen, wobei die ja eigentlich Pippilotta Viktualia Rollgardina Pfefferminz hieß, wie Nathalie seit ihrer Kindheit wusste. Egal, wahrscheinlich wollte die junge Kollegin deshalb am liebsten Karli genannt werden. Wie Karli Kloss, das blonde Model aus Amerika.

Lächerlich, dachte Nathalie jedes Mal. *Soll froh sein, dass ihre Eltern sie nicht Ronja Räubertochter genannt haben, würde besser passen.* Denn so langsam wurde diese Karlotta für Nathalie zum Problem – nicht nur, weil sie die fürs Heft geplanten Promigeschichten an sich riss und so tat, als sei sie mit Til Schweiger dicke. Jetzt machte sie sich auch noch an den Chef ran, den schönen Marcel: dunkelhaarig, immer top gestylt, schick und doch lässig. Nathalie kannte niemanden sonst, dem ein Anzug mit zu kurzen Hosen und Sneakers ohne Socken wirklich stand. Astreines Knöchel-Dekolleté, wie es Modedesigner Michael Michalsky mal genannt hatte.

Ach, Marcel … bisher war sie doch immer sein Liebling gewesen, weil seine Mutter Annegret Nathalies Listen im Heft so liebte. Das hatte er ihr mal nach drei Bechern Glühwein auf der redaktionellen Weihnachtsfeier verraten. Wahrscheinlich durfte sie deshalb schon mal ein Biohotel in Österreich fürs Heft testen oder die Promi-Fotostrecke betreuen. Und wenn es nach Nathalie ging, sollte das auch so bleiben.

Sie funkelte Karlotta an, die in angesagten Overknee-Stiefeln in Wildlederoptik vor ihr stand. »Sag mal, meine Liebe, haben wir eigentlich noch die Satinkleider vom letzten Shooting ›Sanft und seidig‹ im Haus«, flötete sie, ohne auf Karlottas Nachforschung bezüglich ihres Liebeslebens einzugehen, »oder hast du die schon wieder zurückgeschickt? Deine Stiefel kommen mir übrigens irgendwie bekannt vor, Seite 12, oder? Supersexy in Senfgelb, hab ich recht?« Befriedigt beobachtete Nathalie, wie Karlottas Gesicht so langsam die Farbe ihres Lippenstifts annahm und die Volontärin förmlich versuchte, sich in den – bestimmt nur für kurze Zeit ausgeliehenen – hohen Stiefeln zu verstecken.

»Äh, nee, alles noch da, soll ich dir was holen?«

»Gib mir einfach den Schlüssel zum Lager«, konterte Nathalie. »Die Konferenz fängt gleich an.« Im Stillen fügte sie hinzu: *Und jetzt zeig mal, ob du in den Overknees überhaupt laufen kannst.*

Kapitel 3

Inas Kopf steckte in ihrem alten schweren Kleiderschrank aus Kirschholz – den hatte ihre geliebte Oma Adele ihr schon zu Lebzeiten vermacht. Alte badische Handwerkskunst aus dem Schwarzwald, besser gesagt »Kunscht«, wie ihre Oma nicht müde wurde zu erwähnen, »ebbes Solides, des hebt 's ganze Läbe«. Leider hatte Oma Adele aus dem kleinen Dorf im Nordschwarzwald nicht gesagt, wie schwer so ein Schrank fürs Leben sein konnte. Ina hatte bei ihrem Umzug nach Berlin einen extra Transporter mieten müssen und drei Jungs aus der Nachbarschaft schöne Augen gemacht, damit sie halfen, dass Monstrum auszuladen. Wie ein großes schwarzes Loch war dieser Schrank, ständig verschwanden Klamotten darin.

Wo war nur ihr grauer Leinenrock? Und warum konnten diese Viecher nicht mal die Klappe halten?

Boris und Iwan, ihre schwulen Pfirsichkopfmännchen, schrien sich auf Inas selbst gebasteltem Außengelände die kleinen russischen Seelen aus den Leibern. Ina hatte sie vor einigen Jahren aus dem Tierheim geholt, als sie mal wieder solo gewesen war und sich einsam fühlte. Pfirsichköpfchen aus der Gattung der Unzertrennlichen – konnte es schönere Namen geben? Die beiden waren ihr als äußerst pflegeleichte, ruhige Mitbewohner empfohlen worden. Zwei Mal eine glatte Lüge. Im Käfig waren sie eigentlich nur ein einziges Mal gewesen, nämlich als Ina sie nach Hause gebracht hatte. Seitdem quatschten sie wie ein ganzer Friseursalon, flatterten in Regenbogenfarben aufgeregt durch ihre Altbauwohnung und verteilten Körner, Federn und Dreck – vorzugsweise auf ihrem hellen Sofa. Wenn Besuch anstand, musste Ina tagelang sauber machen und beten, dass kein Allergiker darniedersank – und wenn doch, dass es an ihren Kussattacken lag.

Nicht jeder neue Mann hatte Verständnis dafür, dass ihr halbes Wohnzimmer mit Ästen, Glöckchen, Spiegeln und Futterstangen dekoriert war und von oben immer zwei Russen auf sie herunterschimpften oder auch schon mal einen Angriff flogen.

Ina hatte die Vögel nach den russischen Schriftstellern benannt, die sie am liebsten las: Boris Pasternak, Autor von »Doktor Schiwago«, und Iwan Turgenew. Eigentlich mochte sie Dostojewski lieber, aber wer nennt einen Pfirsichkopf schon Fjodor? Auf den Spuren von Dostojewski war sie mal während eines Besuchs bei ihrer Oma gewandelt, auf einem Ausflug nach Baden-Baden. Vor vielen Jahren hatte Dostojewski dort in der Spielbank sein Geld verprasst, natürlich nur zu Recherchezwecken für sein Buch »Der Spieler«, während seine Frau in der Zwischenzeit im Baden-Badener Kurpark lustwandelte und sich wahrscheinlich überlegte, wie sie ihre Rechnungen weiter bezahlen sollten.

Sosehr Ina russische Literatur liebte – russische Männer hatten bei ihr verspielt, was an einer unglücklichen Liebe während ihres Studienaufenthaltes in Moskau liegen mochte. Mit den badischen Männern aus ihrem Heimatdorf konnte sie allerdings auch nichts anfangen. »Schöner Tag noch«! Die kannten ja nicht mal die einfachsten Grammatikregeln. Und viele Schwaben wollte sie einfach nicht verstehen, zumindest nicht die von der Schwäbischen Alb. Zu schlimm fand sie den

Dialekt, obwohl sie selbst in Baden-Württemberg geboren worden war. Oder vielleicht deswegen? Damit hatte sie ein Bundesland und das mit Abstand flächengrößte Land der Erde bei ihrer Männersuche ausgeschlossen.

Ina seufzte. Nathalie würde das schon richten. Wo blieb sie nur?

Die deutsche Nationalhymne riss Ina aus ihren Gedanken. Den Klingelton ihres Telefons musste sie auch dringend ändern. Den hatte ihr Tom während der letzten Fußball-WM eingestellt. Als sie sich noch täglich gesehen hatten, vor allem, um irgendwo beim Public Viewing mit piksenden Plastikblumen in Schwarz-Rot-Gold um den Hals bei warmem Bier zu sitzen. *Wie schön, dass wir mal was gemeinsam machen,* hatte Ina damals gedacht. Wenn sie heute ehrlich war, gab es kaum etwas, was sie mehr als Fußball langweilte. Ein Haufen Männer, im gleichen Outfit zum Verwechseln ähnlich, die von rechts nach links und von links nach rechts übers Gras liefen. Was sollte daran spannend sein?

Die Nationalhymne auf ihrem Telefon wiederholte sich zum dritten Mal.

»Hallo Papa, was macht die Kunscht?« Ina hielt sich ihr Handy ans Ohr. Wenn sie wollte, konnte sie durchaus ein wenig Dialekt sprechen, aber das musste ja niemand wissen. Außerhalb von Baden-Württemberg wurde sie für ihr »Sodele« und »Ade«, wenns ihr mal rausrutschte, höchstens belächelt.

»So an Käsdreck!« Inas Vater klang aufgebracht. »Dei Oma liegt im Krangahaus, Muddi isch bei ihr und i woiß net, was i esse soll.«

Ina ließ sich auf ihr Sofa plumpsen, dass die Vogelfedern flogen. Ihr Vater schaffte es doch immer, jede noch so schlimme Meldung zu toppen, auch wenn die gar nichts mit ihm zu tun hatte. Bombenanschlag in Israel? Amoklauf in Hessen? Papa hatte seine Zahnplombe verschluckt und der Bofrostmann hatte ihn versetzt.

»Was ist mit Oma?« Ina machte sich Sorgen, schließlich war ihre Oma Adele schon neunundachtzig, auch wenn sie immer bemerkenswert fit gewesen war. Erst vor wenigen Jahren hatte sie ihre Gastwirtschaft im Schwarzwalddorf endgültig geschlossen. Seitdem schien sie abzubauen. Die Wirtschaft und Oma auch.

»Schwächeanfall, umkippt isch se beim Einkaufe beim Müller. Direkt bei de Grumbiere!«

Warum musste Oma Adele in ihrem Alter auch nach wie vor selbst die Kartoffeln nach Hause schleppen?, dachte sich Ina. Wahrscheinlich wollte sie wieder ihren berühmten Kartoffelauflauf machen, der war schon in ihrer Schwarzwaldstube beliebt gewesen, mit Speck und Zwiebeln und ganz viel Sahne.

»Was sagt denn der Arzt, Papa?«

»Gegen's Alder kommscht net a!« Damit war das unleidige Thema für ihren Vater beendet.

Aber nicht für Ina. »Papa, wie ist die Diagnose? Ist es was Schlimmes, soll ich kommen?«

»Inale, du woischt, i schwätz net gern über Krankheide. Da gibts koi Diagnos. Im Alder gehet oifach die Läbenskraft flöde. Wirscht au no merke.«

Ina seufzte. Um eine genauere Auskunft zu bekommen, hätte sie ihre Mutter anrufen müssen, aber die war sicherlich gerade bei ihrer eigenen Mutter Adele im Krankenhaus. Ihren Vater würde sie nicht mehr ändern. So gern er über seine eigenen Wehwehchen stundenlange Vorträge hielt – ging es anderen aus seinem Umfeld nicht gut, wollte er davon am liebsten nichts wissen. *Oder es einfach nicht an sich ranlassen*, überlegte Ina.

Ihr Vater hatte auch schon das Thema gewechselt. »Ihr habt doch so große Elektrikmärkte in Berlin, kannscht da net mal für mi frage, mei Wotan sagt koin Ton mee!«

»Ach, Papa, ich hab echt anderes zu tun, als für deinen Sicherheitsspleen rumzurennen.«

Seit Ina denken konnte, hatte ihr Vater aus ihrem Häuschen in der badischen Idylle nach und nach einen Hochsicherheitstrakt gemacht, aus Angst, rumänische Banden würden seinen elektrischen Fernsehsessel mitten aus dem Wohnzimmer mopsen. Dabei gab es im Haus ihrer Kindheit wirklich nichts von großem Wert, soweit sich Ina erinnerte. *Es sei denn, man rechnet die Tiefkühlvorräte an Fischfilet Bordelaise zusammen oder ist der Meinung, Kräuterlikör aus Ungarn steigt über die Jahrzehnte im Wert*, dachte Ina amüsiert. Papa und sein Sicherheitstick. Erst war die Haustür ständig verschlossen und der Schlüssel nicht in Greifnähe, das wäre ja auch dumm gewesen wegen der Einbruchsbanden. Irgendwann hatte wirklich jedes Fenster ein Schloss, was das Lüften zum Großeinsatz machte, und am Ende stand ein hässlicher schwarzer Kasten im Wohnzimmer an der Terrassentür und gab jede Nacht kläffende Geräusche von sich – Wotan, der künstliche Hund ihres Vaters mit eingebautem Bewegungsmelder. Jedes Mal, wenn Ina ihre Eltern besuchte, schreckte sie aus dem Schlaf hoch und dachte: *Jetzt ist es so weit, jetzt haben es die Diebesbanden bis an mein Bett geschafft.* Aber jedes Mal war es nur Fehlalarm in Gestalt der dicken hässlichen Katze von nebenan, die durch ihren Garten strolchte und den Hundealarm auslöste.

»Papa, wechsle doch einfach mal die Batterien oder frag Mama, wenn sie wieder da ist. Ich muss jetzt auch, ich bekomme gleich Besuch.«

Sie hörte noch, wie ihr Vater ein »Den Kerle will i sähe!« in den Hörer blökte, und beendete das Gespräch.

* * *

»Zwei Fragen.« Nathalie stand keuchend vor Inas Tür. »Wann suchst du dir endlich eine Wohnung mit Aufzug? Und willst du so unter Männer?«

Es war ihr großer Ausgeh-Samstagabend und Nathalie hatte angeboten, Ina noch mal kritisch zu beäugen, bevor sie sich ins Testosteron-Getümmel stürzten. Schließlich arbeitete ihre Freundin beim Glamour-People-Magazin, während es Ina gerade mal zum Zahnarzt-Fachblättchen gebracht hatte. Beide hatten einen Uniabschluss, beide waren Redakteurinnen, aber irgendwie hatte Ina auf ihrem Weg weniger Glamour abbekommen als Nathalie. Jedes Mal, wenn Ina ihren Chef mit der strahlend weißen Kauleiste ansah, überlegte sie sich, ob er auch in seiner Freizeit nur weiße Hosen und Gesundheitslatschen trug.

Ina sah an sich hinunter. Ausgewaschene rosa Jogginghose, ihre geliebten Häschenpuschen für extra warme Füße und ihr verwaschenes graues Lieblings-T-Shirt mit der Aufschrift: *Bier formte diesen schönen Leib.* War von einem ihrer Ex-Freunde übrig geblieben. »Mir ist schon ganz schlecht.«

»Ach, Moppelchen, weil du so lange nicht mehr auf der Pirsch warst?« Nathalie setzte sich vorsichtig auf die Couch und lächelte Ina verständnisvoll an.

»Nein, weil ich in der letzten halben Stunde elf belgische Pralinen gegessen habe vor lauter Aufregung.« Dabei sprach Ina regelmäßig davon, das ein oder andere Kilo loswerden zu wollen. Reumütig sah sie ihre Freundin an.

Jetzt kam wahrscheinlich gleich wieder die Tirade, warum Veganer keineswegs spargeldünn waren, sondern eher pralinenrund. Seitdem Ina beschlossen hatte, von der Vegetarierin zur Veganerin zu mutieren, also so vor zwei Wochen, waren ihre Nudeln aus Zucchini und die Wurst aus Erbsen, aber Süßigkeiten gingen irgendwie immer. Sie hatte Nathalie letztens sogar ihren veganen Supermarkt gezeigt, aber anstatt sich über die Vielfalt von Süßkram ohne Milch zu freuen, hatte Nathalie nur abschätzig die zugegebenermaßen rundlichen Verkäuferinnen angestarrt.

»Was soll ich nur anziehen, Nattie?« Ina war ratlos und Nathalie kannte sich in Modedingen nun mal aus.

»Jetzt vergiss deinen knittrigen Leinenlappen von 1987«, beschloss Modeexpertin Nathalie. »Du brauchst was Fließendes in zarten Farben, das hat mir jeder Designer auf der letzten Fashion Week bestätigt. Wir Frauen sollen den Fokus auf das legen, was an unserem Körper toll ist. Na komm, ich hab dir was mitgebracht, wir betonen deine grünen Augen.«

Kapitel 4

Es fühlt sich alles so falsch an, dachte Ina, als sie auf der Tanzfläche ein paar Schritte probierte. Falscher Ort, falsche Typen, falsche Klamotten. Dabei sah das Wallekleidchen von Nathalie gar nicht mal so schlecht aus, zartrosa oder wie Nathalie sagte: *nude*. Ja, nackig kam sie sich vor.

Ina blieb stehen. Es war anstrengend, auf hohen goldenen Sandalen zu tanzen, die eigentlich nur aus meterhohen Absätzen und zwei hauchdünnen Riemchen bestanden, und dabei aufzupassen, dass ihr das Kleid nicht von den Schultern rutschte. Und irgendwie war diese Klubmusik auch nicht ihre. Auch wenn Nathalie das gar nicht verstand – eigentlich tanzte sie am liebsten zu alten Hits. Abba, Gloria Gaynor, Weather Girls. Aber die waren schon out gewesen, als sie zwanzig gewesen war, und liefen fast nur noch in Schwulenklubs. Und da wars mit der Männersuche dann auch wieder schwierig.

Oh Gott, jetzt tanzte auch noch einer an sie ran, leider nur eins sechzig groß, höchstens, dafür umso ekstatischer in seiner Armarbeit – und jetzt ging er auch noch in die Knie vor ihr. Ina drehte sich schwungvoll um und prallte dabei gegen eine behaarte Männerbrust.

»Nicht so eilig, schönes Kind, ich renn schon nicht weg!« Eine Mischung aus Meister Proper und Möbelpacker stand vor

Ina. Oben ohne, also glänzender Kopf, dafür das bunt gemusterte Hemd geöffnet bis zum Bauchnabel. So was gabs doch nur noch in schlechten Filmen. »Wollen wir tanzen?«

Ina flüchtete Richtung Bar, so schnell sie auf zwölf Zentimetern laufen konnte. *Wo ist Nathalie nur, wenn man sie braucht?* Sie quetschte sich auf den einzigen freien Barhocker.

»Welchen Wunsch darf ich dir erfüllen?« Die schnurrende Stimme gehörte dem Barkeeper.

»Sex! Äh, on the Beach natürlich!«

»Den hätte ich auch gern. Gute Wahl, kommt sofort!«

Ina schaute dem Barkeeper hinterher. Wie hatte der das jetzt gemeint? Sah gar nicht so schlecht aus, schlank, dunkle Haare, leicht gelockt. Ja, den konnte sich Ina auch auf 'nem Surfbrett auf Hawaii vorstellen. Oder wenigstens in Sankt Peter-Ording. Da spielte ihre Lieblings-Fernsehserie von früher: Ralf Bauer als schnittiger Surfer. Wie war sie in den verliebt gewesen, aber heute machte der ja leider Yoga und saß bei den Karl-May-Spielen in Fransenjacke auf 'nem Schimmel.

»Und hier kommt Sex on the Beach für ...?«

Der gut aussehende Keeper stellte ein großes Glas vor Ina hin und schaute sie fragend an. Hatte der dunkle Augen!

»Wie heißt du?«

»Was? Ich? Ina.«

»Ich bin Nick, hallo. Ich hab dich hier noch nie gesehen.«

»Meine Freundin hat mich hergeschleppt, aber ich glaube, diese Ü-30-Partys sind nichts für mich. Sind ja auch eher Ü-50-Partys, oder täusche ich mich?« Ina zog kräftig an ihrem Strohhalm.

»Stimmt, dafür bist du viel zu jung. So hübsche Frauen wie du fallen hier richtig auf.«

Ina stocherte nervös in ihrem Glas. *War das ein Kompliment oder war das ein Kompliment?* Vielleicht würde es ja doch noch ein schöner Abend werden. Mutig warf sie ihre blonden Haare nach hinten und war froh, dass ihnen Nathalie in den letzten Stunden total angesagte Beachwaves verpasst hatte.

»Und was machst du hier? Du siehst eher aus, als hättest du dein Surfbrett vergessen. Ich meine, das weiße Hemd mit dieser zwischen die Knöpfe gefriemelten Krawatte steht dir wirklich gut, bisschen wie Tom Cruise in ›Cocktail‹, aber irgendwie …«

Nick lachte und zeigte seine, wie Ina feststellte, perfekten Zähne. Die hätten fast ihrer Zahnärztezeitschrift entsprungen sein können. Er gefiel ihr immer besser.

»Ich sehe schon, wir gehören beide nicht hierher, sondern an einen wilden Strand. Noch 'ne Runde Sex on the Beach?«

* * *

»Hier bist du!« Ina hatte sich gerade ihrem dritten Sex on the Beach und einem heißen Traum von zwei sich über den Sand wälzenden Körpern hingegeben, die sie bei genauerem Hinsehen als Nick und Ina ohne Badehosen identifiziert hatte, als sich ihre Freundin Nathalie hinter ihr aufbaute. Im Schlepptau hatte sie einen Kerl Typ Steuerberater. Nicht, dass sie einen persönlich kannte, aber so stellte sich Ina einen solchen vor: Seitenscheitel, Brille, kariertes Hemd, Jackett. Ina musste grinsen – das war ja mal gar nicht Nathalies Beuteschema.

»Na, Burschi, wer bist du denn?« Nach drei Sex on the Beach war Ina immer so was von mutig.

Der Steuerberater gab ihr brav die Hand. »Hallo, ich bin Olli!«

Nathalie klärte Ina auf: »Olli macht in Immobilien, er war es, der letztens für unser Promishooting diese hübsche Villa gefunden hat. Hab ihn grad zufällig bei den Toiletten getroffen. – Und das ist meine Freundin Ina, sie braucht dringend einen neuen Mann, äh, eine neue Wohnung. Altbau vierter Stock ohne Aufzug geht gar nicht!«

Ina protestierte mit schwerer Zunge: »Aber mit Vögeln im Altbau … ich meine, meine Vögel lieben hohe Decken und mehr als Wilmersdorf kann ich mir nicht leisten.«

Olli nickte. »Ja, hohe Decken sind toll, haben Sie auch Stuck? Kann man auch nachträglich anbringen, da haben Sie beim Vögeln, ich meine, da haben Ihre Vögel was zum Angucken. Was für Vögel haben Sie denn?«

Kapitel 5

Es war dann ja doch noch ein ganz schöner Abend, dachte Nathalie, als sie am nächsten Morgen wach wurde. Dieser Olli sah zwar schlimm spießig aus, aber er schien ein netter Kerl zu sein. Hatte sich sogar richtig lange mit Ina unterhalten, soweit sich ihre Freundin nach ihrer Cocktailsause überhaupt noch verständlich machen konnte. Nach dem fünften oder sechsten Sex on the Beach meinte der schöne Nick hinter der Theke, jetzt müsse aber langsam ein Orgasm her – der wollte es gestern Abend aber wissen. Sie konnte Ina gerade noch stoppen, die schon aufspringen und rufen wollte: »Ja, gehen wir zu mir!« Stattdessen kredenzte Nick dann noch einen Cocktail, der Ina aber viel zu sahnig gewesen war und der ihr heute bestimmt Kopfschmerzen bereitete. Dass Nick ihr seine Telefonnummer auf den Bierdeckel geschrieben hatte, hatte ihre Freundin wohl auch nicht mehr richtig mitbekommen.

Nathalie überlegte. *Nick ist ja echt ein Schnuckel, ob sich Ina an den überhaupt herantraut?* Sie dachte an den Bierdeckel mit seiner Nummer drauf, der noch in ihrer Handtasche lag … *Vielleicht sollte ich ihn schon mal für Ina anrufen und ein Date festzurren?* Ihre Freundin dachte immer, sie sei für schöne Männer nicht gut genug. Also würde sie helfen und Ina in ihr Glück schubsen. Nathalie schaute neben sich, wo Johannes mit offenem Mund schnarchte. Kaum war sie mal einen Abend mit ihrer Freundin weg, machte sich Johannes über ihre Gin-Sammlung her. Nathalie wollte gar nicht nachschauen, wie viele ihrer gesammelten Gin-Miniaturen geöffnet und leer waren. Die kamen aus der ganzen Welt! Andere Frauen sammelten Parfumfläschchen, Nathalie hielt sich da lieber an etwas mit größerer Wirkung für sie selbst.

Sie schwang ihre Beine, die im mauvefarbenen Seiden-Jumpsuit steckten, elegant aus dem Bett, obwohl natürlich mal wieder niemand zuschaute. Sie musste etwas unternehmen. Wahrscheinlich saß Ina in ihrer dunklen Wohnung mit Iwan und Boris auf der Vogeldecke und schaute sich die erste Folge von »Gegen den Wind« auf DVD an. Ina sagte immer: Lieber Ralf Bauer als gar kein Mann.

Nathalie musste das ändern. Und sich an ihre neue Liste setzen.

10 Punkte, die Sie beachten sollten, wenn Sie im fortgeschrittenen Alter, also jenseits der achtundzwanzig, auf Männerfang in einen Klub gehen:

1. **Es ist dunkel, Ihr Outfit sollte nicht verheißungsvoll flüstern, sondern schreien: Ich bin eine Frau, ja wirklich!**

2. **Es ist laut, lassen Sie Ihre Diskussionskärtchen zu Hause, ein ordentliches Dekolleté genügt. Siehe Punkt 1!**

3. **Es ist voll, legen Sie ein markantes Parfum auf. Nicht nur wegen Punkt 1, um die Männer in Ihre Richtung zu lotsen, es hilft auch gegen die Ausdünstungen von nassen Polyesterhemden und Muscleshirts, die sich an Ihnen vorbeidrücken werden.**

4. **Der DJ hat zu tun, will heißen, seine Musikliste für den Abend steht, während er so tut, als würde er eine Platte kunstvoll in die andere blenden, also stehen Sie nicht stundenlang vor ihm, um sich Happy Birthday von Stevie Wonder für Ihre Freundin zu wünschen.**

5. **Und nein, der DJ ist auch nicht die letzte Lösung, wenns mit den Männern am Abend nicht geklappt hat.**

6. **Tanzen Sie. Auch, wenn die Musik schrecklich ist. Deshalb sind Sie ja da. Trinken können Sie günstiger und netter woanders.**

Nathalie grübelte. Wann war sie eigentlich das letzte Mal mit ihrem Freund tanzen gewesen? Eigentlich saßen sie nur noch zu Hause und kochten und tranken und sahen sich danach eine neue Serie an. Klar, das war auch schön und der Wein war im Laufe der Jahre auch besser geworden, aber den anderen mal so richtig im Arm halten und sich zu schöner Musik bewegen?

Nathalie hörte Johannes nebenan im Schlafzimmer rumoren. Am Wochenende schaute er gern schon morgens nach dem Aufwachen noch im Bett seine Serien weiter und suchte parallel auf seinem iPad nach neuen Rezeptideen für den Abend. Das kam ihr natürlich zugute, aber war es das, was sie wollte?

Ihre Finger strichen unruhig über die Laptoptasten. Vielleicht sollte sie noch mal in die Redaktion fahren zum Arbeiten, morgen früh musste ihre neue 10-Punkte-Liste fertig sein. Vielleicht war ja auch der schöne Marcel da, der hatte was. Zu Hause konnte sie sich einfach nicht konzentrieren, spätestens in einer halben Stunde würde Johannes den Brotbackautomaten anwerfen und sie zum Kräutersammeln auf den Balkon oder Nüsseknacken oder noch schlimmer zum Einkaufen schicken. Nathalies persönliches Grauen. Überfüllte Supermärkte am Wochenende, da sollte sich eine Starreporterin wie sie doch eher neben dem aufgegabelten Promi vom Vorabend rekeln, oder nicht?

7. **Lassen Sie sich nur zu Getränken einladen, wenn Ihnen der Typ gefällt, sonst werden Sie ihn nie mehr los.**

8. **Lassen Sie sich nicht abschleppen, schleppen Sie selbst ab. Oder wollen Sie morgens um fünf auf High Heels mit verschmiertem Lippenstift über die Hundehaufen in Friedrichshain springen?**

8. **Die Karierte-Hemden-Fraktion sollten Sie links liegen lassen, Jackett ist okay, solange die Ärmel nicht hochgekrempelt sind. Männer, die im Klub weniger als T-Shirt tragen, werden nie der Mann fürs Leben, also nicht Ihrer!**

10. **Der Robert-Pattinson-Klon, der sie um 22 Uhr abblitzen ließ, macht um vier Uhr eindeutige Annäherungen? Vergessen Sie's! Sie haben eh nur Eier für ein Rührei zu Hause.**

Nathalie gähnte laut. So richtig aufbauend war das ja alles nicht. Sie öffnete das Internet auf ihrem Laptop. Erst mal eine Runde Qi Gong, dann flossen hoffentlich auch wieder die Energien. Die asiatischen Übungen hatte sie im Ayurveda-Urlaub kennengelernt, auf Recherchetour für ihre Zeitschrift, als für so was noch Geld da gewesen war.

Für die Übung »Den Berg schieben« fehlte ihr heute die Kraft, sie fühlte sich eher wie die tausendjährige chinesische Kiefer. Na dann, Video gestartet, Fersen zusammen, Arme hängen wie Äste, den Blick in die Ferne und an nichts denken – das konnte sie am besten.

Kapitel 6

»Du hast was?« Ina ließ die Tüte mit den Geleebananen in Schokolade sinken und drückte Ralf Bauer mit Liebeskummer in die Surf-Pause. Ihre Freundin Nathalie am Telefon klang fröhlich.

»Ich habe ein Date für dich ausgemacht, mit dem schönen Nick, dem Barkeeper von gestern.«

»Und warum ruft der mich nicht selbst an? Der hat doch meine Nummer!«

»Ach, ich glaube, der hat die einfach nur verwechselt. Der will dich auf jeden Fall treffen. Donnerstagabend bei ihm am Prenzlauer Berg, ich mail dir seine Adresse!«

Bevor Ina ausdiskutieren konnte, warum Nick ihre Freundin Nathalie und nicht sie anrief und woher Nick Nathalies Nummer überhaupt kannte, hatte ihre Freundin schon aufgelegt. Donnerstag. Da blieben Ina ja noch drei Tage, um zu überlegen: a) Was ziehe ich an, was ich eventuell schnell wieder ausziehen kann? b) Wie komme ich auf hohen Hacken an den Prenzlauer Berg? Und c) Wie schnell werde ich Geleebananenkalorien wieder los?

* * *

Ina war stolz auf sich, als sie ein paar Tage später vor Nicks Tür stand. Gut sah sie aus, musste sie selbst zugeben. Hatte sich doch gelohnt, ihren halben Monatsverdienst für Maniküre, Pediküre und neue Klamotten auszugeben. *Ob Nick auch so aufgeregt ist wie ich? Das ändert sich wohl nie*, dachte Ina. *Das große Flattern vor dem ersten Date – wie romantisch!* Ina wunderte sich nicht über die zwei Namen an Nicks Klingelschild – hieß er jetzt Männle oder Zarella? Ina wunderte sich auch nicht, als sie nach gefühlten dreihundertzweiundsiebzig Stufen vor seiner Tür stand und auf einen Stapel Umzugskisten blickte mit der Aufschrift »Maria«. Aber als Nick endlich die Tür öffnete und im weißen Bademantel vor ihr stand, stutzte sie dann doch. Falscher Tag? Falsche Uhrzeit? Falsches Date? *Nathalie, ich bring dich um*, schoss es Ina durch den Kopf, als Nick zur Seite trat.

»Komm rein, schöne Frau, ich bin so gut wie fertig!«

Vorsichtig ließ sich Ina in einen Sitzsack gleiten und versuchte, dabei möglichst elegant auszusehen. Das einzige Sitzmöbel in Nicks Einzimmerwohnung außer dem Bett. Dem ungemachten Bett. In der Ecke ein Saxofon. Ein Stapel CDs – *süß, so retro …* Ina fingerte nach einer. *Deutsch lernen mit Frollein von Hochtenbach*. Ein Schwäbischkurs?

Aha, Nick hatte Humor, das gab ein Sternchen. Das Schlimmste an ihrem Ex war doch, dass er nie über Inas krude Erzählungen aus ihrer baden-württembergischen Heimat lachen konnte. Richtig ausgebremst hatte er sie, war ihr dauernd ins Wort gefallen, weil er irgendwas nicht verstanden hatte. Und Ina hatte genervt alles drei Mal erklären müssen …

Mit Nick würde sie noch mit achtzig auf der Bank am See sitzen und Schwänke aus ihrem Leben erzählen. Aber das hatte ja Zeit. Jetzt stand er erst mal in der Badezimmertür – rosa Hemd, weiße Jeans, undurchdringliche Duftwolke – und hielt ihr die Hand hin, um sie hochzuziehen. »Na komm, schöne

Frau, es gibt noch was zu tun. Ich nehme an, du hast Hunger, oder?«

* * *

Na gut, sie hatte sich vorgestellt, sie würden schön essen gehen, in einem gemütlichen, total intimen Laden um die Ecke, wo der italienische Papa Nick per Handschlag begrüßte und sie sich mit erhitzten Gesichtern nach drei Litern Lambrusco lächelnd in die Augen schauten. Nick würde dann Inas Hand ergreifen und ohne ein Wort mit ihr zurück in seine Wohnung rennen, um sie leidenschaftlich zu lieben, ungemachtes Bett hin oder her.

Aber nö, ist ja eigentlich viel persönlicher so ein erstes Date in der eigenen Wohnung, sagte sich Ina, als sie den Feldsalat im kleinen Spülbecken unter Wasser drückte.

Nick kramte im Schrank und fand ein weißes Betttuch. *Oh*, dachte Ina erfreut und erschrocken zugleich, *jetzt bezieht er das Bett frisch, wie fürsorglich, wie aufregend, better late than never, wie meine Englischlehrerin immer gesagt hat, wenn jemand zu spät kam.* Aber Nick warf das Bettlaken mit gekonntem Schwung über den kleinen Tisch vor dem Bett. »*Voilà.*«

Sie aßen dann tatsächlich auf dem Bett sitzend den von ihm gar nicht so schlecht gebratenen Lachs mit Feldsalat. Für Nick setzte sie als Vegetarierin mal kurz aus. Die von Ina zubereitete Salatsoße war ein wenig sauer, aber was konnte sie dafür, dass das einzige Öl, das Nick besaß, Körperöl in der Duftrichtung Moschus war? Sie nahm sich vor, erst mal seine Miniküche zu sortieren, wenn sie das nächste Mal käme, und am besten gleich ein paar Sachen aus dem Veganerladen mitzubringen.

»Und, was machst du so, wenn du nicht hinter der Bar stehst?« Ina nahm noch einen Schluck Weißwein. Immer schön das Gespräch am Laufen halten.

Nick lehnte sich auf dem Bett zurück, klopfte sich auf den gefüllten Waschbrettbauch und gähnte herzhaft mit offenem Mund.

Drei sieben sollte gemacht werden, dachte Ina sofort, *sieht kariös aus*.

»Na ja, im Moment sind ja Semesterferien, da arbeite ich ein bisschen mehr, wenn ich Geld brauche, aber sonst studiere ich Jura.«

»Wahnsinn, du willst Anwalt werden, wie toll!« Ina sah Nick schon im maßgeschneiderten dunklen Anzug und zurückgegelten Haaren, wie er sich die Robe überwarf, um vor Gericht Recht für Unschuldige zu erkämpfen, wie in dieser Serie auf Netflix.

»Ich glaub, das ist nichts für mich, so ein Bürojob. Und das Studium ist auch total schwierig, vielleicht wechsle ich noch mal. Die Uni ist so unpersönlich, aber die Juristinnen sind total scharf.«

»Äh, wie alt bist du noch mal?«

»Sechsundzwanzig, wieso?«

»Ach, nur so …« Ina rechnete kurz durch. Sieben Jahre jünger als sie, noch unter dreißig. So was Frisches hatte sie ja lange nicht mehr gehabt. Aber sagte Nathalie nicht immer: Je jünger der Kerl, desto länger die Nacht? Und Nathalie hatte schließlich noch immer recht behalten. Vielleicht sollte sie Nick erst mal in dem Glauben lassen, dass sie eigentlich gar nicht auf eine Ü-30-Party gehen durfte.

Versonnen starrte Ina auf das ungebügelte Bettlaken mit den leeren Tellern drauf und hoffte inständig, dass sich noch keine Jura-Maus darauf gerekelt hatte.

* * *

»Keine Zunge, wenn ich's dir doch sage. Nur zwei Abschiedsküsschen rechts und links auf die Wange. Aber ist doch besser, als wenn er mich brüderlich umarmt hätte, oder?« Ina musste ihre Freundin gleich vom Handy aus anrufen, als sie auf dem Weg nach Hause aus der U-Bahn kam.

Und Nathalie wollte wie immer alles ganz genau wissen. »Aber du hast doch das neue Top mit dem tiefen Einblick getragen, oder?«

»Ja, natürlich, und den Wonderbra drunter, also an der Aussicht lag's nicht, wir hatten uns auch gerade so gut unterhalten. Ich weiß auch nicht, was los war.« Inas Verwunderung über den kurzen Abend wandelte sich in Niedergeschlagenheit.

»Worüber habt ihr denn geredet?«

»Was wir so machen in der Redaktion. Ich hatte ihm gerade von dieser neuen Technik für Wurzelbehandlungen erzählt – du weißt doch, dieser Artikel, den ich letztens schreiben durfte –, und plötzlich sagt er, dass er ziemlich spät ins Bett gekommen sei und dass sich eine Straße weiter die nächste Haltestelle befinde. Meinst du, er ist schwul?«

Lautstark gegähnt hatte er. Und als Ina meinte, es sei ja gerade mal neun und noch hell draußen, das schaffe sie schon allein zur U-Bahn, hatte er auch schon ihre Jacke in der Hand gehabt.

»Der ist wahrscheinlich nur schüchtern. Das ist ausbaufähig, ich melde mich«, lautete das knappe Urteil von Nathalie. Ihre Freundin wusste immer, was zu tun war, dachte Ina und freute sich darauf, erst mal nur ihre Pfirsichköpfchen ins Bett zu bringen.

Kapitel 7

10 Punkte, die Sie beim ersten Date beachten sollten:

1. **Die Ausgaben für die neue Unterwäsche sollten niedriger sein als die für das Essen, das Sie erwartet.**

2. **Je geringer die Erwartungen, umso eher können diese übertroffen werden.**

3. **Zu spät zu kommen gibt dem Mann die Zeit, die er braucht, um eine Hose anzuziehen, und ist damit erstrebenswert.**

4. **Sich auf neutralem Terrain treffen – es hält Sie länger auf der rosa Wolke. Sie wollen das erste Date ja nicht gleich damit zubringen, seine Bude feucht durchzuwischen.**

5. **Recherche, Recherche, Recherche – seine letzte feste Beziehung sollte länger als drei Tage her sein.**

6. **Nicht von seiner Klamotte abschrecken lassen, ihm fehlt nur die weibliche Hand.**

7. **Kein Sex ist besser als schlechter Sex.**

8. **Die Beine trotzdem mal lieber rasieren, nicht dass Ihre Stoppeln sein Wasserbett durchlöchern.**

9. **Nicht gleich das ganze Leben erzählen, vom Nobelpreis des Vaters ist okay, von der Neigung zu Harnwegsinfektionen bei den Frauen in der Familie ist nicht okay.**

10. **Nicht vergessen: Es ist ein Date und kein Ehegelübde. Alles kann, nichts muss – doch, eins schon: Spaß machen!**

Nathalie speicherte ihre letzte 10-Punkte-Liste ab und kramte nach ihrem Kosmetiktäschchen. Noch mal schön machen, bevor es nach Hause ging. Das erste Date mit ihrem Johannes lag mittlerweile zwar schon einige Jahre zurück, aber Nathalie war der Meinung, dass man als Frau so attraktiv wie möglich aussehen sollte, auch wenn man sich nur zu Hause ein Hühnchen teilte. So stand es zumindest in dem Magazin, für das sie schrieb, und es wäre doch schön gewesen, wenn irgendein wahrer Kern in dem ganzen Beziehungs-Geschreibsel gelegen hätte.

Wahrscheinlich würde es auch heute wieder Huhn geben, Johannes war ihr Hühnchenmann. Keine Ahnung, was ihn seelisch mit Geflügel verband, aber Zitronenhuhn war das erste Gericht gewesen, das er für Nathalie gekocht hatte. Weil sie dann noch den restlichen Pernod ausgesüffelt hatten, wurde es ein recht fröhlicher Abend. Johannes war damals noch studentische Hilfskraft an der Uni gewesen, sie hatten sich beim Französischtest kennengelernt, den Nathalie für ihr Komparatistik-Studium brauchte. Johannes hatte Aufsicht. Als sie ihren Prüfungsbogen damals abgab, hatte sie wohl sehr verzweifelt ausgesehen. Hübsch und verzweifelt. Also hatte er so etwas gesagt wie: »Na komm, so schlimm wird es nicht sein, hier fällt kaum jemand durch.« – »Und wenn doch?« – »Dann lade ich dich zum Essen ein.« Der Rest war Hühnchen. Zitronenhühnchen. Welches Hannes heute wohl machen würde? Wahrscheinlich kam zum ersten Mal dieses komische Gestell zum Einsatz, auf das ein ganzes Huhn gestülpt wird, um dann im Ofen gegrillt zu werden – oder was sonst damit angestellt wird.

Sosehr sich Nathalie immer wieder an Johannes' Kochleidenschaft erfreute, manchmal bereitete sie ihr auch Angst. Während andere Männer Fußball guckten, band Johannes sich schon mal in der Küche die Schürze um, um Gemüse zu schnippeln. Natürlich eine 1a-Profikochschürze mit eingesticktem Namen. Fehlte nur noch eine Kochmütze. Vielleicht war das was für den nächsten Geburtstag.

Nathalie ließ den Lipgloss sinken. Eigentlich war es übertrieben, sich für ein Grillhuhn aufzuhübschen.

* * *

Nachdem Nathalie sich vor ihrem Haus durch eine spanische Reisegruppe und gefühlte dreihundert Rollkoffer gekämpft hatte – selbst schuld, wenn man im hippen Berlin-Mitte wohnen musste – und die Wohnungstür aufschloss, stieg ihr schon ein würziger Duft in die Nase.

Sie schlich sich in die Küche. »Na, mein Bürzel, was gibts heute?«

Johannes sah sie mit selig glänzendem Gesicht an – in der einen Hand ein Glas Weißwein, das er natürlich nur zum Kochen brauchte, in der anderen das neue japanische Messer, Sudoku oder wie er das immer nannte. *Die Schürze spannt so langsam schon um einen gewaltigen Leib,* dachte Nathalie kritisch.

Johannes sagte immer: »Ach, so lange die Bänder reichen, um hinten noch 'ne Schleife zu binden, gehts.«

»Bist du so lieb und deckst den Tisch? Die Teller sind in der Wärmeschublade«, begrüßte Johannes sie und gab ihr ein spitzes Küsschen auf den Mund.

Sollte sie jetzt froh sein, dass seine Leidenschaft fürs Kochen so groß war, dass es fast jeden Tag etwas Warmes gab, wenn sie nach Hause kam, oder traurig, weil sie in anderen Bereichen dafür abnahm?

Nathalie wurde jedes Mal wehmütig, wenn sie daran dachte, wie Johannes sie auf dem Klappbett ihrer ersten kleinen Wohnung vernascht hatte, als sie das erste Mal für ihn gekocht hatte. Das sollte sie wieder einmal tun! Wahrscheinlich stand Johannes nachts auf, um seinen Brotbackautomaten zu streicheln. Vielleicht sollte sie ihn mit seinem Entsafter betrügen.

Gekonnt blinzelte Nathalie die aufsteigenden Tränen durch die wasserfeste Mascara weg und holte Besteck aus der Schublade.

Kapitel 8

»Because I'm happy …« Ina fuhr hoch und tastete nach ihrem altmodischen Wecker. 0.24 Uhr.

Warum klingelte ihr Handy mitten in der Nacht? Wenigstens hatte sie den Klingelton endlich geändert.

»Hallo, schöne Frau, Lust auf ein kleines Stelldichein?«

»Nick? Was ist los, wo bist du?«

Ina setzte sich auf. Sie mitten im Tiefschlaf zu stören, kam einer Todsünde gleich, schließlich musste sie morgen die Neuauflage des »Karius und Baktus«-Heftchens präsentieren. Andererseits war es ja Nick. Und der hatte sich nicht mehr gemeldet seit ihrem merkwürdigen Betttuch-Essen bei ihm zu Hause.

»Ich bin hier gleich fertig in der Bar und hab noch keine Lust, nach Hause zu gehen. Was hältst du davon, wenn du mich abholst und wir strolchen noch durch die Berliner Sommernacht?«

Ina spürte, wie sie rot wurde, was daran liegen musste, dass ihr altes Handy immer so heiß wurde beim Telefonieren. »Äh, ja gut, wo finde ich dich denn?«

* * *

Ina stand vor der Stahltür der Wilhelm-Bar in Mitte und kam sich ein wenig verloren vor. Was tat sie hier mitten in der Nacht?

Sie hatte sich zu Hause ihren alten Regenmantel übergeworfen und sich gerade mal die Haare gekämmt, bevor ihr Taxi gekommen war. Fünfundzwanzig Euro für einmal quer durch die Stadt … Andererseits – Nick hatte SIE angerufen und keine andere. Von ganz allein, er wollte SIE, also: warum nicht?

»Hallo, Schnegge!« Da war er in seiner Dienstklamotte und sah irgendwie scharf aus. Das weiße Hemd weit geöffnet, die Haare verstrubbelt. Etwas müde vielleicht, aber trotzdem scharf. Er küsste sie auf die Wange, ganz zart, und Ina atmete seinen Duft ein – verschwitzt und männlich.

»Was hast du vor mit mir hier mitten in der Nacht?«

Nick nahm ihre Hand und zog sie weiter. »Ich kenn da ein schönes Plätzchen, das wird dir gefallen.«

In dem Park war Ina vorher noch nie gewesen, schon gar nicht nachts. Sie stolperte im Dunkeln über Wurzeln und Steine, während Nick sie querfeldein den Hügel hochzog. »Wo willst du hin?«

»Zum Höhepunkt, immer nur zum Höhepunkt. Komm, da oben können wir uns setzen.«

Nick drückte sie auf die Bank und seine Finger suchten sofort den Weg durch ihren Regenmantel, unter ihre Bluse bis kurz vor den BH und fanden ihn auch. Dabei presste er seine Lippen auf ihre Halsschlagader.

Ina erstarrte. Was sollte das jetzt werden?

»Ich wollt's schon lange mal wieder im Freien tun«, murmelte Nick und war jetzt bis zu ihrem Ohrläppchen vorgedrungen. Seine Hand nahm ihre und legte sie sich in den Schritt.

»Ey, brrraucht ihr was?«

Ina schrie auf. Ein dürres Kerlchen beugte sich von hinten über die Bank. »Gras? Koks? Kann alles besorgen!« Der Typ setzte sich neben sie auf die Bank. Ina sprang auf und lief den Berg hinunter, Nick hinter ihr her.

»Wo willst du hin?«

»So geht das nicht, wir fahren zu mir.«

* * *

Ina schloss ihre Wohnungstür auf und ging im Kopf noch mal alles durch. Mittlerweile war es zwei Uhr vorbei und sie hatte nur noch wenige Stunden, bis sie wieder aufstehen musste. Um fit zu sein für ihre Präsentation vor ihrem Chef. Außer dem Selbstgebrannten für Notfälle aus ihrem badischen Dorf hatte sie nichts zu trinken da und die Kondome in ihrer Nachttischschublade hatten das Verfallsdatum mit sehr hoher Wahrscheinlichkeit überschritten. Dass sie heute Nacht Unsummen für sinnlose Taxifahrten ausgegeben hatte, versuchte sie zu verdrängen, ebenso die aufblitzenden Gedanken, dass sie in der Hektik nach Nicks Anruf nicht besonders wählerisch in Sachen Unterwäsche gewesen war. Egal, sie hatte ihren Traummann in ihrer Wohnung. Jetzt oder nie, und zwar flott, wenn sie noch ein paar Stunden Schlaf bekommen wollte.

Ina zog Nick ins Schlafzimmer. »Du bleibst hier, ich muss nur noch mal kurz nach Boris und Iwan sehen.«

»Du hast Besuch?«

»Äh, ich lebe sozusagen in einer WG, aber die beiden schlafen schon, keine Sorge! Ich hoffe, ähm, du hast was dabei?«

Nick hatte natürlich immer was in der Tasche, das das Verfallsdatum nie erreichen würde.

* * *

Die Präsentation war so na ja gewesen. Ina hatte sich kaum auf das neue flotte Outfit von Karius und Baktus in grellen Farben konzentrieren können. Ständig musste sie daran denken, ob das, was letzte Nacht in ihrem Schlafzimmer passiert war, ein billiger Ersatz, ein steiler Stiftzahn oder sogar Gold mit Krönchen gewesen war, um in ihrer Zahnarztwelt zu bleiben. Gut, sie hatte diesen schönen Mann in ihr Bett locken können, aber dann war doch alles recht schnell gegangen und nach gefühlten Minuten war Nick in einen komatösen Tiefschlaf gefallen. So richtig entspannt und glücklich fühlte sich Ina jedenfalls nicht und zum Haarewaschen war sie heute früh auch nicht gekommen. Ihr Chef Dr. Bernd Schimmel mit den dreifach gebleachten Zähnen hatte sie auch schon ganz mitleidig angesehen.

Was Nick derweil wohl in ihrer Wohnung anstellte? Hoffentlich machte er sich nicht ein Müsli aus ihren kunstvoll in Tupperdosen sortierten Vogelkernen. Was Boris und Iwan wohl vom neuen Zwischenmieter hielten?

Ina war gespannt, was Nathalie zu ihrem nächtlichen Abenteuer sagte. Sie musste ihre Freundin dringend anrufen.

Kapitel 9

Nathalie saß am Computer in der Redaktion und grübelte. Einerseits ging es hier nur um eine ihrer nächsten Listen fürs Heft, andererseits um die wichtigste Frage der vereinigten Weiblichkeit:

10 Punkte, an denen Sie merken, dass er der Richtige ist, und zwar fürs Leben:

1. **Der Sex mit ihm ist so berauschend, den müssen Sie einfach behalten.**

2. **Nach der ersten umwerfenden Nacht weiß er noch Ihren Namen.**

3. **Er serviert Ihnen Hähnchen in sämtlichen Variationen – pffff, wie dröge. Kann das sein, dass Nr. 1 und 2 Nr. 3 ausschließen?**

Nathalie dachte an Johannes und ihren letzten gemeinsamen Urlaub in Thailand. Das Land der romantischen Sonnenuntergänge, wo Einheimische Feuerballons in die Luft steigen ließen, um ihre Liebe zu zeigen. Das Land der käuflichen

Liebe … Es war heiß, es war schwül, die Cocktails stark und billig. Und trotzdem.

Schon am zweiten Tag hatte der nette Einheimische, der Handtücher und Sonnenschirm an die Liege am Strand brachte, den Satz gesagt, der ihr den Urlaub vermiesen sollte: *»Where is your daddy? Is he coming?«*

»My daddy?«

»Yes, your daddy …«

»Oh no, that's my friend. My boyfriend.«

»Ah, boyfriend.«

Super, da dachte die Hotelbelegschaft also, dass sie mit Vati verreiste. Was zwei Fragen aufwarf: Sah sie zu jung aus oder er zu alt?

Wobei ehrlich gesagt Ersteres auf gar keinen Fall zutreffen konnte. Nach den ersten Tagen unter brennender Sonne hatte sie wie eine Isländerin ausgesehen, die ihr Haus zum ersten Mal verlassen hatte. Ihr Bräunungsgrad tendierte gegen minus 10. Also hatte sich Nathalie neben den Sonnenschirm gelegt statt drunter und jetzt schälte sich ihre Haut von den krebsroten Wangen. Sie hatte das Gefühl, dass sich mitten in ihrem Gesicht keine Falten, sondern ein ausgewachsener Graben gebildet hatte, damit der Schweiß abfließen konnte, den Hals runter, vorbei an den roten Hitzepickeln bis zum knittrigen Dekolleté. Abends im Spiegel blickte sie eine alte, hässliche Frau an.

Blieb also nur eine Möglichkeit: *Mein Liebster und ich, wir sehen vielleicht nicht so aus, aber wir wirken auf andere wie Vater und Tochter. Von Sexappeal, von Geturtel, wilder Knutscherei keine Spur. Denken die thailändischen Liegenboys und denkt die ganze Welt.* Woran auch die Tatsache nichts geändert hatte, dass sie Johannes, als er sich dann endlich auf die Liege neben ihrer fallen ließ, so stürmisch umarmte, als hätte er gerade einen Tsunami überlebt.

4. **Nach der ersten gemeinsam erlebten Katastrophe ist er noch da, zum Beispiel, wenn Sie weinend aus dem Geschäft laufen, weil Sie auch nach drei Stunden Shopping und gefühlten fünfundzwanzig Läden noch immer kein lila Oberteil gefunden haben, das exakt zu Ihrem bunten Rock passt.**

5. **Urlaub mit ihm endet nicht nach zwei Tagen, weil er täglich Mama anruft und Sie jeden Morgen um sieben mit einem ausgetüftelten Sightseeing-Programm weckt.**

6. **Er ist kein Messie, er wäscht seine Unterhosen selbst und trägt sie nicht länger als, na sagen wir drei Tage – man muss mit den kleinen Dingen des Lebens zufrieden sein.**

Vielleicht gab es ihn gar nicht, den richtigen, den einen Mann fürs Leben, Mister Right, wie es Hollywood ausdrücken und Karlotta im Blümchenkleid nachplappern würde. Wie sollte der auch sein, der Herr Richtig? Das Gegenteil von Herrn Falsch. Aussehen wie Brad Pitt und gleichzeitig sechs Kinder versorgen? Hatte ja schon bei dem nicht geklappt.

7. **Er ergreift nicht die Flucht. Nicht, wenn Sie ihm Ihre sechs Kinder präsentieren, nicht, wenn Sie ihm gleich drei zum Babysitten dalassen.**

8. **Es ist ihm egal, dass Sie niemals aussehen werden wie Angelina Jolie, und er schaut Sie auch noch an, wenn Sie tagsüber Ihre Brille und nachts Ihre Knirschschiene tragen.**

9. **Er. Ruft. An. Und wenn Sie drei Wochen darauf warten müssen.**

10. **Er begleitet Sie zu dieser lästigen Familienfeier, auch wenn die gesamte Sippe auf ihn einstürmt und er Gitarre am Lagerfeuer spielen muss.**

Nathalie drückte auf *Speichern. Done.* Aber sonst?

Sie müsste endlich mal wieder eine vernünftige Idee fürs Heft haben. Sich als Spitzenautorin präsentieren. Irgendwas ausgraben, einen tollen Promi herholen.

Mehr Geld wäre auch nicht schlecht gewesen, aber mit ihren mickrigen 10-Punkte-Listen in den vergangenen Wochen konnte sie ihren Chef schlecht um mehr Kohle anhauen. Andererseits – Johannes wollte mit ihr auf Kreuzfahrt im Südpolarmeer gehen, das konnte teuer werden.

Nathalie starrte auf ihre Winke-Queen auf dem Schreibtisch. Warum fiel es ihr nur so schwer, ein bisschen kreativer zu sein? Für ihre Zeitschrift hatte sie Designer interviewt, die machten nicht nur Mode, Schmuck, Möbel, Fernsehen, sondern auch noch eine eigene Zeitschrift nebenbei. Andere gründeten ihren eigenen Radiosender. *Vielleicht sollte ich da anheuern.*

Nathalie griff ihrer Queen ins winkende Händchen, diese ewige Aktivität machte sie ganz verrückt. Ein Promi musste her samt großem Interview. Oder ein ganz besonderes Fotoshooting in außergewöhnlicher Atmosphäre. Das würde eine Starreporterin, wie sie es war, doch hinkriegen.

Kapitel 10

»Hallo, junge Frau.« Ina redigierte gerade einen Artikel über die mechanische Aufbereitung von Wurzelkanälen, als sich ihrem Schreibtisch eine Kauleiste in Schreiweiß näherte – ihr Chef Dr. Schimmel. In der einen Hand hielt er seinen Kaffeebecher mit dem Bild von Bernd das Brot, in der anderen ein Tellerchen mit Pralinen, wie Ina erfreut feststellte. Dr. Bernd Schimmel stellte beides vor ihr ab.

»Ich dachte, du brauchst eine kleine Stärkung, du hast nach deiner Präsentation nicht sehr glücklich ausgesehen. Ist alles in Ordnung?«

»Ach, äh …«, stammelte Ina. »Jaja, ist nur alles grad ein bisschen viel, danke für den Kaffee!«

»Ist auch kein Zucker drin und die Pralinchen sind mit Stevia, wir wollen unser Heiligtum ja nicht kaputt machen.«

Ina hatte nach ihrer Einstellung lange gebraucht, zu verstehen, dass Dr. Schimmel recht förmlich von Zähnen sprach, weiße Zähne geradezu verehrte. Na ja, es gab Schlimmeres. Zum Beispiel das, was Bernd Weißbrot hinterherschob.

»Woran arbeitest du denn gerade so intensiv? Aha, aha, die neue Wurzelbehandlungstechnik, hm, ja, das kann aufreibend sein. Wie wäre es, wenn ich dich zum Essen einlade, als

Aufmunterung. Dann können wir das, äh, Wurzelthema auch gern noch mal vertiefen.«

In diesem Moment klingelte Inas Telefon. *Halleluja*, dachte sie, *gerade noch rechtzeitig, bevor das hier Pretty Woman für Kassenpatienten wird. Mit Bernd dumm wie Brot essen gehen? So weit kommts noch, und wenn ich noch so viel Pech mit Männern habe.* Er verstand einfach nicht, dass Ina null Komma null Interesse an ihm hatte. Wollte es nicht verstehen.

»*Beißer*, das Zahnarztmagazin«, meldete sich Ina pflichtbewusst und winkte Dr. Schimmel entschuldigend hinterher. Was für ein unvorteilhafter Name, der so gar nicht zu seinem Gebiss passte. Und zu seinem Outfit, obwohl er gar kein Zahnarzt war, soweit sie wusste.

»Hallo … Ina? Hier ist Olli. Der mit den Immobilien.«

»Olli, aus dem Klub?« Ina überlegte kurz, ob ihr nach ihren diversen Sex-on-the-Beach-Cocktails irgendetwas entfallen war, was mit Olli in dem karierten Hemd und Sakko zu tun haben konnte.

»Ich wollte mich nur mal melden. Du sagtest doch letztens, dass du eine neue Wohnung in Berlin suchst … Ich hab da mal für dich in unsere neuen Angebote geschaut.«

»Ach ja!« Ina erinnerte sich dunkel, dass ihre Freundin Nathalie sich bei Olli über ihre Wohnung beschwert hatte, wegen der Treppen und so. »Ach, so dringend ist das nicht. Woher hast du eigentlich meine Nummer, von Nathalie?«

»Ähm, nein, ich weiß auch nicht warum, aber sie wollte mir deine Nummer nicht geben. Ich wusste nur, dass du bei einer Zahnarztzeitschrift arbeitest, aber nicht bei welcher. Also habe ich meinen Kontrolltermin bei meiner Zahnärztin vorgezogen und habe sie bei der Gelegenheit ausgefragt über Zahnarztzeitschriften. Ich glaube, jetzt weiß ich alles über gedruckte Zähne und dass es in Berlin nur eine führende

Fachzeitschrift für Zahnärzte gibt – und schon habe ich dich gefunden.«

Ina war beeindruckt, dass ein Mann extra einen Zahnarztbesuch auf sich nahm, nur um sie zu finden.

»Also, auf jeden Fall habe ich ein paar Objekte, die ich dir zeigen könnte, wenn du magst«, fuhr Olli fort. »Wie wärs mit Anfang nächster Woche nach deiner Arbeit? Ich könnte dich abholen und rumfahren.«

»Öh, na ja, also gut, angucken kann ich mir die Wohnungen ja mal. Danke, Olli, das ist echt nett von dir!«

»Hauptsache, deine beiden Pfirsiche haben genug Ausflug – oder wie sagt man?«

Ina kicherte, dass er sich noch an ihre Vögel erinnerte. Olli mochte wohl Tiere. »Bis dann!« Sie schaute auf die Uhr. Kurz vor vier, bisschen früh, um Feierabend zu machen. Andererseits – nicht, dass ihr der Schimmel noch mal auflauerte. Sie musste dringend bei Nick vorbei, bevor der mit seiner Arbeit in der Bar begann. Jetzt war sie ja kein Single mehr, oder? Vielleicht wollte Nick mit ihr zusammen die neue Wohnung aussuchen. Seine war jetzt auch nicht so der Hit gewesen … *Was, wenn wir zusammenziehen?,* träumte sie insgeheim weiter. *Wie aufregend!*

Ina schnappte sich ihre Handtasche und ihren nachgemachten Burberry-Trenchcoat aus dem letzten Türkeiurlaub mit Tom und floh aus der Redaktion.

* * *

Fast kam sich Ina wie eine Privatdetektivin vor, als sie sich in Trenchcoat und Sonnenbrille in den Hauseingang am Prenzlauer Berg drückte. Vorsichtig linste sie um die Ecke.

Da war er doch, ihr schöner Nick. Den Knackhintern erkannte Ina auch von Weitem. Aber wer war die Frau, um die Nick den Arm gelegt hatte? Lange dunkle Haare, ziemlich schlank, so viel konnte Ina erkennen, gleicher Typ wie Nick. Vielleicht seine Schwester? Bei ihrer spontanen nächtlichen Aktion letztens hatte sie gar keine Zeit gehabt, mit ihm über ihre Familien zu reden. Viel zu sehr war sie mit der eigenen Familienplanung beschäftigt gewesen. Ina grinste über ihr Wortspiel.

Was tue ich hier? Als sie eben auf Nicks Haus zugeeilt war, wollte sie ihn doch nur überraschen mit der Idee für eine gemeinsame Wohnungsbesichtigung. Dann hätte sie bald eine größere Wohnung und Nick könnte häufiger bei ihr übernachten. Dann hätten auch diese nächtlichen Ausflüge ein Ende und sie konnte sich wieder auf ihre Arbeit konzentrieren. Aber dann war Nick aus dem Haus gekommen – und zwar nicht allein.

Ina überlegte. Sollte sie den beiden hinterherschleichen? Was, wenn Nick sie bemerkte? Es war bestimmt seine Schwester, immerhin hatte sie dieselbe Haarfarbe wie er. *Na, warum soll ich sie dann nicht gleich kennenlernen? Wir werden bestimmt beste Freundinnen. Vielleicht will sie mitkommen, die neue Wohnung besichtigen.*

Ina sah sich selbst schon in der alten Kittelschürze ihrer Oma, wie sie die Schränke ihrer gemeinsamen neuen Küche auswischte und ihre neuen rosa Müslischalen mit den weißen Punkten einräumte, während sie Nick und seiner Begleitung in Gedanken versunken folgte.

Kapitel 11

Nathalie schüttelte ihren Bob zu einer Frisur, die zusammen mit ihren knallrot geschminkten Lippen und dem Hauch von Parfum, der aus ihrem Dekolleté stieg, die Verkörperung eines lasziven Versprechens sein sollte. Oder kurz gesagt: Sie wollte Nick. Auf die Probe stellen. Was ihr Ina gestern angedeutet hatte, klang nicht gut. Gar nicht gut.

Sie stemmte die schwere Tür auf und trippelte dann schnell auf ihren zarten High Heels in die Bar, bevor der massive Stahl sie umwerfen konnte. Es war noch früh, die Wilhelm-Bar fast leer. Aber das machte Nathalie nichts aus, sie wollte ja reden, mit Nick. Und das ging schlecht, wenn er siebzehn Sellerie-Martini auf einmal machen musste.

Sie glitt auf einen der glänzenden Barhocker ganz am Ende der Bar und ließ gleichzeitig ihren Schalkragenmantel in Dunkelaubergine von den Schultern gleiten. Eine behaarte Männerhand stellte ihr ein Glas Zitronenwasser hin.

»Brauchst du eine Karte? Ach, hallo, Nathalie, was machst du denn hier?«

»Hallo, Nick. Ortsbesichtigung sozusagen.«

»Ach, suchst du ’ne Location für eins eurer Promi-Shootings? Das wär doch cool. Gut siehst du aus, *by the way.*« Nick versenkte seinen Blick in Nathalies Dekolleté. »Vielleicht sollten sie dich hier mal ablichten, würdest dich gut machen. Lange Handschuhe, Zigarettenspitze, trockener Martini … mir wird schon warm, wenn ich nur daran denke.«

Nick beugte sich vor und schaute ihr zwei Momente zu lang in die Augen.

Nathalie roch sein Aftershave. War das das neue von Gerard Butler? Den fand sie ja schon scharf. Aber – beruflich distanziert bleiben, lautete heute ihre Notiz an sich selbst. »Um mich gehts heute nicht, Nick. Aber Shooting stimmt schon. Wo kann man besser Cocktailkleider präsentieren als in einer Bar? Und eine Reihe über angesagte Berliner Bars wollten wir eh machen. Wann könnten wir euch denn mal tagsüber haben, die Bar und dich?«

»Du jederzeit, das weißt du doch hoffentlich, oder?«

Kam es Nathalie nur so vor oder sabberte Nick schon? Okay, Fotoshooting war gebongt, aber was für Spielchen trieb Nick mit ihrer Freundin Ina? Die hatte sie gestern Nachmittag im Flüsterton von ihrem Handy aus angerufen und irgendwas erzählt von Nick und einer anderen Frau. Nathalie war gleich hellhörig geworden. »Wann wärst du denn mal nicht mit Ina verabredet?« Nathalie versuchte, unschuldig zu schauen, was ihr nur bedingt gelang.

»Ach du, da gibts keine Termine, alles easy, alles logger. Du und deine Cocktailkleider, ihr geht natürlich vor. Wann immer du willst.«

»Und du hast auch nicht gerade Familienbesuch in der Stadt oder so? So was nimmt ja immer viel Zeit in Anspruch.«

»Familie?« Nick lachte kurz auf. »Nicht, dass ich wüsste. Die hockt brav in Süddeutschland, wo sie auch hingehört. Die traut sich gar nicht weiter nördlich als bis Stuttgart! Du kannst also frei über meine Tage verfügen. Und über meine Nächte.« Nick grinste dreckig, bis Nathalie rot wurde. »Da ist das Licht doch besser in der Bar. Aber nur, wenn ich nicht gerade arbeiten muss. Du willst doch keinen verschwitzten Männerbody auf deinen Hochglanzfotos, oder? Jetzt mach ich dir erst mal einen Vesper, du scharfes Bondgirl.«

Nick und ein Hauch von Gerard Butler zogen ab.

Kapitel 12

»Ach, du bists, Papa!« Ina wollte sich ihre Enttäuschung nicht anhören lassen, aber ein Anruf von Nick wäre so langsam an der Zeit gewesen, fand sie. »Und ehe du fragst, nein, ich habe noch nicht wegen deinem Wotan Katzenschreck im Laden gefragt. Wechsle erst mal die Batterien, dann sehen wir weiter!«

»Ach, Mädle, deswegen ruf ich doch nicht an.«

Ina hörte auf, die Körnerration für ihre Pfirsichköpfchen zu mischen. Mädle nannte ihr Vater sie nur, wenn etwas wirklich Schlimmes folgte. Wie damals, als ihr Lieblingspferd auf dem Reiterhof verkauft wurde, oder als ihre beste Freundin in der dritten Klasse wegzog.

»Mädle, du musch jetzt ganz tapfer sei, dei Oma …«

»Was … was ist mit Oma?« Ina wurde ganz flau im Magen.

»Mädle, die Oma hats net gschafft, sie isch heut früh gstorbe. Es tut mir so loid, Ina, i woiß, du hasch sehr an ihr ghange. Aber der Arzt hat gsagt, sie hätt 'nen Herzinfarkt ghabt, und dann wär alles ganz schnell gange. Mädle, net weine, sie war doch au scho neuneachtzig …«

Ina konnte ihre Tränen nicht zurückhalten. Ihre Oma Adele war immer die Konstante in ihrem Leben gewesen. Oma gab es länger, als Ina denken konnte. Dass sie mal nicht mehr da sein könnte, hatte sich Ina nie vorstellen wollen. Ja, sie war alt gewesen, aber doch nicht sterbenskrank.

Mechanisch lief Ina mit dem Telefon am Ohr ins Wohnzimmer und stellte ihren Pfirsichköpfchen die frischen Körner in den Käfig. Weil Oma früher einen grünen Wellensittich gehabt hatte, das Peterle, wollte Ina auch Vögel haben. Ihre Oma liebte Tiere, sonst hätte sie wahrscheinlich auch nicht so tief im Schwarzwald gewohnt, wo nachts der Uhu rief und schon mal ein Fuchs durch den Vorgarten streifte. Ihr Leben lang war Oma in ihrem Schwarzwalddorf geblieben.

Ina schniefte. »Was sagt denn Mama, wie gehts ihr?« Adele war ihre Oma mütterlicherseits, die Mama ihrer Mama.

»Monika muss no älles im Krangehaus rägla und wollt' dann glei weiter wege dr Beerdigung und so. Du weisch doch, d' Oma wollt nie 'n Pflegefall werde, des hat se gschafft. Eigeständig bis zum Schluss. Mir müsset doch alle irgendwann ganga.«

Im Schlafzimmer setzte sich Ina auf den Fußboden und lehnte sich gegen den schweren Kleiderschrank aus Kirschholz. Ein Stück ihrer Oma. Ina seufzte. »Ich pack meine Sachen und komme, gleich morgen. Kann mich denn einer in Stuttgart abholen oder soll ich lieber den Zug nach Baden-Baden nehmen?«

»Jetz mal nix überstürze«, brummelte ihr Vater sanft in den Hörer, »mir müsse abwarte, wann der Pfarrer Zeit hat, wege dr Beerdigung und so. I glaub, 's reicht, wenn du am Wocheend kommsch. Musch ja dei Arbeit net glei ausfalle lasse.«

Typisch ihr Vater, dachte Ina, Hauptsache, das Geld stimmte. Da kam der Schwabe in ihm durch. Wie die Badener ihn nur schon seit Jahren ertrugen?

Ein Jahr vor Inas Geburt wollte ihr Vater als Zimmermann durch die Welt reisen, kam auf seinem Weg in den Süden aber nur bis zum Schwarzwald. Da war ihre Mutter gerade Weinkönigin geworden. Ihr Vater sah sie beim Weinfest, der Rest war Geschichte. Inas Geschichte. Badener und Schwaben – passte das überhaupt zusammen? Ihre Eltern schienen es jedenfalls miteinander auszuhalten, seit Jahrzehnten. Und was war sie selbst – mehr Badenerin oder Schwäbin?

Ina wischte sich die Tränen aus dem Gesicht. Ihre Oma war auf jeden Fall eine echte Badenerin gewesen, fleißig und ruhig bis zum Schluss und nicht so laut und kraftvoll wie die Schwaben. Hatte mit dem Opa eine der vielen Gaststätten in ihrem Dorf geführt, mit ein paar Zimmern im Obergeschoss. Harte Arbeit war das gewesen, jeden Tag, vor allem seitdem der Opa gestorben war. Erst vor ein paar Jahren hatte Oma Adele die Gastwirtschaft mit Übernachtungsmöglichkeit aufgegeben und blieb in einigen der Zimmer selbst wohnen. Wie schwer musste ihr in letzter Zeit alles gefallen sein, aber nie hatte ihre Oma geklagt. Nie. Einfach weitergemacht. Soweit Ina wusste, hatte sie bis zuletzt noch jeden Tag gekocht und einige Male Menschen eingeladen, die nicht so viel zu essen hatten.

Ina kamen schon wieder die Tränen. Warum hatte sie Oma Adele nicht noch mal besucht? Das hatte sie doch schon so lange vorgehabt. Aber in Berlin war immer irgendwas los und bis vor Kurzem hatte sie ja auch noch einen Freund gehabt, mit dem sie wenigstens die Wochenenden verbringen konnte. Jetzt war sie allein, ganz allein.

Ina heulte so laut, dass selbst Iwan und Boris den Schnabel hielten. Wo waren die überhaupt? So richtig zum Kuscheln waren Pfirsichköpfchen ja auch nicht. Wenn man einmal jemanden brauchte …

Ina rief Nathalie an, aber da ging nur die Mobilbox ran. Dasselbe bei Nick. Der war wahrscheinlich in seiner Bar.

Ina wusch sich das Gesicht, schnappte sich Mantel und Schlüssel und stürmte aus der Wohnung. Nur nicht allein sein, das konnte sie ganz schlecht. Und in so einer Verfassung erst recht nicht.

* * *

Ina schob sich durch eine Gruppe angetrunkener Männer, die vor der Wilhelm-Bar Bier ausdünsteten und alle die gleichen T-Shirts trugen. »Team Bräutigam« stand hinten drauf.

Schon wieder ein Junggesellenabschied in der Hauptstadt, dachte Ina und wäre fast über einen der Kerle gestolpert. Er hockte mit Schleier auf dem Kopf auf dem Boden und wimmerte. Musste der Bräutigam sein. Ina stemmte die schwere Tür zur Bar auf und verharrte einen kurzen Augenblick, damit sich ihre Augen an das Schummerlicht gewöhnen konnten. Ziemlich voll, viel zu viele gut aussehende Frauen, wie sie fand. Warum blieben die angetrunkenen Männer bei dem Angebot bloß draußen? Oder war das hier drinnen »Team Braut«?

Zwei Barkeeper schüttelten mit roten Köpfen ihre Shaker. Wo war Nick? Ganz am Ende der Bar erkannte sie ihn. Wie es aussah, war er ins Gespräch mit einer der vielen hübschen Frauen vertieft.

»Nick!« Ina drängelte sich an die Bar vor und streckte die Arme aus. »Nick, ich muss dir was erzählen!« Sie griff ins Leere.

Nick zuckte zurück, bevor er sie erkannte. »Ach, Ina, du bists, hast du mich erschreckt!«

»Ich muss weg … nach Hause … im Schwarzwald … meine Oma … Ach, Nick, ich brauche dich …« Ina kamen schon wieder die Tränen. »Nathalie?« Inas Blick fiel auf die Frau, mit der sich Nick so angeregt unterhalten hatte. »Was machst du denn hier? Ich hab dich angerufen, aber du bist nicht rangegangen, genau wie Nick – ihr …«

Bevor Ina ihre Gedanken aussprechen konnte, verscheuchte Nathalie eine junge Frau vom Barhocker neben ihr und drückte ihre Freundin darauf. »Ina, jetzt beruhig dich erst mal. Nick, bring ihr doch mal einen Gin auf Eis. Was ist denn passiert?«

Und Ina sprudelte los, erzählte vom Tod ihrer Oma, von der Beerdigung, zu der sie bald fahren würde.

»In dein Schwarzwalddorf?«, fragte Nathalie skeptisch. »Aber nach der Beerdigung kommst du gleich zurück, oder?«

Ina sah ihre Freundin an. Nathalie wusste, dass Ina sich geschworen hatte, nicht so schnell wieder in den Schwarzwald zurückzukehren, nachdem sie ihn vor Jahren verlassen hatte. In die piefige Enge, die ewigen Berge und Hügel, die Nachbarn, die viel zu nah und immer da waren und alles wussten über jeden. Wenn Ina daran zurückdachte, schnürte sich ihr die Kehle zu.

»Ja, aber es ist doch meine Oma Adele«, schniefte sie. »War meine Oma … Und sie hat ein Testament hinterlassen. Mein Vater hat es gefunden, im Gasthaus. Er sagt, mein Name steht auch drin. Natürlich hat er es aufgemacht.«

»Na, dann erbst du was!« Nathalie lächelte. »Siehst du, deine Oma hatte dich so gern. Sie will, dass du nach ihrem Tod etwas von ihr bekommst. Damit du sie immer in Erinnerung behältst. Wer weiß, vielleicht bist du schon nächste Woche neue Großgrundbesitzerin, reichste Frau im Schwarzwald. Was gibts da noch gleich, Weinberge und Wald, oder? Lass uns auf deine Oma trinken.« Nathalie griff nach einem der Gläser mit Gin auf Eis, die Nick gerade brachte.

»Was höre ich da, Ina, du bist eine gute Partie?«

Wie immer, wenn Nick seinen Kopf zu ihr neigte und so unverschämt sexy grinste, hörte Ina nicht mehr zu, was er sagte. In der Hoffnung, dass er sie küssen würde, schloss sie die feuchten Augen. Aber nichts passierte. Ina riss die Augen wieder auf. »Was machst du überhaupt hier, Nathalie, und warum siehst du aus wie ›Casablanca‹ entsprungen?«

Kapitel 13

»Leo, mach mal noch einen Knopf am Hemd auf und leg dir die Fliege so locker … genau, sehr gut. Lippen lecken, jaaaa. Und jetzt schau so …, also schau halt so, wie du immer schaust. Was heißt das, Sara, du bekommst dein Bein nicht auf den Barhocker hoch? Ich will nicht nur Bein, ich will auch mehr Goldlamé sehen. Jetzt noch ein bisschen mehr Licht, oder was meinst du, Piet?«

Nathalie drehte sich zu ihrem Fotografen um. Seit dem turbulenten Abend in der Bar vor ein paar Tagen war viel passiert. Ihre Freundin Ina hatte es tatsächlich geschafft, kurz entschlossen ihre Sachen zu packen und sich Richtung badische Heimat aufzumachen. Und sie selbst? Nathalie fühlte Stolz, wenn sie daran dachte, wie schnell und zielstrebig sie dieses Fotoshooting organisiert hatte – angefangen bei Piet, dem unkomplizierten Holländer, der seit ein paar Jahren für ihr Magazin arbeitete, immer einen guten Spruch auf Lager hatte und sie gerade lobte.

»*Bezint eer ge begint,* Nath. Du denkst nach, bevor du loslegst«, übersetzte er, »das ist gut. Nicht mehr lange und du kannst meinen Job übernehmen. Das werden sehr stimmungsvolle Fotos, die wir hier zusammen machen, du wirst sehen.«

Nathalie atmete auf. Das Shooting musste einfach was werden. Zu viel hatte sie investiert, an Zeit, an Geld. Gut, das Produktionsbudget stellte die Redaktion, das schon, aber Nathalie hatte es kurzerhand selbst genehmigt, weil alles ganz schnell gehen musste. Hoffentlich gab das nicht noch Ärger mit Chefchen. Andererseits war der ja so modeaffin, dem musste das hier einfach gefallen. Dass sie für eine Modestrecke eine Handvoll Bachelors gebucht hatte, die doch jeder aus dem Fernsehen kannte, war, wie Nathalie selbst fand, eine geniale Idee gewesen, aber halt auch eine teure. Und dazu ein paar Mädchen aus dieser Castingsendung von Heidi Klum. Nathalie hätte sich selbst knutschen können. Endlich würde sie sich einen Namen machen beim Heft und nicht nur diese Listen schreiben. Aber damit das ihren Modefrettchen-Chef wirklich umhaute, musste einfach alles stimmen.

»Okay, danke, ihr könnt gehen, ich glaub, ich habs.« Piet legte die Kamera ab und sah Nathalie an. »Jetzt bist noch du dran. Und dieser Nick.« Nathalie spürte den neugierigen Blick des Fotografen auf sich, während sie darauf wartete, dass das letzte Model ihr Bein samt High Heel vom Barhocker bekommen hatte. Sie schaute sich nach einem neuen Setting um.

»Wenn du noch den Mut zu unserem letzten Knallerfoto hast, schlage ich vor, wir nehmen ganz spektakulär den Flügel da hinten«, sagte Piet, als hätte er ihre Gedanken erraten. »Zieh dich doch schon mal um.«

Nathalie transpirierte nicht, sie schwitzte. Gut, dass sie genügend Maskenbildner gebucht hatte, die mussten sie erst mal wieder in Form bringen. Und dann würde sie in das atemberaubendste Kleid der nächsten Saison gleiten. Im angesagten Signalrot, so weit ausgeschnitten, wie es eben nur ging, mit nichts darunter. Hatte der Designer erst gar nicht rausrücken wollen. Das war ihr Coup. Nur sie, dieses Kleid, der Flügel – und Nick. Mal sehen, wie wenig er tragen durfte, damit es noch als jugendfrei gedruckt werden konnte. War doch klar, dass der Barkeeper zu sehen sein musste, war ja irgendwie auch eine Reportage über die besten Bars der Stadt, glaubte zumindest Nick. Der bestaussehende Barkeeper von Berlin, sagte sich Nathalie.

Wenn Nick auf den Fotos genauso gut aussieht wie in natura, dann sprengen wir die Auflage, dachte Nathalie und verdrängte den Gedanken an Ina, der wie eine leichte Sommerregenwolke in Anthrazit an ihr vorbei durch die Bar flog. *Unsinn*, dachte Nathalie, *Ina hat grad andere Probleme im fernen Schwarzwald. Und schließlich nehme ich ihr ja nicht den Freund weg.* Wenn er überhaupt Inas Freund war, so klar hatte sich zumindest Nick bislang nicht ausgedrückt. Es war ja nur ein Fotoshooting … Und es würde ihr Durchbruch in der Redaktion werden, mit einem spektakulären Foto, auf dem zufällig auch sie selbst drauf war.

»Was darf ich noch ausziehen?« Nick sah gleichzeitig frisch und verschlafen, verschlagen und unschuldig aus, wie er so vor Nathalie stand. Die Maskenbildner hatten ihm ein wenig Gel in die Haare gegeben, unter dem weißen Hemd trug er nichts bis auf diese lässige offene Fliege um den Hals. Nathalie bemerkte, dass Nick eine rasierte und trainierte Brust hatte. So gefielen ihr die Männer.

»Piet meinte, ich soll mich auf den Flügel legen und du kletterst lasziv über mich drüber«, erklärte ihm Nathalie. »Meinst du, du kannst auf Hemd und Hose verzichten? Nur die Fliege! Wir stellen da so eine Vase mit roten Rosen davor, keine Sorge, dir guckt keiner was weg.« Sie lächelte Nick so verführerisch an, wie sie konnte. Musste ja keiner wissen, dass es ihre Idee gewesen war, dass auf dem letzten Foto nur der schöne Barkeeper und sie selbst drauf sein sollten. *»Moi«*, wie Miss Piggy sagen würde. *Es ist Zeit*, dachte Nathalie, *einfach mal mehr an sich selbst zu denken,* und ließ sich von Nick auf den glänzend polierten Flügel helfen.

Kapitel 14

»I woiß, dass du froh warsch, als du damals hier weg bisch, aber i finds schee, dass komme bisch.« Ihr Vater tätschelte ihr das Bein, während er den alten Opel Astra Richtung Heimatdorf lenkte.

Ina gähnte. Es kam ihr vor, als wäre sie seit Tagen unterwegs. Seit es die Flüge von Berlin nach Baden-Baden nicht mehr gab, erschien ihr die alte Heimat so fern, wie sie sich auch anfühlte. Viel zu früh war sie heute Morgen am Berliner Hauptbahnhof in den ICE gestiegen, der sie bis Karlsruhe brachte, wo sie in die S-Bahn gestiegen war. In Achern hatte ihr Vater sie abgeholt, bis zum Haus ihrer Eltern war es dann nicht mehr weit.

»Dei Mama hat au Grumbieresalat gmacht. Und Träubleskuche, den magsch doch so gern.«

Ina verschluckte ihre Bemerkung, dass sie schon seit Jahren Diät hielt – oder es zumindest versuchte. Eigentlich, seitdem sie damals weg war aus dem Schwarzwald. Mit mehr oder weniger Erfolg. Aber so ein paar saure Johannisbeeren im Kuchen waren doch auch gesund und wie es klang, hatten ihre Eltern zumindest nicht vergessen, dass ihre Tochter Vegetarierin war. Ina war gerührt. Falls sie beim Abendessen doch Speckwürfel zwischen den Kartoffelscheiben fände, weil ihre Mutter ihn lieber auf die badische als auf die specklose schwäbische Art machte, würde sie die Klappe halten. Nicht gleich am ersten Tag anfangen zu streiten. Sie brauchten doch ihre ganze Energie für die Beerdigung.

»War Oma denn geistig … also, hat sie gelitten?« Ina schaute zu ihrem Vater rüber. Der schüttelte stumm den Kopf.

»Oma war in letschder Zeit nemmer die Alde, woisch, sie war oifach sehr, sehr miad.«

Müde war Ina auch, aber erst mal musste sie in Familie machen. Ihre Mutter empfing sie schon vor der Tür, als ihr Vater den alten Opel vor die Garage lenkte.

* * *

Als Ina am Abend in ihrem alten Kinderzimmer auf dem Bett hockte, wurde sie ganz wehmütig. Da standen noch immer die alten CDs im Regal, die sie nicht mit nach Berlin nehmen wollte, damals bei ihrem Umzug. Xavier Naidoo mit seinen langsamen Nummern hatte sie geliebt und Kylie Minogues »In Your Eyes« hatte sie bis zum Umfallen gehört, bis zum Umfahren besser gesagt. Kurz nach ihrem Führerschein hatte sie das Lied so laut aufgedreht im Autoradio, dass sie es gar nicht hörte, als sie beim Rückwärtseinparken schon längst am anderen Auto dranhing. Es war nur eine kleine Beule gewesen, aber seitdem mochte sie das Lied nicht mehr ganz so gern.

Am liebsten hätte sich Ina gleich unter der alten schweren Decke verkrochen und zu ihrem verstaubten Kuschelbären Otto gelegt. Aber ihre Eltern hatten ihr ein paar Kisten ins Zimmer gestellt mit der Bitte, endlich mal ihren alten Kram auszumisten. Denn ihre so bodenständigen, so heimatverbundenen, um nicht zu sagen langweiligen Eltern trugen sich schon seit Jahren mit dem Gedanken, ihr Haus – Inas Elternhaus – zu verkaufen, um mit einem Wohnmobil durch die Welt zu fahren, also erst mal aus dem Schwarzwald raus. Das konnte man eigentlich niemand verdenken, war Ina doch selbst vor einigen Jahren der heimeligen Piefigkeit entflohen. Aber doch nicht ihre Eltern. Doch seit Monaten machten sie wirklich ernst. Ihr Vater entwickelte die abenteuerliche Idee, zu Orten aus Redewendungen zu fahren, also ins Land, wo Milch und Honig fließen, dahin, wo die Zitronen blühen, und am Ende dorthin, wo der Pfeffer wächst. Das klang alles nicht nach Baden-Württemberg, dachte Ina traurig. Dann hatte sie ja gar keinen Anker mehr, keine letzte Rückzugsmöglichkeit, keinen Hafen, der sie immer wieder aufnehmen würde, egal, wie die Stürme des Lebens ihr zusetzten.

Genug Rührseligkeit, nahm sich Ina vor und schluckte tapfer die Tränen hinunter. Sie fühlte sich so was von allein. Ihre Oma war gestorben, sie hörte überhaupt nichts von Nick, ihre beste Freundin Nathalie verhielt sich komisch und jetzt wollten sogar ihre Eltern sie im Stich lassen!

Ina nahm Otto in den Arm, als ihr Handy summte. Nick? Sie entsicherte ihr Handy und las die Nachricht:

> Liebe Ina, ich fahre in einer halben Stunde los. Soll ich dich zu Hause oder in deiner Redaktion abholen? Ich freue mich sehr auf unseren Ausflug! Viele Grüße, Olli.

Oh Gott, Stuck-Olli, den hatte sie ja völlig vergessen. Ina drückte auf den grünen Hörer.

Kapitel 15

10 Punkte, die Sie falsch machen können, wenn er krank ist, sagen wir kränklich:

1. Ihn fragen: »Du armer Schatz, wie geht es dir?«

2. Ihn nicht fragen: »Du armer Schatz, wie geht es dir?«

Nathalie saß angesäuert in der Redaktion. *Unzufriedenheit soll ja die Kreativität steigern*, dachte sie und setzte sich an eine neue Liste.

Eigentlich hatte sie gestern noch ihr erfolgreiches Fotoshooting mit ihrem Freund Johannes zu Hause feiern wollen und Nick hatte dafür extra eine Flasche Champagner aus seiner Bar gemopst. Aber als sie zu Hause angekommen war, wartete kein kleines Menü auf die stolze Hochglanzredakteurin, nicht mal ein Duft von Hühnchen war auszumachen. Statt wie sonst in der Küche, hatte Nathalie ihren Freund auf der Couch vorgefunden, neben sich einen Haufen Taschentücher, gebrauchter Taschentücher, in der Hand ein Glas … also aufgelöstes Aspirin sah anders aus. Auf dem Weg zu einem Begrüßungsküsschen hatte Nathalie daran gerochen.

Aber Johannes hatte sie von sich weggeschoben. »Nicht anstecken, ich bin krank«, näselte er.

»Und warum trinkst du dann Whiskey?«

»Ist gut gegen die Keime.«

»Du meinst Viren.«

3. **Ihm raten, sich mit einer schönen Tasse Kräutertee ins Bett zu legen und früh zu schlafen.**

4. **Ihn darauf hinweisen, dass es bestimmt nichts bringt, in seinem Zustand heißen Whiskey zu trinken, um die Grippeviren so richtig auszuschwitzen.**

5. **Ihn bitten, seine gebrauchten Taschentücher zu entsorgen, ja, täglich.**

Nathalie war nichts anderes übrig geblieben, als sich in der kalt gebliebenen Küche ein langweiliges Brot zu schmieren und Johannes seinem Whiskey, seiner neuen Horrorserie und seinem Schnupfen zu überlassen. Sie hätte ihm ja liebend gern noch ein Süppchen gekocht, also aufgetaut, falls sie noch eines im Tiefkühler hatten, aber auf eine derartige Krankenkost stand ihr Hannes so gar nicht.

6. **Ihm mütterlich die Hand auf die heiße Stirn legen und sagen: »So, jetzt wollen wir mal Fieber messen.«**

7. **Sich darüber beschweren, dass er den ganzen Abend so muffelig ist.**

8. **Ihm mitteilen, dass Sie sich auch nicht wohlfühlen und er sich nicht so anstellen soll.**

Natürlich hatte er nicht einmal nach ihrem Shooting gefragt, obwohl Nathalie ihr Bar-Make-up draufgelassen hatte, das Richtung »Ich bin auch im Dunkeln eine Drama-Queen« ging. Gut, dass sie in der Bar noch ein paar Fotos für ihren Instagram-Account gemacht hatte. Sonst wäre ihr phänomenaler Abend ja schon Geschichte gewesen, gleich nachdem sie auf ihren goldenen Sandaletten die Bar verlassen hatte.

Aber da waren ja noch die Fotos und die Bilderstrecke in der nächsten Ausgabe und Nick … Nathalie dachte an Nicks rasierte Brust und seinen Körper über ihrem auf dem Flügel in der Bar, da hatte es verdammt gekribbelt, wenigstens bei ihr.

Warum hatte sie eigentlich nicht mit ihm den Champagner geleert? Stattdessen hatte sie eine halbwegs schlaflose Nacht neben ihrem kranken, gefühllosen Freund verbracht. Nathalie beamte sich geistig in die letzte Nacht und tippte weiter.

9. Ihn nachts wecken und darauf hinweisen, dass er erbärmlich durch die Nase quietscht und röchelt.

10. Ihm den Grund seiner Erkältung darlegen – warum muss er auch bei Kälteeinbruch im T-Shirt im Biergarten sitzen mit der Erklärung: »Es ist doch Sommer!«

Na, das passte vielleicht später im Jahr gut ins Heft, so Richtung nächste Grippewelle. Dank des weinerlichen Johannes war sie wenigstens ihrer Zeit voraus.

Nathalie blickte auf ihre blitzende Uhr – das letzte Weihnachtsgeschenk von Hannes. Geschmack hatte er ja. Eine halbe Stunde nach Beginn war gerade richtig, um zur Redaktionsfeier zu erscheinen.

* * *

Der schöne Marcel schaute von seinem neonorange leuchtenden Aperol Spritz auf, als Nathalie in ihrem One-Shoulder-Mini-Jumpsuit den Konferenzraum betrat. *Hat sich doch gelohnt, noch mal zum Waxing zu gehen, um meine makellosen glatten Beine in Szene zu setzen*, hatte sich Nathalie gedacht und ihre FAF-Schuhe aus der Schublade geholt – die »Für alle Fälle«-Schuhe! Ihre Laune schwebte unter der Plattenbaudecke. Fehlte nur noch die Bestätigung ihres Chefs, dass ihr Fotoshooting sie in höhere Sphären geschossen hatte, vor allem in höhere finanzielle Sphären. Nathalie steuerte ihre FAF-Schuhe Richtung Aperol Spritz und Knöcheldekolleté. *Gibts hier nichts Stärkeres?* Das war ein typisches Chefchen-Getränk.

»Hi, Marcel, gut siehst du aus.« Nathalie versuchte, ihre Stimme eine Oktave runterzuschrauben. »Beim nächsten Fotoshooting bist du dabei! Ich reservier dir schon mal eine Seite!«

Marcel nahm den Glas-Trinkhalm aus den Zähnen. »Danke, Darling, aber nur, wenn du das machst … Jetzt warten wir lieber erst mal ab, was die Leser sagen, oder?« Er fokussierte Nathalie, den Glashalm wieder zwischen den Zähnen.

»Ich hoffe, die sind so begeistert, wie du es bist. Oder, Marcel, was sagst du zu den Fotos?« Nathalie starrte zurück, direkt in seine himmelblauen Augen.

»Ja ja, schon schön, die Bar und die Männer …«

»Die Bachelors waren ja auch teuer genug.« Karlotta schwebte an, wieder in ihren geliehenen Overknee-Stiefeln, wie Nathalie sofort feststellte.

»Hast du nicht gesagt, dass du die Bachelors zum Paketpreis bekommen hast?« Marcel guckte etwas irritiert.

»Ja, klar, alles kein Problem, schließlich wollen wir ja was Hochwertiges bieten, nicht wahr? Und die Kleider kommen auch so richtig schön raus vor der dunklen Bar, meinst du nicht?« Nathalie schob Karlotta zur Seite. »Ach, da sind neue Spritzis. Auch noch einen, Marcel?«

* * *

Das hat ja so mittel geklappt, dachte Nathalie, als sie sieben Aperol Spritz später die Treppe ihres Redaktionsgebäudes hinunterstieg und sich vorsichtshalber am Treppengeländer festhielt. Sie hatte gewusst, dass das kein Getränk war, um einen ganzen Abend zu bestreiten. Die Spritzis hatte sie natürlich nicht allein getrunken. Während sie zügig fünf geleert hatte, nuckelte ihr Juniorchef Marcel den ganzen Abend seelenruhig gerade mal an zweien. Anfangs hing er ja noch förmlich an ihren Lippen, hatte sich Nathalie zumindest eingebildet. Aber während sie darauf wartete, dass Marcel mit ihr über neue Projekte sprach oder sie wenigstens zum Essen einlud, als Dankeschön für ihr tolles Fotoshooting, wollte er nur wissen, welchen Lipgloss sie aufgelegt hatte. Um sie dann ausführlich nach dem schönen Barkeeper auf dem Foto auszufragen. War er etwa eifersüchtig? Das konnte natürlich nicht schaden, zeigte es doch, dass Marcel auf sie stand. Das war schließlich genau das, was Nathalie erreichen wollte. Einen willigen Juniorchef, der ihr jeden Wunsch erfüllte. Rein beruflich natürlich. Wenn sich nur nicht diese nervige Karlotta zwischen sie gedrängt hätte, um Marcel alles über ihr Modestudium zu erzählen, endlos. *Wen interessiert's denn, ob die Mode der Renaissance die Strumpfhose hervorgebracht hat,* dachte Nathalie verärgert. Diese Hohlhippe Karlotta musste sie dringend loswerden, bevor sich Frau Volontärin im Blümchenkleid in Marcels Hochwasserhosen verliebte, Strumpfhosenwissen hin oder her. Vielleicht würde sie ihre nächste Journalistenreise Karlotta überlassen, überlegte Nathalie. Dann wäre sie diese Streberin für eine Weile los und Marcel könnte sie wegen ihrer Großzügigkeit nur loben. Und sie nebenbei alle Storys machen lassen, die sie wollte – während sich Karlotta beim Eselreiten in den Pyrenäen verirrte oder im Heilschlamm in Bad Wörishofen versank. Nathalies Laune besserte sich für eine Nanosekunde. Bis ihr einfiel, was sie zu Hause erwartete. Ein immer noch kränkelnder, mürrischer Johannes und Teil 27 seiner Horrorserie. Kurz überlegte Nathalie, ihre Freundin Ina anzurufen. Aber die war in ihrer badischen Heimat verschollen. Da wollte Nathalie um diese Uhrzeit nun wirklich keinen mehr wecken. Sie holte ihr Handy aus der Tasche und tippte schnell ein »Noch wach?« an Ina. Nathalie überlegte. Konnte sie sich denn gar nichts Gutes mehr tun? Da stand sie auch schon vor der schweren Tür der Wilhelm-Bar.

* * *

Nur noch wenige Gäste saßen um diese Uhrzeit an der Bar oder drückten sich zu zweit in die dunklen Ecken. Nathalie glitt an der Bar entlang auf der Suche nach dem Barkeeper. Ihr Ärger war einer hoffnungsvollen Leichtigkeit gewichen. Sie fühlte sich frei und beschwingt, als sie Nick entdeckte. Er hatte die Ärmel seines weißen Hemdes hochgekrempelt, das so weit aufstand, dass es den Blick auf seine Brust freigab. Nathalie fuhr sich mit der Zunge über die Lippen. Den Lipgloss hatte sie erst gar nicht mehr aufgefrischt. Auch dass sie ihre hohen Schuhe gegen Sneakers ausgetauscht hatte, war ihr völlig egal. Als Nick zu ihr schaute, fuhr sie sich lasziv durch die Haare. Wie erhofft strahlte er sie an. Und zeigte mit einem Kopfnicken zum Ende der Bar.

»Hi, Nathalie. Die späten Gäste sind mir die liebsten!«

Nathalie lächelte ihn an. Das brauchte sie jetzt. Keine Fragen: Wie war dein Tag? Hast du gestern hier was vergessen? Was machst du denn hier so spät so allein? Einfach nur ein schöner Mann zum Angucken.

Da stellte ihr der schöne Mann auch schon ein Glas Champagner hin. »Den wollte ich schon gestern mit dir trinken. Ich denke, du bist zufrieden mit dem Fotoshooting. Mit mir?«

Nick kam um die Bar herum, mit einem eigenen Glas Champagner in der Hand, und murmelte was von Feierabend. Sie stießen an.

Nathalie sah Nick in die Augen. »Ja, ich bin sehr zufrieden mit dir. Bis jetzt.«

Sie spürte, wie Nick mit seinem Finger ihren Arm entlangstrich, bis zu ihrer nackten Schulter, die aus ihrem Oneshoulder-Jumpsuit herausguckte.

Nick beugte sich zu ihr vor, seine Lippen berührten sanft ihren Hals. Nathalie schloss die Augen.

Das Nächste, was sie spürte, waren Nicks Lippen auf ihren. Erst sanft, dann fordernd. Nathalie fühlte Lust in sich aufsteigen. Sie drückte sich gegen ihn, erwiderte den Kuss. Ein Piepton drängelte sich unsanft in ihr Hirn. Ihr Handy! Ina!

Nathalie fiel vor Schreck fast vom Barhocker. Hektisch suchte sie in ihrer Handtasche nach dem Telefon.

»Nick, es … es tut mir leid, aber ich muss … jetzt … sofort … also, es ist … ich weiß auch nicht …« Sie lief Richtung Ausgang, so schnell ihre Sneakers sie trugen. Warf sich mit aller Kraft gegen die schwere Bartür. Raus, nur raus. Was hatte sie nur getan? Nick war Inas Freund, der Kerl ihrer besten Freundin. Als Nathalie völlig außer Atem war, blieb sie stehen, lehnte sich gegen die nächste Hauswand. Keuchend schaute sie auf ihr Handy, das sie noch immer in der Hand hielt. Tatsächlich, Ina hatte zurückgeschrieben.

Bin noch wach, habe stundenlang mit Olli telefoniert, der sucht mir eine neue Wohnung in Berlin. Total süß! Von Nick leider nichts gehört. Du weißt doch, du kannst mich jederzeit anrufen!

Nathalie ließ das Handy sinken. Ihre Hand zitterte. Sie konnte Ina jetzt nicht zurückrufen. Noch nicht.

Kapitel 16

Unsicher stieg Ina am frühen Morgen auf das alte Klapprad, das ihre Mutter ihr vor die Garage gestellt hatte. Dass das noch existierte! Wie alt war Ina gewesen, als ihre Eltern sich Klappräder gekauft hatten, weil man die so schön im alten Opel transportieren konnte, für Radtouren im Schwarzwald? Fünf oder sechs? Sie saß damals immer hintendrauf in dieser fiesen, grauen Hartschale, die auf dem Gepäckträger montiert war, und schlief regelmäßig an Mamas oder Papas Rücken ein. Aber es lief noch rund, das klapprige Klapprad. *Besser als mein Leben,* dachte Ina. Sie fuhr langsam durch das Wohnviertel ihrer Eltern, vorbei am »Löwen«, dem alten Gasthaus, in dem Oma damals ihren Achtzigsten gefeiert hatte. Vorbei an der Schnapsbrennerei, von der Oma immer ihren leckeren Pfirsichlikör bezog und den Eierlikör. Und in der sich Ina mit ihren Schulfreunden durch manche Brände probieren musste. Ina keuchte. So langsam wurde der Weg zu steil für das alte Fahrrad. *Und für eine untrainierte Frau aus der Großstadt mit zu vielen belgischen Pralinen und Geleebananen auf den Hüften, die seit gefühlten zwanzig Jahren nicht mehr Rad gefahren ist,* dachte sie im Stillen. *Aber was für ein gutes Training für straffe Oberschenkel. Was würde sie Nick beeindrucken, wenn sie ihn das nächste Mal sah! Wenn …*

Da war auch schon die große Weinhandlung am Ortseingang. Ina schob ihr Klapper-Klapprad vorbei an kleinen Läden mit der Aufschrift »Mittwochnachmittag geschlossen«, »Ruhetag«, »Keine Kartenzahlung«. Der kleine Supermarkt sah auch aus, als wäre dort in den vergangenen zwanzig Jahren kein Regal mehr umgeräumt worden. Eine neue Eisdiele! Immerhin. Die Kirche, in der Ina zur Erstkommunion gegangen war. Das alte Foto von ihr im weißen Strickrock mit Strickshirt am Tag ihrer ersten heiligen Kommunion kam Ina in den Sinn. Die Kombination hatte ihre muntere Mutter Monika damals zusammen mit der Oma selbst gehäkelt, während alle anderen Mädchen ihrer Klasse traumhafte Kleider aus Stuttgarts besten Geschäften trugen und aussahen wie kleine Bräute. *Na ja,* dachte Ina mit leichtem Sarkasmus, *ich war halt schon immer etwas Besonderes.*

Vor dem alten Gasthaus ihrer Großeltern stellte sie ihr Rad ab. Sie setzte sich auf die Stufen, die zum Eingang hochführten, und holte den Brief aus ihrer Jackentasche. »Nachlassgericht« stand auf dem Umschlag. Der Brief war bei ihren Eltern gelandet, ihrer letzten gemeldeten Wohnadresse. Sie hatte ihn gestern immer und immer wieder gelesen.

»Und meiner einzigen Enkelin Ina Weininger vermache ich meine Immobilie im Holunderweg 1. Unser altes Gasthaus, in dem wir so viele Jahre gelebt haben, soll ihr gehören mit allem, was sich darin befindet. Sie soll damit machen, was sie für richtig hält.«

Ina kamen schon wieder die Tränen. Ihr ganzes Leben hatte ihre geliebte Oma Adele in dem Haus verbracht, hatte hart gearbeitet, selbst gekocht, unten die Gastwirtschaft geführt und oben im ersten Stock ein paar Zimmer vermietet, früher mehr an Handwerker, zuletzt waren es Touristen gewesen, die im Schwarzwald wandern wollten. Ina hatte als Kind oft dort gespielt, sie wusste schnell, wie man Bier zapft und in welches

Glas die Weißweinschorle gehörte. Leider hatte sie nicht oft genug in der Küche vorbeigeschaut, sonst hätte sie schon längst ein kleines uriges Lokal in Berlin aufmachen können. Vor allem die Exilschwaben in Berlin standen auf Maultaschen und Tannenzäpflebier und auf alles, was aus Baden-Württemberg kam. Ina seufzte. Warum in aller Welt hatte ihre Oma gerade ihr das Gasthaus vermacht? Sie holte den großen Schlüssel aus der Tasche und öffnete die Tür.

* * *

»Ich wünsch dir Liebe ohne Leiden …« Sogar der alte Kassettenrekorder funktionierte noch. Udo Jürgens, klar, der war Omas Liebling gewesen. Ina setzte sich auf die Bank am letzten Tisch, der noch in der Gastwirtschaft stand. Die restlichen hatte sie im zweiten Gastraum nebenan aufeinandergestapelt gefunden. Ina hatte ihren Rundgang durchs Haus beendet, die Fenster aufgerissen und machte sich Notizen auf dem Briefumschlag, in dem noch immer die Kopie von Omas Testament steckte. Theke, Zapfanlage, Möbel – alles war noch vorhanden, aber in einem Zustand wie aus längst vergangener Zeit, um es mal vorsichtig auszudrücken. Nachdem Opa gestorben war, hatte ihre Oma allein im großen Haus gewohnt. Von den vier Zimmern im oberen Stockwerk hatte sie nur zwei selbst bewohnt, die anderen sahen aus, als warteten sie auf Gäste. Gäste, die schon seit Jahren nicht mehr kamen.

Udo sang immer noch, jetzt im Duett mit seiner Tochter Jenny. Von jemandem, der zurückbleibt, aber doch recht fest in seiner Welt steht.

Na, wenn ich selbst eins nicht tue, dann fest in irgendeiner Welt stehen, dachte Ina. Hier bei Oma Adele war die Welt auf jeden Fall irgendwann in den 1980ern stehen geblieben. Zusammen mit Udo Jürgens, halben Gardinen und badischen

Sprüchen auf Holzschildern an den Wänden. Was hatte sich ihre Oma nur dabei gedacht, als sie ihr dieses Gasthaus vererbt hatte? Wollte sie, dass Ina es weiterführte? Dass sie zurückkam nach Süddeutschland?

»Hajo, ja guck a mol, wer ist denn des?«

Ina fuhr zusammen. In der offenen Tür stand ein dürres Männchen mit ziemlich roter Nase. Unter dem Arm eine Ballonflasche. »Jetzt hab i denkt, des Adele is ufferstande«, gab das Männchen von sich. »Kennscht mi noch, Mädele? I bin der Hubert und des is mei Selbstgebrannter. Tringe ma oine?« Und schon setzte sich das Männchen zu Ina auf die Bank.

Kapitel 17

Der Schweiß tropfte nicht nur von ihrer Stirn, heute floss er aus jeder Pore. Nathalie spurtete auf dem Laufband auf Höchststufe, als hätte sie George Clooney mit einem großen »Marry me«-Schild in siebenunddreißig Kilometern Entfernung entdeckt. Ihr neongelber Fitness-Bra aus Kate Hudsons Activewear-Kollektion war schon völlig durchnässt. Nathalie keuchte. Ihr George Clooney hieß Nick Männle. Und sie musste es dringend loswerden, das Bild von Nicks Lippen auf ihren. Plus dem dazugehörigen Gefühl. Und der Stimme in ihrem Kopf, die unablässig »Ina, Ina, Ina« rief. OMG. Nathalie schaltete das Laufband von Stufe »Gipfelstürmer« zurück in den Modus »sanfte Hügel«. Lieber noch etwas Restenergie zum parallelen Arbeiten aufheben, denn in Multitasking war Nathalie groß. In der Redaktionskonferenz sitzen und den Shoppingplan fürs Wochenende entwerfen? Kein Problem. Dem Navigationssystem zuhören und gleichzeitig telefonieren? Easy. Selbst Fußnägel lackieren und Auto fahren – ihre leichteste Übung, natürlich nur als Beifahrerin und wenn Johannes keine Überholmanöver fuhr, was bei ihm ohnehin eher selten der Fall war.

An Johannes mochte sie gerade so gar nicht denken. Deshalb hatte Nathalie heute früh auch fluchtartig die gemeinsame Wohnung Richtung Fitnessstudio verlassen. Wenn jetzt auch nicht die beste Liste für ihr Heft zustande kam, so war Nathalie wenigstens abgelenkt von der quälenden Frage: Ist ein Kuss eigentlich schon Betrug an der Freundin? *An der Freundin, die mir wichtiger ist als jeder Mann,* versuchte Nathalie, sich selbst zu überzeugen. Sie notierte auf ihrem iPad, den sie vorn am Laufband angebracht hatte:

10 Punkte, warum Ihre beste Freundin wichtiger ist als jeder Mann

1. Sie ist Ihre Vertraute, in jeder Lebenslage.

Oh Gott, wenn Ina erfuhr, was Nathalie gemacht hatte, würde sie ihr nie wieder vertrauen. Oder?

2. Sie verstehen sich blind, weil Sie gleich ticken.

Na ja, zumindest beim Männergeschmack tickten sie gleich. Bei diesem Mann.

3. Sie können so schön gemeinsam über Männer lästern.

Gut sah Nick ja aus, aber ein bisschen lahm war er auch …

4. Mit ihr wird es nie langweilig.

Nathalie musste kurz schmunzeln, als sie an Inas monatelange Verliebtheit für den leider total schwulen Apotheker in ihrer Straße dachte. Am Ende hatte Ina zwar keinen Mann, aber genügend Kopfschmerztabletten und Salbeibonbons gekauft, um bis an ihr Lebensende gut durch jede Erkältungssaison zu kommen.

5. Mit ihr können Sie reden, endlos.

Hatte sie mit Nick eigentlich mehr als fünf Sätze gesprochen, die über »Noch einen Gin Tonic?« hinausgingen, bevor sie an seinen wortlosen Lippen gehangen hatte?

6. Sie hört Ihnen zu, einfach so, und will dafür auch gar nicht mit Ihnen ins Bett.

Sie musste Ina dringend anrufen und ihr alles beichten, fuhr es Nathalie durch den Kopf. Wer weiß, was sonst als Nächstes passierte.

7. Männer gehen, die beste Freundin bleibt.

Na ja, Nick konnte schlecht gehen, er war ja nicht mal so richtig gekommen, also … ach ist ja auch egal.

Wäre ihr Gesicht von der sportlichen Anstrengung nicht schon so rot gewesen wie ihre Fingernägel, die sie vor der Redaktionsfeier im Farbton »Cry it out loud« lackiert hatte – jetzt wäre der richtige Zeitpunkt dafür gewesen, dachte Nathalie beschämt.

So konnte sie nicht weitermachen. Sie griff zum Handy in ihrer Gesäßtasche und drückte auf Favoriten. Sie musste Ina anrufen, sofort!

* * *

»Alla hopp.« Die Stimme im Telefon klang nicht ansatzweise nach Ina.

»Äh, ist da meine kleine Landpomeranze?«

Nathalie hörte irres Gekicher. »A wa, i bin der Hubert, des Mädle steckt mit de Butzlomba im Gruscht. Des hätt zu viel von mei Zibärtle gnascht.«

»Was?« Der Schreck hätte Nathalie fast die Pulswerte nach oben getrieben, die sie mit ihrer neuen Trackinguhr dokumentierte – alles nur ein Test für ihre Zeitschrift natürlich. Zum Sport-Ass zu werden stand nun wirklich nicht bei Nathalies Lebenszielen. Was wollte ihr die Stimme sagen? Welches Mädel nascht in welchem Bart? »Ich möchte bitte Ina sprechen, das ist doch ihr Telefon?!«

Es rumpelte und knackste am anderen Ende. Endlich hörte sie die Stimme ihrer Freundin. »Halllööööle. Nick, bist du das?«

»Ina, ich bins, Nathalie! Was ist los bei dir? Wer war das eben?«

»Ach, Nattie, du. Es ist alles so schlimm. Nick hat mich vergessen, meine Eltern wollen nach Timbuktu und ich muss in der Pampa einen Gasthof eröffnen.«

»Was? Wann kommst du denn wieder nach Berlin, du Feldmaus?«

»Nie mehr, wahrscheinlich nie mehr. Ich werde Hubert heiraten, sonst will mich ja kein Mann, und jeden Tag Pflaumenschnaps aus Eimern trinken. Vorher muss ich noch meine Oma beerdigen. Und danach trage ich nur noch Schwarz, so wie meine Stimmung, das macht ja auch schlank. Ach, Nattie, mein Leben ist hier und jetzt zu Ende.«

»Ina, jetzt hör mir mal gut zu. Du lässt jetzt sofort die Finger vom Pflaumenschnaps und von Hubert, gehst zu deinen Eltern und bewegst dich nicht mehr weg. Ich komme und hole dich aus deinem badischen Kaff zurück ins Leben!«

8. Sie können sie jederzeit anrufen und irgendwer geht schon ran.

9. Auf sie ist Verlass. Immer. Überall.

10. Sie ist Ihre Retterin in jeder Not – hoffentlich.

Kapitel 18

Nachdem Ina mit Brummschädel in ihrem alten Jugendbett aufgewacht war, hatte sie eigentlich sofort wieder in die Gaststätte ihrer Oma Adele radeln wollen, um weiterzuputzen und aufzuräumen. Ina hatte das Gefühl, ihrer Großmutter irgendwie noch etwas Gutes zu tun, indem sie in ihrem geliebten Gasthaus Ordnung machte. Und es lenkte sie von ihrer Trauer ab. Als Ina die farblich sortierten Lappen und Spültücher ihrer Mutter eingepackt hatte, war sie dennoch in Tränen ausgebrochen und beruhigte sich erst wieder, nachdem Mama ihr ein extragroßes Stück ihres berühmten Träubleskuchens aus dem Kühlschrank geholt und ihren heiß geliebten Kakao gemacht hatte, im großen Kaffeepott aus einem weit zurückliegenden Nordseeurlaub. Nicht gerade vegan, aber immerhin vegetarisch. 445 Kalorien später fühlte sich Ina einigermaßen gestärkt, um sich einem viel zu großen Haus und der schmerzlich vermissten Vergangenheit zu stellen, aber ihre kluge Mutter Monika meinte, Ina solle mit dem Aufräumen doch erst mal in ihrem eigenen alten Kinderzimmer anfangen. Also hatte sich Ina von einer Brigade alter Kuscheltiere, ihrem Sombrero aus dem ersten Spanienurlaub, selbst gebastelten, nie benutzten Aschenbechern aus Salzteig und ihren alten Siegerurkunden (dass sie so was jemals geschafft hatte!) getrennt. Bevor sie sich in uralten Poesiealben und Tagebüchern festlesen konnte, holte ihre Mutter sie, damit sie ihr beim abendlichen Wurstsalat für alle half. Na ja, für fast alle. Ina saß mit ihrer Familie in der Küche auf dem karierten Polster der alten Eckbank und stocherte traurig in ihrem Kopfsalat.

»Des hätt dei Mecki gern gfresse«, stichelte ihr Vater und erinnerte Ina damit an ihr erstes Haustier, ihr Meerschweinchen Mecki, das sie als Zehnjährige aus dem Tierheim geholt und bei dem sie erst zu Hause festgestellt hatte, dass es nur drei Beine hatte. Ja, so waren ihre Eltern, dachte Ina und war für einen winzigen Moment froh über die Aussicht, dass beide bald weit weg sein würden, dort, wo der Pfeffer wächst, wie sie sich ausgedrückt hatten, wo auch immer das sein mochte. So gern Ina ihre Eltern auch hatte – ein wenig unsensibel gingen sie schon mit den Gefühlen ihrer einzigen Tochter um. So empfand sie es zumindest. Ina erinnerte sich an Heiligabend vor vielen Jahren zu Hause, als sie von ihrem ersten festen Freund verlassen worden war mit den Worten: »Du bist mir zu fett geworden« – was Ina in eine Art depressive Schockstarre versetzt hatte, in der sie sich wahrscheinlich heute noch befand. Und ihre Eltern? Ihre Mutter hatte sie mit zwanzig verschiedenen Plätzchensorten gemästet, die natürlich alle probiert werden mussten, und ihr Vater legte damals »Time to Say Goodbye« von Andrea Bocelli auf. Unsensibel, so hatte Ina das damals empfunden. Heute sah sie es etwas entspannter. So waren ihre Eltern halt! Und das war ihre Art gewesen, sie zu trösten.

Jetzt allerdings schienen ihre Eltern eine Spur besorgter zu sein.

»Also«, begann Inas Mutter, die immer dann, wenn sie förmlich wurde, hochdeutsch sprach. »Morgen Vormittag ist erst mal die Beerdigung von Oma, ohne großes Brimborium, so hat sie es gewollt. Und dann können wir dir mit dem Gasthaus helfen. Hast du dir schon überlegt, was du damit anstellen willst?«

»Ich dachte, ich putz erst mal durch, mache Ordnung, räume Omas Sachen zusammen. Ich muss versuchen, mich mit allem anzufreunden.« Ina guckte ratlos. »Ich weiß auch nicht, warum Adele wollte, dass ausgerechnet ich das Gasthaus bekomme. Vielleicht war es ihr Wunsch, dass ich es weiterführe.«

Inas Vater Dieter brach in Lachen aus. »Mei Ina an der Thek? Du kannsch ja ned mal rechne! I han dei aldes Zeugnis heut gsäh, a Fünf in Mathematik und glernt hasch des au net mit der Gastronomie.«

»Ja, aber die Oma hätte es mir doch sonst nicht vererbt«, jammerte Ina.

»Unsinn«, mischte sich Inas Mutter ein, »das Gasthaus ist schon viele Jahre geschlossen, das braucht hier auch niemand, wir haben doch genug in der Gegend. Adele wollte, dass du versorgt bist. Wenn du es geschickt verkaufst, hast du eine gute Rücklage für später. Wenn du mal heiratest und Kinder bekommst …«

»Sie hat ja ned mal en Kerle«, blökte Inas Vater dazwischen.

»Hab ich wohl, der ist nur sehr beschäftigt. Der wüsste, wie man ein Gasthaus führt.« Ina war beleidigt. So lief das zu Hause immer. Nie war sie für irgendwas gut genug in den Augen ihrer Eltern.

»Wieso, issern Säufer oder was?« Ihr Vater konnte es nicht lassen.

»Genug, Diieder«, fuhr Inas Mutter Monika diplomatisch dazwischen. »Erst Beerdigung, dann putzen, dann sehen wir weiter. Und jetzt muss ich zur Chorprobe. Ina, du kommst am besten mit. Du bist mir viel zu durcheinander, um hier allein zu bleiben.«

Hatte Ina bis gerade eben noch gedacht, ihre Situation sei deprimierend, traurig, aussichtslos, so wusste sie jetzt:

Schlimmer geht immer, wie ihre Oma Adele gern gesagt hatte. Sie sah sich schon zwischen lustigen Badener Frauen im besten Alter stehen, die mit rot glänzenden dicken Backen und bebendem Busen »Großer Gott, wir loben dich« schmetterten, während ihr eher nach Höllenfeuer und ewiger Verdammnis zumute war.

»Nein, Mama, das geht gar nicht. Nach Singen ist mir gerade wirklich nicht.«

»Aber allein lasse ich dich hier auch nicht.«

»Na, dann kommsch mit mir!« Inas Vater schaute sie auffordernd an.

»Zum Stammtisch?« Inas Mutter schaute skeptisch.

»Heinrich und i, mir brauchet en dritte Mann beim Kärtlespiele, der Erwin isch krank.«

Ina überlegte. Mit ihrem Vater Skat zu spielen, war so ziemlich das Letzte, was sie so kurz nach dem Tod ihrer Oma machen wollte. Aber ihr Vater meinte es ja nur nett. Und lieber in der nächstbesten Kneipe hocken, als sich von zwanzig oder dreißig aufgeregten Frauen fragen zu lassen, warum man immer noch nicht verheiratet war. Heute kam die Sprachlosigkeit der Männer ihrer Stimmung doch sehr entgegen. »Hasch recht, Babba, tringe ma oin!« Ina bemühte sich, fröhlich zu klingen. »Lass mich heute dein Erwin sein!«

* * *

Aus Erwin wurde nichts, genauso wenig aus dem Kartenspiel, denn Ina hatte Skat mit Rommé verwechselt, was sie früher immer mit ihren Großeltern gespielt hatte. Zuerst hatte ihr Vater zusammen mit seinem alten Kumpel Heinrich noch versucht, ihr die wichtigsten Regeln von Skat beizubringen, aber beim zweiten Bier und Inas dreiundsechzigster Nachfrage hatten es die Männer aufgegeben und plauderten jetzt ausgiebig über die Vor- und Nachteile von Aufsitzrasenmähern. Da war Ina geistig raus und kehrte auch nicht zurück, als ihr Vater ihr zuraunte, dass Heinrich einen Sohn habe, »solo, so weit i woiß!« Woraufhin Heinrich konterte: »A fauler Lump is des, hat nix als Mädle im Kopf, kommt nur zu Besuch, wenn er Geld braucht, bald isser wieder he!«

Ina hatte mal lieber an der Theke eine neue Runde für Heinrich und ihren Vater bestellt und war mit ihrem Pfefferminztee zum Luftschnappen vor die Tür gegangen. Sie roch zart Flieder, hörte die Tauben in der Abenddämmerung gurren und fühlte sich in ihre Jugend zurückversetzt. Da war es schon mal vorgekommen, dass der eine oder andere Klassenkamerad sie nach einer Schulfete nach Hause brachte. Dann standen sie stundenlang kichernd vor der Haustür, bis der alte Nachbar verärgert die Jalousien hochzog. So viel Romantik und Hoffnung war damals durch die schwüle Sommerluft gewabert. Ina hatte die meiste Zeit mit Träumen verbracht, zum Leidwesen ihrer Lehrer und Eltern. Verliebt war sie eigentlich immer gewesen, wenn auch meistens nichts aus ihren Schwärmereien wurde. *Daran hat sich überhaupt nichts geändert,* dachte Ina und spürte, wie die Wut in ihrem Bauch ihrer aufsteigenden Traurigkeit einen Kinnhaken verpasste. Frustriert pustete sie in ihren Pfefferminztee, als sie eine bekannte Stimme hinter sich hörte.

»Du weißt schon, dass man Mojito nicht heiß trinkt?«

Ina fuhr herum. »Nick?«

Es dauerte Sekunden, bis Ina begriff, dass es tatsächlich Nick war, der vor ihr stand. Ihr schöner, smarter, flüchtiger Nick aus Berlin. Ihr Geliebter. Ihr Barkeeper. Ihr … Freund?

»Was … was machst du denn hier?« Sie roch sein Aftershave und sah in seine Augen. *Hatten die immer schon dieses Blau gehabt? Blau wie der Titisee bei Nacht,* fuhr es Ina durch den

Kopf und sie schämte sich sofort, weil das so kitschig war. Gut, dass Nathalie das nicht hören konnte.

»Na, ich hatte Sehnsucht nach meiner Schwarzwaldelfe«, säuselte Nick ihr ins Ohr. War das mit der Elfe eine Anspielung auf ihre neuen Träubleskuchen-Pfunde? Inas Blick fiel auf die Tasche in Nicks Hand.

»Du bist extra wegen mir aus Berlin gekommen?«

Ein Kuss war Nicks Antwort. Ina kamen die Tränen. Ihre Anspannung löste sich, sie fiel Nick um den Hals und verschüttete dabei ihren kalt gewordenen Pfefferminztee auf sein Hemd. Sie lachte laut auf. Alles war gut, sie hatte einen Freund und der war hier bei ihr. Hatte den weiten Weg auf sich genommen, nur um sie zu sehen. Wenn das keine Liebe war!

»Sollen wir uns nicht was Gemütlicheres suchen?« Nick schaute sie an. »Wo wir zwei ungestört sind?«

»Ich glaube, ich wüsste da was.« Ina griff in ihre Hosentasche, in der noch immer der dicke Schlüssel zum Gasthaus ihrer Oma Adele steckte. »Du hast sogar die Auswahl zwischen vier Zimmern!« Sie nahm Nicks Hand. »Aber komm doch erst mal mit rein, ich stelle dich meinem Vater vor und seinem Kumpel Heinrich. Die glauben gar nicht, dass es dich überhaupt gibt.«

Nick drehte eine von Inas Strähnen um seinen Finger. »Ach, weißt du, Familie hat noch Zeit. Wir zwei sind uns doch erst mal genug, oder?«

Da hat er auch wieder recht, dachte Ina, kehrte kurz allein zurück ins Gasthaus und erzählte ihrem Vater, dass sie eine alte Schulfreundin getroffen habe, mit der sie den restlichen Abend verbringen werde. Mit einem »Wartet nicht auf mich« war Ina abgezogen. Was ihr Vater Dieter natürlich nicht unkommentiert lassen konnte. Sein »Besser a Froindin als gar koin Mann!« hörte Ina kaum noch.

* * *

Ina erwachte am nächsten Morgen, weil ihr eine Daunenfeder ins Auge stach. Auf die Schnelle hatte sie am Abend keinen Bettbezug mehr gefunden, als sie mit Nick ins leer stehende Gasthaus ihrer Oma gelaufen war. Der Gedanke an Frühstück kam ihr kurz in den Sinn, aber hier gab es nicht mal eine trockene Kaffeebohne in einer Dielenritze. Dabei war Ina ohne ihren Morgenkaffee zu gar nichts zu gebrauchen. *Was solls,* dachte sie, *wer braucht Koffein, wenn das beste Aufputschmittel gleich neben einem liegt.* Nick hatte bäuchlings sein Gesicht in die Daunen gedrückt und gab keinen Ton von sich. *Wie süß,* dachte Ina, *der ist so fertig, weil er die ganze Nacht in der Bar gearbeitet hat und danach sofort in den nächsten Zug gesprungen und durch die halbe Republik gereist ist, nur um mich zu sehen.* Ina drehte sich so schwungvoll zu ihm um, dass der Lattenrost quietschte und die durchgelegene Matratze wippte. Nick hob den Kopf und öffnete die Augen.

Ina kitzelte ihn mit der Daunenfeder an der Nase. »Guten Morgen, mein Schöner. Hast du gut geschlafen im ruhigen Schwarzwald?«

Nick gab einen unbestimmten Grunzlaut von sich, den Ina als *Ja, danke, du auch?* interpretierte.

»Ich habe geschlafen wie tot, die ganze Aufregung und deine große Überraschung und dass du nach der langen Reise noch so fit warst, also du hast mich wirklich geschafft!« Ina lächelte, drängte sich an ihren wieder aufgetauchten Lover und wuschelte ihm durchs dunkle Haar. »Aber jetzt erzähl doch mal, wie hast du mich überhaupt gefunden? Der Schwarzwald ist groß. Lass mich raten – Nathalie hat dir verraten, wo du mich findest.«

Statt einer Antwort steckte Nick seinen Kopf unter die Daunendecke und suchte sich den Weg in Richtung Inas Bauchnabel.

»Hey, kein Sex vor dem ersten Kaffee. Wir haben doch noch so viel Zeit.« Ina zog Nick unter der Decke hervor. »Ich muss gleich zur Beerdigung meiner Oma. Komm doch mit, dann lernst du gleich auf einen Schlag die ganze Familie kennen.«

Nick schaute sie gequält an.

»Ah nee, verstehe … Beerdigungen sind nichts für dich, machen die dich auch immer so fertig? Du armes Sensibelchen.« Ina küsste Nick auf seine glatte Brust. »Aber dann wartest du hier auf mich. Vielleicht könntest du für uns einkaufen gehen. Und hier aufräumen. Du kannst die Zimmer gestalten, wie du willst. Das wird unsere Liebeshöhle. Vielleicht machen wir das Hotel ja wieder auf …«

»Ich muss gehen!« Nick schlug die Bettdecke auf und griff nach seiner Jeans auf dem Boden.

»Was? Wohin denn? Ich kann doch Kaffee besorgen!«

»Ich muss zu meinen Eltern. Eigentlich wollte ich meinen Vater gestern schon in der Kneipe abpassen. Nach ein paar Bier ist der nicht mehr so geizig.«

»Wie Familie? Hier?«

»Na ja ich komme aus dem Ort mit dem großen Gebimmel, weltgrößte Kuckucksuhr und so. Vor ein paar Jahren sind meine Eltern umgezogen, wohnen ganz in der Nähe. Und jede Woche hat mein Vater seinen Stammtisch hier, da wollte ich ihn überraschen.«

Ina setzte sich im Bett auf. Sie war geschockt. Noch nie hatte sie Nick so viele Sätze am Stück reden hören. Nur langsam arbeitete sich deren Inhalt auch in ihr Hirn vor.

»Wie jetzt, du bist hier, um deinen Vater zu treffen?«

»Der schuldet mir noch was. Mein Bafög wurde gestrichen und der lässt mich total hängen …« Nick knöpfte sich sein leicht zerknittertes Hemd zu.

»Und… äh, und ich?«

»Du hast dich mir vorher in den Weg geworfen, sozusagen.« Er grinste.

Ina schluckte. Nie hatte sie ihren Kaffee so vermisst wie jetzt. Mechanisch zog sie eine Daunenfeder nach der anderen aus der Bettdecke. »Du bist gar nicht wegen mir hier?«

»Passt schon. Das war doch ein toller Zufall!«

»Zufall?« Ina hatte eigentlich nicht vorgehabt, die Liebe ihres Lebens auf zufälligen Begegnungen aufzubauen. »Heißt dein Vater Heinrich?«

»Wie fast jeder in meiner Familie, wieso?«

Der Skatbruder ihres Vaters. Ina kamen seine Sätze in den Sinn. Was er über seinen Sohn gesagt hatte, als Ina noch nicht ahnen konnte, dass er von Nick sprach. Von vielen Mädchen war die Rede gewesen und sehr wenig Geld, erinnerte sie sich. Und dass er solo sei. Inas Blutdruck fühlte sich an, als würde er jetzt keinen Kaffee mehr brauchen. »Nick, wer war die Frau, mit der du letztens aus deinem Haus in Berlin gekommen bist?«

Nick hatte seine Sneakers zugebunden und stand auf. »Ich muss jetzt wirklich. Wir können uns ja wieder treffen, wenn du dich beruhigt hast. Ciao, Darling!«

»Ich heiße Ina, aber wahrscheinlich weißt du das ja auch nicht«, rief Ina und schmiss ihr Kopfkissen Richtung Tür, dass die Daunen nur so flogen.

Doch Nick war längst verschwunden.

Kapitel 19

Verärgert zog Nathalie ihren silbernen Hartschalenkoffer den Berg hinauf. War ja schön gewesen, dass sie den nach dem letzten Sommershooting »Knitterfrei auf Safari« hatte abstauben können, während für Karlotta nur die aufblasbaren Giraffen übrig geblieben waren. Aber Gepäck auf vier Rädern war für den Nordschwarzwald dann doch nicht so geeignet, musste Nathalie feststellen. Ihr leicht rollender Multiwheeler hatte sich ein paarmal selbstständig gemacht, als sie ihn abstellen musste, um ihre mattierenden Pudertücher in den Tiefen ihrer Birkin Bag zu suchen. Wer brauchte Berge? Unpraktisch war hier irgendwie alles. Das hatte schon angefangen, als sie in Karlsruhe in einen Regionalexpress hätte umsteigen sollen – beim Gedanken an schwitzende Körper im Nahverkehr schüttelte es Nathalie innerlich. Deshalb hatte sie sowohl auf die Bahn zu diesem Ort, der wie eine Enttäuschung klang – Achern –, verzichtet als auch auf den anschließenden Bus Richtung Mummelsee – wie niedlich –, und war stattdessen in ein Taxi gestiegen. Der Fahrer sah nicht nur aus, als gehörte er schon drei Mal in den Ruhestand, er fuhr auch so und erklärte Nathalie, dass leider sein Kartenlesegerät kaputt sei, als sie ihre goldene Kreditkarte zückte. Er hatte sie dann auch zur örtlichen Bank gefahren, damit sie Geld abheben konnte. Viel Geld.

Wie kann man hier nur leben!, dachte Nathalie und wünschte sich, sie hätte Reisekleidung aus den 1970ern gewählt, schön bunt mit dicken Pril-Blumen auf dem Polyestershirt. Das wäre hitzetechnisch zwar nicht optimal gewesen, hätte aber thematisch besser in diese altertümliche Gegend gepasst als ihr gestreiftes Hemdblusenkleid mit den Wedges. Nathalie spürte, wie ihr Schweiß in die Seide sickerte. War es hier immer so schwül? Und wie sie mit ihren hohen Schuhen diesen Berg jemals wieder hinunterkommen sollte, war ihr momentan noch ein Rätsel. Nathalie hielt an und suchte auf ihrem Handy nach dem Weg, während sie sich möglichst elegant vor ihren Koffer stellte, damit der nicht schon wieder den Rückwärtsgang einlegte. Ob Ina von der Beerdigung ihrer Oma schon zurück war? Die sollte doch heute sein, hatte Ina mal erwähnt. Den Friedhof würde sie zwar über ihre Karten-App finden, aber vielleicht war es nicht so geschmeidig, mit Sack und Pack ans offene Grab zu stöckeln, überlegte Nathalie. Ina anrufen? Auch keine Lösung. Wie sie ihre beste Freundin kannte, hatte die vergessen, ihr Handy lautlos zu stellen. *Am besten gehe ich erst mal zu Inas Elternhaus*, überlegte Nathalie. Die Adresse hatte sie herausgefunden. Irgendwen würde sie schon antreffen, der ihr den Weg zu Ina zeigen würde. Konnte ja nicht so weit sein, hier im Schwarzwald war doch alles klein, niedlich und nah beieinander, oder?

* * *

»Ah, Sie bringet endlich die fehlende Schwarzwälder Kirsch! Kommetse rein, die Küch ist ums Eck.«

Ehe Nathalie auch nur versuchen konnte zu begreifen, was diese schlanke Frau mit praktischer Kurzhaarfrisur im badischen Dialekt von ihr wollte, stand sie auch schon in der holzverkleideten Küche, die samt der Eckbank mit rot-weiß karierten

Polstern so richtig nach Schwarzwald aussah. Sehr spießig, aber zu ihrer Verwunderung musste Nathalie feststellen, dass ihr das eigentlich ganz gut gefiel. Was aber auch an der Menge von Torten und Kuchen auf dem Tisch liegen konnte.

»Die Schwarzwälder is des einzigschte, was i net selbst mach, die het immer die Adele gmacht, Gott hab sie sälig. Wo henn Sie denn die Tort versteckt?«

Das ging selbst Nathalie ein wenig zu schnell. Gerade erst hatte sie an diesem netten badischen Einfamilienhaus geklingelt, in dem sie Inas Eltern vermutete, schon sollte sie zur einheimischen Konditorin erklärt werden, wenn sie das ansatzweise richtig verstanden hatte.

»Wir brauchen noch Kaffee.« Ina und eine silberne Thermoskanne tauchten im Türrahmen auf. »Nathalie! Was machst du denn hier?«

»Ina, habe ich dich gefunden! Ich komme dich besuchen! Ich meine, äh, ich wollte hier wirklich nicht so reinplatzen, aber jetzt ohne deine Oma, also, äh, da kann ich dich doch nicht alleinlassen.« Hilflos sah Nathalie ihre Freundin Ina an, die ihr um den Hals fiel.

»Nach alloi sah des heut Nacht net aus.« Inas Vater Dieter schob sich in die Küche. »Des is aber koi alde Schulfroindin! Die ist viel zu schickimicki!«

Nathalie ließ sich von Ina deren Eltern vorstellen und brachte ihnen schonend bei, dass von ihr keine Torte zu erwarten sei, schon gar keine Schwarzwälder Kirschtorte. Mit einem »Isch scho recht« schob ihre Mutter die Freundinnen zur Haustüre raus. Für Ina war damit der Beerdigungskaffee für ihre Oma Adele beendet, für Nathalie begann hier ihr großer Vorsatz: Ab sofort ehrlich zu ihrer Freundin zu sein.

* * *

»A Froind is oiner, der di mog, obwohl er di kennt.« Nathalie saß in Zimmer 4 unter einem der Holzschilder mit den lustigen badischen Sprüchen, die sie im ganzen Gasthaus verteilt vorgefunden hatte. *Ein Freund ist jemand, der dich mag, obwohl er dich kennt*, meinte Nathalie zu verstehen und dachte nur: *Na, hoffentlich trifft das auch auf Ina zu.* Inas Oma schien eine humorvolle Frau gewesen zu sein. Mit großer Heimatliebe. Nathalie nahm den Schwarzwälder Hut von der Wand und setzte ihn probeweise auf. Die großen roten Bollen machten sich gut zu ihrem roten Nachthemd, urteilte sie mit einem Blick in den leicht stumpfen großen Spiegel neben der Tür. So ein Hut konnte ein schönes Accessoire bei einem ländlichen Fotoshooting für ihr Heft sein. Vielleicht im Herbst, wenn die nächsten Dirndl-Kollektionen von diversen Promifrauen anstanden. Warum nicht mal die badische Tracht vorstellen?

Sie sah aus dem Fenster. Nur eine Straßenlaterne erhellte die Dunkelheit und ließ hinter der Wiese Tannen erahnen. Wie still und friedlich es hier war. Trotzdem konnte sich Nathalie nicht entspannt ins große Holzbett schlafen legen, das sie mit Ina zusammen noch schnell bezogen hatte, mit rot-weiß karierter Bettwäsche natürlich. Es war ein schöner Abend unter Freundinnen gewesen. Ina hatte ihr die Wirtschaft mit den Gästezimmern im ersten Stock gezeigt. Hinter jeder Tür wartete ein neuer Blick in die Vergangenheit, in die Welt des Schwarzwalds. Sehr exotisch fühlte sich das alles für Nathalie an, aber irgendwie auch heimelig. Gemütlich trotz all der Piefigkeit. Oder gerade deswegen? Nathalie ließ sich auf das quietschende Bett plumpsen. Taschenfederkern hielten hier wahrscheinlich alle für eine Hühnersorte, hier regierte noch die Sprungfeder. Nathalie musste grinsen. Ja, trotz allem war es gut, dass sie hergekommen war. Endlich hatte sie in Ruhe mit Ina reden können. Ausführlich hatte die ihr von der Beerdigung am Vormittag berichtet, zu der so viele Menschen aus der ganzen

Umgebung gekommen waren. Oma Adele war beliebt gewesen. Ina hatte ihr auch vom großen Druck erzählt, den die Erbschaft dieses großen Hauses in ihr ausgelöst hatte. Sie hatten sich die Straße runter einen Döner geholt und am alten Holztisch hinter dem Haus gegessen. Hatten ein wenig herumgesponnen über Ina als zukünftige Hotelbesitzerin und Kneipenwirtin im Schwarzwald, als Ina plötzlich meinte: »Ich werde das Haus verkaufen, aus.« Dann war sie zügig ins Bett gegangen, wahrscheinlich um jede Diskussion zu vermeiden. Bevor Nathalie loswerden konnte, was ihr auf dem Herzen lag: Nick. Sein Kuss. Ihr Gefühlschaos.

Es klopfte an der Tür. »Schläfst du schon?« Ina tapste barfuß ins Zimmer, in einem Onesie mit lauter Micky Mäusen drauf. *Bequem mag so ein einteiliger Schlafanzug ja sein,* dachte Nathalie, *aber modetechnisch gibts in Inas Schlafzimmer noch einiges aufzuräumen, wenn das noch mal was mit einem Mann werden sollte, mit welchem auch immer.*

Die Micky Mäuse machten es sich neben Nathalie auf dem Bett bequem. »Nattie, bevor ich auf der Stelle einschlafe, wollte ich dir nur noch mal sagen, wie froh ich bin, dass du da bist!« Ina legte ihren Kopf auf die Schulter ihrer Freundin.

Nathalie räusperte sich. »Ina, ich wollte dir auch noch was sagen …«

Aber Ina redete weiter. »Erst verlässt mich meine Oma, dann Nick, der gar nicht wegen mir hergekommen ist – was täte ich da ohne meine beste Freundin!«

»Was, Nick ist hier?« Nathalie zuckte erschrocken zurück.

Ina sah sie mit traurigen Augen an. »Ja, habe ich dir das noch gar nicht erzählt? Der tauchte gestern Abend auf und ich habe gedacht, der kommt extra aus Berlin, nur um mich zu sehen. Wie blöd ich bin.«

»Äh, und was hat Nick erzählt? Was will er denn sonst hier?« Nathalie wurde heiß in ihrem Hemdchen.

»Ach, ich weiß auch nicht. Irgendwas von Geld und Familie hat er gesagt, dann ist er abgezogen. Was ist denn das für eine Beziehung? Die ist ja vorbei, bevor sie richtig angefangen hat. Kein Mann will mich.«

Nathalie nahm ihre Freundin in den Arm. »Ina, hör mir zu. Du bist toll, und wenn Nick das nicht sieht, ist er verrückt. Du wirst nicht männerlos im Schwarzwald versauern. Sobald du hier alles geklärt hast, hauen wir wieder ab nach Berlin. Was hältst du davon?«

Ina schniefte. »Gut, dass du da bist, Nattie. Du weißt immer, was zu tun ist.«

»Aktuell ist das eine Runde schlafen, morgen sieht alles ganz anders aus.« Nathalie sah ihre Freundin aufmunternd an.

Ina nickte. »Das hat meine Oma auch immer gesagt.« Langsam schlich sie zur Tür. »Aber«, Ina drehte sich noch einmal um, »du wolltest mir doch auch noch was sagen …«

Nathalie winkte ab. »Nicht so wichtig, Ina, hat alles Zeit bis morgen. Schlaf gut!«

Jetzt konnte Nathalie erst recht nicht schlafen. Nick war in der Gegend! Und ihr Freund Johannes hatte ihr immer noch nicht auf ihre Nachricht geantwortet, die sie ihm schon am Morgen im Zug geschrieben hatte. *Der schaut wahrscheinlich seine neueste Horrorserie,* dachte Nathalie. Sie setzte sich an den kleinen Sekretär, blickte noch einmal in die wirklich schwarze Schwarzwälder Nacht, klappte ihren Laptop auf und machte das, was sie in solchen Situationen am besten konnte: eine neue Liste schreiben.

10 Punkte, die Sie in männerfreien Nächten erledigen können:

1. **Die Belege für die Steuererklärung sortieren.**

2. **Nach Jahrzehnten die Puderpinsel waschen.**

3. **Den Berg Bügelwäsche auf eins dreiundsechzig anwachsen lassen.**

4. **Ihre Reizwäsche farblich sortieren, während Sie Ihre Schluderhose tragen.**

5. **Endlich wieder IHRE Musik hören, auch die ganz peinliche.**

6. **Sich die Haare immer noch nicht waschen.**

7. **Alle Folgen der »Golden Girls« schauen, so schön *oldschool*.**

8. **Sich schon vor 18 Uhr den ersten Drink genehmigen, und zwar einen von den süßen.**

9. **Alle Freundinnen auf einmal einladen.**

10. **Eine neue Fußmatte für die Haustür bestellen mit der Aufschrift: Männer müssen draußen bleiben!**

Kapitel 20

Mit Nathalies Hilfe hatte sich Ina am nächsten Morgen eine To-do-Liste angelegt, die mit »drei Tassen Kaffee trinken« begann und mit »Omas Gasthaus verkaufen« endete. Dazwischen hatte sich Olli gemogelt. Olli aus Berlin, der Immobilienmakler mit dem karierten Hemd. Bei der Aufregung der letzten Tage hatte Ina völlig vergessen, dass sie beim letzten Telefonat mit ihm nicht nur über einen möglichen Verkauf des Gasthauses gesprochen, sondern auch einen weiteren Termin mit ihm ausgemacht hatte. Und der war heute. Denn einmal im Monat war Olli immer in der Dependance seiner Agentur in Baden-Baden, hatte er ihr erzählt. *Wie praktisch, keine halbe Stunde entfernt,* dachte Ina, als sie sich auf den Weg genau dorthin machte, im alten Opel ihres Vaters. Etwas widerwillig und nur durch ein Machtwort ihrer Mutter hatte ihn Dieter rausgerückt und Ina auf seinen ADAC-Mitgliedsausweis von 1965 schwören lassen, dass sie ihn wohlbehalten und natürlich vollgetankt wiederbrachte.

Gleich hinter dem Ortsschild hatte Ina erst mal die Sitzauflage mit den Holzperlen vom Fahrersitz entfernt und den Tannenbaum aus Pappe vom Spiegel genommen. Ina meinte, einen Duft nach Schwarzwälder Schinken auszumachen, als sie das Teil ins Handschuhfach warf. Erst mal lüften. Ina mochte sich gar nicht vorstellen, wie ihr Vater Dieter ein Wohnmobil ausschmücken würde, wenn er sich denn wirklich eins leisten wollte.

Langsam fand Ina Gefallen an dem Gedanken, dass sich ihre Eltern auf Weltreise begeben wollten. Was würden das für ruhige Monate werden – oder würde ihr Vater aus Timbuktu anrufen, um Ina zu beauftragen, ihm sein ADAC-Heft nachzuschicken? Schlimmes war zu befürchten, hatte er doch gestern erst behauptet, er wolle in Bielefeld mit der Weltreise beginnen, um herauszufinden, ob es diese Stadt überhaupt gebe. Alter Verschwörungstheoretiker. Ina wünschte ihn sich lieber über den Jordan. Natürlich nur reisetechnisch gesprochen. Sie grinste. Die Idee, in Länder zu reisen, die in Sprichwörtern vorkamen, war ja schließlich nicht ihre gewesen. So langsam besserte sich Inas Laune. Hoffentlich war sie für Baden-Baden überhaupt passend angezogen. Gut, dass Nathalie ihr zum Kleid geraten hatte – so warm, wie es jetzt schon war. Natürlich hatte der Opel ihres Vaters keine Klimaanlage, sondern nur ein altmodisches Gebläse. Wenn Ina nicht aufpasste, sähe ihre Frisur bei ihrer Ankunft in der Kurstadt so aus wie die Wollknäuel im Strickzeug, die sie im Gasthaus ihrer Oma Adele gefunden hatte.

* * *

Jeans, dunkles Jackett, hellblaues Hemd. Olli sah besser aus, als Ina ihn in Erinnerung hatte. Aber sie hatte ihn ja auch erst einmal gesehen, an dem Abend mit Nathalie im Klub, als ihre Sinne schon leicht getrübt gewesen waren von zu vielen Sex on the Beach. Trotzdem kam es ihr vor, als würde sie Olli schon ewig kennen. Vielleicht weil sie so lange miteinander telefoniert hatten. Worüber hatten sie nur geredet? Hauptsächlich hatte Ina erzählt und Olli hatte zugehört.

Er war aber auch sehr interessiert. Genau wie jetzt, als er Ina die Hand gab. »Ina, wie schön, wie geht es dir?« Olli sah ihr in die Augen. Seine waren braun und warm, stellte Ina fest und lächelte ihn an. Gut, dass sie eben noch mal ihre Frisur gerichtet und Lippenstift aufgelegt hatte, bevor sie das Immobilienbüro betreten hatte. Natürlich gab es in dem alten Auto ihres Vaters keinen Schminkspiegel. Also hatte sich Ina auf dem Weg von der Parkgarage zum Büro vor den Außenspiegel eines parkenden Autos gequetscht, um sich die Lippen anzumalen – und hatte vor Schreck einen roten Strich quer über ihre Wange gemalt, als sich die getönte Scheibe neben ihr nach unten bewegt und ein Mann mit grimmiger Boxervisage sie angemacht hatte. An Rouge im Gesicht mangelte es ihr jetzt nicht mehr.

»Was?« Ina tauchte aus dem See der Peinlichkeiten auf, in dem ihre Gedanken gerade eine Runde schwammen.

Olli sah sie fragend an. »So magst du ihn doch, oder? Latte macchiato mit viel Zucker. Nimm doch schon mal Platz, dann schauen wir uns gleich deine Unterlagen an.«

Olli verschwand und Ina setzte sich mit einem wohligen Gefühl, das sich noch verstärkte, als sie die Cookies auf dem Unterteller entdeckte, auf dem Olli ihren Kaffee servierte.

Er ließ sich ihr gegenüber an den Tisch nieder. »Also, du willst das Gasthaus, das du von deiner Oma geerbt hast, verkaufen. Du willst es doch verkaufen, oder?«

Diese Frage setzte sich in Inas Hirn fest und ließ sie nicht mehr los. Sie meldete sich, als Olli mit ihr die Schriftstücke durchging, die sie vom Nachlassgericht erhalten hatte. Auch als Olli sie mittags auf eine Pizza in der Stadt einlud und sie anschließend noch Eis essend durch die Lichtentaler Allee spazierten. Durch die Gespräche mit ihm wurde Ina klar, dass sie noch gar nicht wirklich über alles nachgedacht hatte – ihre Oma Adele, ihr Testament und das, was Ina selbst wollte. Zu viel war passiert in den letzten Tagen. Aber Olli hatte so eine sanfte Art, ihr Dinge zu entlocken, von denen Ina noch gar nicht wusste, dass sie sie beschäftigten. Ohne aufdringlich nachzubohren, aber auch ohne schleimigen Dackelblick, wie ihn einer ihrer Ex-Freunde hatte. Ging gar nicht, hatte Nathalie ein für alle Mal beschlossen und Ina hielt sich seitdem daran.

»Jetzt haben wir wieder nur über mich gesprochen.« Sie waren vor der Tiefgarage angekommen, in der Ina den Wagen ihres Vaters geparkt hatte.

»Das ist doch auch interessant genug!« Olli reichte ihr seine Karte. »Oliver Merlo, Immobilienfachwirt« stand darauf. »Hier stehen noch mal alle meine Telefonnummern und auch die E-Mail-Adresse. Jetzt kannst du mich Tag und Nacht erreichen.«

»Du heißt Merlo? So ähnlich wie der spanische Rotwein?«

Olli lachte. »Nein, eher wie die italienische Amsel. Meine Mutter ist Italienerin, von ihr habe ich den Namen. Den hat sie auch nicht abgelegt, als sie und mein Vater in Berlin geheiratet haben. So ist meine Mutter, sie setzt sich durch, eine starke italienische *mamma* mit einem fröhlichen Namen.«

»Ein Vogelnachname! Wie schön!« Ina strahlte und tat im Geiste das, was sie seit ihrem dreizehnten Lebensjahr heimlich machte – sie probierte, wie der Nachname eines Mannes zu ihrem Vornamen passte. Früher hatte sie bei jedem Jungen, den sie kennenlernte, gedacht, dass sie ihn mal heiraten würde. Da wäre es ja praktisch gewesen, wenn sein Nachname schon mal gut mit ihrem Vornamen harmonierte. Ina war sich auch ziemlich sicher, dass deshalb aus ihrem ersten Flirt in Jugendtagen nichts geworden war, dabei war er ein ganz Lieber gewesen, ihr Julian Möhrchen. Aber Ina Merlo – das klang aufregend, weltgewandt, spritzig und so viel besser als Weininger. Das durfte sie Nathalie gar nicht erzählen. Natürlich behielt eine gestandene Frau heutzutage ihren eigenen Nachnamen, war deren Meinung.

»Ich hoffe, du erzählst mir demnächst mehr über deine Familie, die scheint doch sehr viel interessanter zu sein als meine!«

»Das mache ich sehr gern, Ina.« Olli reichte ihr die Hand. Sie fühlte sich gut an in ihrer. Und da waren auch wieder seine braunen Augen, die sie ruhig anschauten.

»Danke, Olli, dass du dich so um mich kümmerst, ich meine, um das Haus. Ich freue mich, wenn du morgen vorbeikommst und es dir anschaust. Dann kannst du mir auch mehr über die Wohnungen in Berlin erzählen, die du gefunden hast. Oh Mann, das klingt, als würde ich allein gar nichts mehr auf die Reihe kriegen.«

»Ich kümmere mich um deine Immobilien, dann hast du mehr Zeit für Wichtigeres!«

Es schien Ina, als hielte sie Ollis Hand länger als nötig in ihrer. Aber es fühlte sich gut an, und als sie zurückfuhr, war sie beschwingt wie lange nicht mehr. Sie fand eine alte Kassette im Auto ihres Vaters und schmetterte zusammen mit Al Bano und Romina Power, von ihrem Vater nur Albanano und Rominaistsauer genannt, lautstark »Ti amo«. Obwohl sie gar kein Italienisch konnte. Noch nicht.

Kapitel 21

Nathalie war in der Zwischenzeit nicht untätig gewesen. Zuerst hatte sie noch versucht, im verwilderten Garten hinter dem Gasthaus ein wenig Qi Gong zu praktizieren oder sich wenigstens ein wenig zu sonnen, aber als sie auf ihrem Smartphone die aktuellen Zahlen von Zecken im Südwesten las, beschloss sie, erst mal eine Erkundungstour durch den Mini-Ort zu machen. Vielleicht fände sie ja so ein Gerät zum Spätzlemachen. Die mochte sie ganz gern, und wenn sie sich recht erinnerte, besaß ihr Hannes so etwas noch nicht in seiner Profiküche. Nathalie hatte das Gefühl, ihrem Freund etwas Gutes tun zu müssen, nachdem sie so, nun ja, zumindest gedanklich etwas von ihrer Beziehung abgeschweift war. *Vielleicht könnte ich für ihn sogar selbst die Spätzle machen, wenn ich wieder in Berlin bin.* Bestimmt freute er sich, wenn sich Nathalie seine Leidenschaft auch mal zu eigen machte. Also, die zum Kochen. Sie entschloss sich für die bequemsten Schuhe, die sie dabeihatte – ihre neuen Multicolor-Sneakers mit Leomuster von Steve Madden. Das passte doch gut in die wilde Landschaft. Dazu ihre Highwaist-Jeans und die schulterfreie Carmenbluse. Ein bisschen sexy musste es schon sein, auch im Schwarzwald, fand Nathalie. Sie setzte ihre neue Sonnenbrille von Gucci auf und stolzierte los. Wenigstens ging es erst mal den Berg runter.

Zwei Stunden, sehr viele Fachwerkhäuser und zu viele Höhenmeter später war Nathalie wieder in Oma Adeles Gasthaus. Sie war leicht verschwitzt, dafür hatte sie einiges Merkwürdige entdeckt: einen Schnapsbrunnen oberhalb der Straße. Da standen doch wirklich gekühlte Schnapsflaschen im Brunnen und warteten darauf, gegen ein Entgelt geleert zu werden. War wohl so was wie die frühe Form einer Kneipe – immer offen, immer erreichbar, toll. Dass keiner den Schnaps klaute! An der Ortsdurchgangsstraße stand eine »Mitfahrbank«. Da konnte man sich wohl draufsetzen, in der Hoffnung, dass einen irgendjemand im Auto mitnahm. Ob das funktionierte? Nathalie sah das kritisch. Wahrscheinlich dachten die sich so was aus, weil es hier nicht genügend öffentlichen Nahverkehr gab. Oder war das die dörfliche Variante von Kuppelei? Da bekam Speeddating ja eine völlig neue Bedeutung. Auf der Bank saß ein leicht verlebt aussehender Mann unbestimmten Alters mit Dreitagebart und einem großen Glasballon neben sich. Der hatte sie angequatscht, aber Nathalie hatte immer nur Alkohol verstanden oder zumindest gerochen. Dorfbewohner!

Irgendwo am Ortsrand musste man auch in Weinfässern übernachten können. Unglaublich … So langsam verstand Nathalie, warum ihre Freundin Ina schon mal etwas abstruse Angewohnheiten und Ideen hatte.

Aber das Wichtigste: Nathalie hatte einen Spätzlehobel gefunden. Und weil der Verkäufer ihr so anschaulich demonstriert hatte, wie einfach der zu benutzen war, und sie außerdem noch sein altes Spätzlerezept abfotografieren ließ, hatte Nathalie im kleinen Supermarkt gleich noch Mehl, Eier, Zwiebeln und Käse gekauft. Und einen Schwarzwald-Gin. Sie würde heute Kässpätzle machen! Und wenn Ina müde, satt und leicht betrunken war, würde Nathalie ihr endlich die Sache mit Nick beichten.

* * *

Nathalie hatte sich durch ein Sammelsurium von Kochtöpfen, Schüsseln und Rührbesen in Oma Adeles Gasthausküche gewühlt und passende Utensilien gefunden. Jetzt rührte sie gerade ein zähes Etwas zusammen, das hoffentlich perfekte Spätzle ergeben würde, als sie eine vertraute Stimme aus dem Gastraum hörte. Eine zu vertraute.

»Jemand zu Hause?« Nicks Kopf erschien in der Küchentür.

»Nick!«

»Nathalie!«

»Schön, dass wir noch wissen, wie wir heißen. Was machst du denn hier?«

Nick grinste süffisant. »Das wollte ich dich auch gerade fragen. Sexy siehst du aus mit der Schürze. Solltest du öfter tragen, am besten mit nichts drunter.« Er kam näher. »Ah, du backst mir einen Kuchen, das gefällt mir.«

Und ehe Nathalie auch nur Luft holen konnte, hatte Nick auch schon ihre Hand ergriffen und leckte Teig von ihrem Finger. »Bäh, der ist ja salzig!«

Nathalie musste lachen. »Was denkst du denn?«

»Dass die Bäckerin verliebt ist. Und süß ist sie ja selbst.« Er fasste sie an der Taille, zog sie an sich und drückte ihr einen Kuss auf die Lippen, bevor Nathalie auch nur »Spätzle« sagen konnte.

* * *

Als Ina am späten Nachmittag von ihrer Baden-Baden-Tour zurückkam, sah Nathalie, wie sich ihr Gesichtsausdruck von einem entspannten Lächeln zu einem Fragezeichen verwandelte, als sie Nick mit ihr in der Gaststättenküche entdeckte. Sie standen zusammen mit erhitzten Gesichtern über einen großen dampfenden Topf gebeugt.

»Hallo! Was macht ihr denn da?«

Nathalie hob die Schöpfkelle aus dem heißen Wasser. »Das, was man in so einer Küche tun sollte. Wir machen Spätzle. Und wenn sich Nick beim Schüsselhalten noch nicht total verausgabt hat und gleich den Käse reibt, dann gibts heute Abend frische Kässpätzle!«

»Okay …«

Nathalie bemerkte, dass Ina Nick mit unsicherem Blick taxierte. Aber der schien ganz in seinem Element und war gerade dabei, nach dem Käse auch die Zwiebeln zu zerkleinern. *Gut, dass ich ihn noch rechtzeitig auf andere Gedanken bringen konnte. Was für eine Katastrophe, wenn Ina uns beim Knutschen gesehen hätte.* Eigentlich hatte Nathalie Nick klarmachen wollen, dass das mit ihnen zu enden hatte, bevor es auch nur beginnen konnte. Was wollte er auch? Einen flotten Dreier? Zwei Freundinnen gleichzeitig? Dann gab es vermutlich eh noch andere Frauen in seinem Leben. Aber dann war Ina aufgetaucht.

»Hey, Kurstadt-Bunny, wenn du magst, hol doch was von dem Löwenzahn im Garten, ich habe da heute früh welchen entdeckt. Wir hatten letztens ein hübsches Rezept in unserem Heft. Daraus könnten wir noch einen wilden Salat machen, wenn die Spätzle im Ofen sind.« Nathalie schaute neben sich zu Nick und gab ihm einen freundschaftlichen Klaps auf den Hinterkopf.

»Vorausgesetzt, unser Schwarzwald-Playboy hört endlich auf zu heulen und macht aus den Zwiebeln ordentliche Ringe«, setzte Ina hinterher.

* * *

»Ich muss sagen, die Kässpätzle schmecken wie bei meiner Oma. Ich wusste gar nicht, dass du so gut kochen kannst, Nattie.«

Nathalie lächelte zwischen zwei Bissen zufrieden. Sie war selbst überrascht, wozu sie alles in der Lage war. Zu Hause in

Berlin kochte ja immer Johannes. Und das sollte eigentlich auch so bleiben. Aber Spaß hatte es schon gemacht. Und es schien allen zu schmecken. Obwohl – dass Ina ordentlich zulangte, war klar. Wie immer, wenn es für sie viel zu durchdenken gab. Nathalie war froh, dass ihre Freundin nach der ganzen Anstrengung und Trauer einen schönen Tag in Baden-Baden gehabt hatte, wie es schien.

»Morgen kommt Olli vorbei und schaut sich das Gasthaus an. Er tut wirklich alles, um mir Arbeit abzunehmen.« Ina klang zufrieden.

»Olli?«, mischte sich Nick ins Gespräch ein.

»Der Immobilienmakler aus dem Klub. Weißt du noch, als wir dich kennengelernt haben?«, half Nathalie ihm auf die Sprünge.

»Ach, der Langweiler im Karohemd. Na, dann viel Spaß!«

»Vielleicht willst du ja dabei sein«, warf Ina ein. »Dann können wir auch über eine neue Wohnung in Berlin sprechen.«

»Lass mal, ich habe eine Wohnung und ein altes Gasthaus in der Pampa brauche ich auch nicht. Ich muss morgen eh in Familie machen.«

Nathalie bemerkte, wie ihre Freundin blass wurde nach Nicks Worten. Feingefühl war nun wirklich nicht seine Stärke. Und wie der die Spätzle in sich reinschob! Fehlte nur noch, dass er am Ende das Messer ableckte. Darauf stand Nathalie ja nun gar nicht. Wenn es auch was Animalisches hatte.

»Hast du Ina schon von unserem Fotoshooting erzählt?« Nick sah sie an. Der wollte doch nur ablenken.

Also schilderte Nathalie kurz und knapp, wie ästhetisch die Fotos geworden waren.

Bis Nick dazwischenging. »Du hättest uns sehen sollen auf dem Flügel. Gibt es schon Reaktionen von Leserinnen? E-Mails? Heiratsangebote? Einfach an mich weiterleiten.« Er grinste. Nathalie entdeckte Spätzlereste zwischen seinen Zähnen.

»Ich freue mich so für dich!« Ina griff nach Nicks Hand. »Vielleicht kannst du ja öfter modeln. Hast du dich schon mal bei einer Agentur beworben? Da kann dir Nathalie sicher weiterhelfen. Kleiner Nebenverdienst zum Studium. So gut, wie du aussiehst, klappt das bestimmt!«

»Danke, Ina, haste recht, gute Idee. Aber da müsste schon was Größeres kommen.« Er fuhr sich lässig durchs wilde Haar.

Nathalie bemerkte, wie ihre Freundin Ina ihn anschmachtend ansah. »Na, vielleicht lasse ich euch Schwarzwaldeulen allein den Abwasch machen und verziehe mich schon mal in mein Zimmer.« Nathalie räumte die Teller zusammen.

»Ach, das wäre aber schade.« Nick sah sie herausfordernd an. Nathalie spürte unter dem Tisch sein Bein an ihrem. Sie trat ihm als Antwort kräftig auf den Fuß. Er sprang auf. »Ladys, ehe das hier ungemütlich wird, haue ich mal lieber ab. Ihr Frauen habt euch bestimmt noch viel zu erzählen. Ciao, meine Schönen.«

»Nick, warte.« Ina sprang auf. »Warum bist du heute eigentlich hergekommen?«

»Och.« Er schaute ratlos. »Ich hatte grad nichts Besseres vor und dachte, du vielleicht auch nicht. Zusammen hat man doch immer die besten Ideen!« Er zwinkerte ihr zu. »Ciao, ciao.«

Weg war er und hinterließ zwei betreten schauende Frauen und eine ungute Stimmung.

Ina ließ sich zurück auf ihren Stuhl fallen, sie schaute gequält. »Ich habe ihn zu sehr unter Druck gesetzt. Das mögen Männer halt nicht.«

»Unsinn.« Nathalie öffnete die Flasche mit dem Schwarzwald-Gin und schenkte ihnen beiden ein Schnapsglas voll ein. Gläser gab es in der Gaststätte ja genug. »Meine Nichte würde sagen, er ist ein Chickmagnet, ein Frauenheld. Ich fürchte, wir werden das nicht mehr ändern. Aber hey – er war doch gerade hier. Er wollte dich sehen, hatte bestimmt Sehnsucht nach dir. Mehr kannst du von Nick nicht erwarten.«

»Ich fände es schon schön, mit meinem Freund zusammenzuwohnen. Muss ja nicht gleich sein. Aber vielleicht überlegt er sich das ja noch mal mit der gemeinsamen Wohnung, wenn ich was Schönes in Berlin gefunden habe.«

Nathalie sagte nichts. Das erschien ihr nach diesem Abend dann doch eher unwahrscheinlich. Wenn sie Ina jetzt von Nicks Küssen erzählte, würde ihre Freundin die ganze Nacht nicht schlafen. Sie wechselte das Thema. »Jetzt mal zu den wichtigen finanziellen Dingen des Lebens – du hast dich mit dem Gasthaus also entschieden? Du willst es verkaufen?«

Ina leerte ihr Glas. »Hm, na ja, entschieden ist vielleicht nicht der richtige Ausdruck. Es scheint darauf hinauszulaufen. Was soll ich denn mit dem großen Haus?«

Nathalie lächelte. »Vielleicht was Neues aufmachen – kleine, feine Küche. Mit angrenzender Kochschule. Die Kässpätzle heute waren doch schon mal nicht schlecht.«

»Ich weiß nicht.« Ina zögerte. »Ich kann doch gar nicht richtig kochen und habe wirklich keine Ahnung von Gastronomie. Und was soll ich denn hier? Hast du nicht gesagt, ich müsste dringend wieder nach Berlin?«

»Du hast recht. Wobei ich sagen muss – es hat auch was, das Leben im Schwarzwald. Die gute Luft, die Natur, die lustige Sprache. Da könnte man viele Gäste anlocken, wenn man in der Hauptstadt ordentlich Werbung macht. Aber komm, jetzt triff erst mal Olli, dann siehst du klarer.«

Nathalie schenkte ihnen beiden Gin nach. »Hey, rate mal, welchen neuen badischen Ausspruch ich heute gelernt habe?«

»Tringe ma oine?« – Nathalie strahlte. »Alla guuut!« und brachte Ina doch noch zum Lachen.

10 Punkte, die für ein Leben auf dem Land sprechen:

1. Die frische Luft ist besser als jedes teure Feuchtigkeitsspray.

2. Flache Schuhe zu tragen soll ja auch viel gesünder sein.

3. Niemand quatscht einen zu – bei dem Dialekt versteht man eh nur die Hälfte.

4. Kein innerer Zwang, abends um 21 Uhr noch einkaufen zu gehen, nur weil es ginge – hier machen die Geschäfte eh um 18.30 Uhr zu.

5. Um 22 Uhr bereits im Bett zu liegen, kann ja eigentlich nur schön machen.

6. Man lernt völlig neue Tierarten kennen – und die Impfungen dagegen.

7. Wo keine Bürgersteige, da auch keine Hundehaufen.

8. Wer braucht Facebook, wenn er neugierige Nachbarn hat.

9. Hier freut man sich noch über Regen.

10. Relaxtes Styling – es braucht nicht viel, um aufzufallen. Merke: Der Katzensteig ist kein Catwalk.

Kapitel 22

Es war einer der Tage, wie Ina sie liebte. Als sie aufwachte, strahlte die Sonne. Sie öffnete die Fenster. Ein leichter Wind ging durch die Bäume hinter dem Gasthaus. Sie ließ sich zu leichter Morgengymnastik am offenen Fenster hinreißen, bis sie Schnaps-Hubert entdeckte, der zu ihr hochstarrte. Hatte der etwa morgens schon seine Ballonflasche unter dem Arm?

Gleich würde sie Olli treffen, Oliver Merlo. Ihren Vogelmann. Seine braunen Augen kamen Ina in den Sinn. Ab sofort würde sie bei jeder Amsel, die sie sah oder hörte, an ihn denken. *Ein Vogelmann ist kein Mann, der einen Vogel hat.* Ina kicherte vor sich hin und fiel in ihr altes Kinderlieblingslied von Rolf Zuckowskis Schulweghitparade »Was zieh' ich an?«, während sie ihren blau gepunkteten Flatterrock und das weiße Spitzenoberteil aus dem Schrank nahm. Sie fühlte sich heute so himmelblau. Hätte Nick sie jetzt sehen können! Gut, dass der Rock einen Gummizug hatte, die deftige badische Kost machte aus ihrem »gut dabei« in wenigen Tagen ein »fett wie Hummel«. Egal. Ina kam ein ebenso himmelblauer Gedanke. Was, wenn sie von dem Geld aus dem Verkauf der Gaststätte nicht eine Wohnung in Berlin mieten, sondern gleich kaufen würde? Eine, die groß genug für zwei war, eine, in die Nick nur einzuziehen brauchte. Ina drehte sich vor dem Spiegel. Das war ein guter

Plan, das würde auch Nathalie sagen. Endlich war sie es auch mal, die einen Plan hatte. Ina schlüpfte in ihre rosa Ballerinas und schwebte die Treppe hinunter. Wie eine *Schwarzwaldelfe* – so hatte Nick sie genannt.

* * *

Olli parkte seinen alten Saab Cabrio pünktlich vor dem Gasthaus. Ina lief ihm entgegen.

»So schnell sehen wir uns wieder!«

»Und das ist auch gut so! Guten Morgen, Ina. Ist es hier immer so schön oder nur, wenn du da bist?«

Olli sah heute legerer aus als gestern, blaues Poloshirt zu beiger Hose mit blauen Schuhen. Bootsschuhe seien die All-time-favourite-Freizeitschuhe für Männer, hatte Nathalie ihr irgendwann mal erklärt. Punkt für Olli. Farblich gesehen waren sie sogar im Partnerlook, stellte Ina lächelnd fest. Die Sonnenbrille, die Olli jetzt abnahm, verlieh ihm etwas Weltmännisches. Er blickte auf das große Haus.

»Das ist also das Gasthaus deiner Oma, das du verkaufen willst. Sehr imposant!«

Ina grübelte. »Alt ist es vor allem. In die Jahre gekommen. Sehr groß auch. Aber imposant? So habe ich es eigentlich nie empfunden. Mag daran liegen, dass ich meine halbe Kindheit hier verbracht habe. Als ich noch ein Baby war, hat meine Mutter noch gearbeitet. Deshalb hat Oma Adele auf mich aufgepasst. Ich lag schon als Säugling im Kinderwagen im Gastraum. Komm, ich zeig es dir!«

Sie gingen die wenigen Stufen hoch zum Eingang. »Tritt oin, bring Dorscht herein« stand in großen Buchstaben auf dem Schild über der Tür. Olli lachte.

»Du hattest eine lustige Oma!«

»Ja, Oma Adele hatte Humor.« Ina grinste. »Sie war die Lebhaftere meiner Großeltern, hat die Gäste immer gut unterhalten. Mein Opa war mehr so der stille, fleißige Arbeiter. Er wollte damals nicht wie die meisten hier im Ort in Wein machen, also überzeugte er meine Oma, ihn zu heiraten, baute dieses Haus und gemeinsam eröffneten sie die Gaststätte. Damals war das Haus sehr beliebt, viele Feste wurden hier gefeiert. Solang ich denken kann, hat meine Oma in der Küche gearbeitet und mein Opa in der Wirtschaft. Ein paar Fremdenzimmer im oberen Stock haben sie vermietet. Nachdem er vor vielen Jahren starb, hat meine Oma alles allein weitergeführt. Bis sie nicht mehr konnte. Die letzten Jahre hat sie hier nur noch gewohnt. Meine Eltern hatten immer vor, sie zu sich nehmen, aber Oma wollte das Haus nicht verlassen, das mein Opa gebaut hatte. Das hat sie ja auch geschafft.« Inas Stimme wurde leise.

Olli berührte sanft ihren Arm. »Du hast deine Großmutter sehr geliebt, Ina. Drum fällt es dir auch schwer, das Haus zu verkaufen.«

Wie immer, wenn Ina mit Olli sprach, fühlte sie sich so verstanden. Noch ein Punkt für Olli. Er sah, wie viel ihr das alte Gasthaus bedeutete, aber auch, wie sehr der Besitz sie belastete. Sie zeigte ihm die Küche, den großen Gastraum, sogar den Vorratskeller. Dann führte sie ihn in den ersten Stock.

»Ich kann dir nicht versprechen, dass ich dir alle Zimmer zeigen kann. Meine Freundin Nathalie ist gerade da, die kennst du ja. Ich habe sie heute noch gar nicht gesehen. Es kann sein, dass sie noch schläft.«

»Ach, Nathalie ist auch hier? Halb Berlin in Baden-Württemberg – sonst ist es doch immer umgekehrt.«

Ein Blick aus dem Fenster zeigte ihnen, dass Nathalie schon wach und aktiv war. Im roten Bikini stand sie unter dem großen alten Walnussbaum auf einem weißen Frotteehandtuch und bewegte sehr langsam Arme und Beine.

»Sieht aus wie Kampfsport in Zeitlupe, ist aber Qi Gong«, erklärte Ina grinsend. »Ich verstehe auch nicht, warum sie sich einen Sport ausgesucht hat, bei dem sie nicht gewinnen kann. Willst du ihr Hallo sagen?«

Nathalie stakste ihnen im Garten schon durch Löwenzahn, Gänseblümchen und Butterblumen entgegen. »Hallo, Olli. Nette Location, was? Perfekt für ein Fotoshooting für unser Heft. Ich hatte sofort sommerliche Blümchenkleider und große Strohhüte vor Augen.«

»Immer ganz Geschäftsfrau, was?« Olli gab ihr die Hand.

»Ich muss zugeben – nach dem ersten Kulturschock finde ich es hier recht romantisch. Die gute Luft, das leckere Essen. Und der Gasthof hat so einen Retroschick. Da könnte man die Küche modernisieren, aber auch viel Altes neu aufleben lassen. Steinwände, Holzdielen – ich sehe es schon vor mir. Und drinnen lokale Küche mit internationalem Twist. Eventlocation. Müsste man nur noch in der Hauptstadt bekannt machen. Darauf stehen die Städter doch!«

Olli war beeindruckt. »Das klingt ja nach einem richtigen Plan. Ina, willst du nicht zusammen mit Nathalie das Gasthaus wiederbeleben? Dann müsstest du es auch nicht verkaufen.«

»Nathalie, wann hast du dir denn das alles überlegt?«, fragte Ina erschrocken. »Das sind ja schöne Ideen, aber dafür muss man ordentlich investieren. Du weißt doch, dass ich bei meinem *Beißer*-Magazin nicht so viel verdiene. Geld habe ich erst, wenn ich das Haus verkaufe.«

»Du hast ja recht, Ina. Ich spinne nur ein bisschen rum, aber schön wäre es schon«, beschwichtigte Nathalie. »Man müsste auch erst mal checken, ob sich so was hier in der Gegend überhaupt lohnt, ist ja schon etwas abgelegen.«

Ina hakte sich bei Olli unter. »Na komm, ich zeig dir erst mal den Ort, damit du dir ein Bild von allem machen kannst. Willst du mitkommen, Nattie? Dann könntest du auch gleich noch mal einkaufen. Wie wäre es mit Maultaschen für heute Abend? Das Rezept findest du in der alten Kladde von Oma Adele. Die liegt seit Jahrzehnten im Stauraum unter der Eckbank im Gastraum. Nur mit Kässpätzle wirst du kein Lokal schmeißen können.«

Kapitel 23

Kaum waren Ina und Olli weg, lief Nathalie in ihr Zimmer und warf sich ihr weißes Boho-Kleid über. Ihre Mission hieß heute Männle. Nick Männle. Sie musste ihn finden und ihm ein für alle Mal klarmachen, dass sie beenden mussten, was noch nicht so richtig begonnen hatte. Unter dem Vorwand, sich nach Locations für ein Fotoshooting in der Gegend umzuschauen, hatte sich Nathalie verabschiedet und auf das alte Klapprad von Ina geschwungen. Jetzt ließ sie sich den Berg hinunterrollen. Sie fand es herrlich, die noch kühle Morgenluft an ihren nackten Beinen zu spüren. Sonst trat Nathalie ja höchstens im Fitnessstudio in die Pedale. Aber so unter blauem Himmel, das hatte was. *Fehlt nur noch, dass ich demnächst einen Fahrradhelm trage,* dachte Nathalie.

Sie nahm an, Nick bei seinen Eltern zu finden. Ihre Internetrecherche sagte, dass es im Nachbarort nur eine Familie Männle gab. Das musste sie sein.

Als sie wenig später am Flachdachhaus mit schmuckem Vorgarten klingelte, erschien ein älterer Badener mit Bierbauch in der Tür. Mit sehr dickem Bierbauch. *Na, wenn Nick nach seinem Vater geht, sieht das ja nicht gut aus für die Zukunft,* grübelte Nathalie.

»Scho wieder oine«, grunzte der Bierbauch, als Nathalie nach Nick fragte. Er musterte sie skeptisch, erklärte ihr dann aber den Weg zum nächsten See, wo Nick wohl im Sommer gern schwimmen ging.

»Saget se ihm, dass i auf ihn wart, er wollt mir beim Repariere vom Motorrädle helfe.«

Was auch immer das heißen mochte – Nathalie schloss aus diesen badischen Worten, dass sie nicht die Einzige war, die darauf brannte, Nick zu sehen.

* * *

Nach zwanzig Minuten und dreihundertneunzehn Obstbäumen erreichte Nathalie den Badesee. Sie fuhr am Schwimmbad vorbei, denn Nicks Vater hatte noch gesagt, dass er da bestimmt nicht sei, »weils koscht« und der ewig klamme Nick sich wohl die zwei Euro Parkgebühr sparen wollte. *Und wohl auch die Badehose*, dachte Nathalie, als sie sich durchs Gebüsch geschlagen hatte und jetzt vom Ufer auf den See starrte, wo ein Mensch mit wilden Bewegungen durchs Wasser pflügte. Als er näherkam, erkannte sie: Es war tatsächlich Nick. Wie hieß noch gleich das Parfum in dieser wahnsinnig erotischen Fernsehwerbung vor ein paar Jahren? Genau wie der Schnuckel damals im Spot stieg Nick jetzt sehr langsam aus dem Wasser, fuhr sich mit der Hand durch die nassen Haare und kam auf sie zu. Nackt. *Er ist kein Männle, er ist ein Mann,* ging es Nathalie durch den Kopf. Fast hätte sie gelacht, wenn sie nicht so fasziniert gewesen wäre. Von Nicks Körper, von seinem Blick, als er an sie herantrat. Statt einer Begrüßung nahm er ihr Gesicht in seine kalten Hände und küsste sie. Wassertropfen aus seinen Haaren liefen an Nathalies Hals entlang, in den Ausschnitt ihres Kleides, das Nick jetzt beherzt am Saum fasste und ihr mit einem Ruck über den Kopf zog.

»Du hast viel zu viel an«, murmelte Nick, während er ihre Hüften umschloss.

»Halthalthalthalthalt«, rief Nathalie, schob Nick weg von sich, holte tief Luft und setzte zu ihrem Vortrag an, aus der Reihe *Darum werde ich meine beste Freundin nicht mit ihrem Freund oder was auch immer du bist hintergehen.*

Leider nur in ihrem Kopf. Stattdessen ließ sich Nathalie von Nick an der Hand nehmen und zu seinem stahlblauen Strandlaken führen. Mit einem Griff hatte er die Bänder ihres Bikinioberteils gelöst. Was danach passierte, würde in Nathalies Annalen eingehen unter der Überschrift »Mein erster Sex am Badesee«.

* * *

Willenlos. Dieses Wort kam Nathalie als Erstes in den Sinn, als sie gefühlte Stunden später wieder auf dem Klapprad saß und Richtung dörfliche Idylle strampelte. Es ließ sie nicht mehr los. Nicht, als sie am kleinen Supermarkt hielt, um ein paar Dinge einzukaufen. Nicht, als sie im Gasthaus Oma Adeles Maultaschenrezept suchte, fand und sich daran machte, es auszuprobieren. Und nicht, als sie ausgiebig in der alten Badewanne duschte und ihren Sonnenbrand eincremte. Dass sie, Nathalie, überhaupt willenlos sein konnte. Sie hatte sich nicht gewehrt, als Nick sie verführte. Sie hatte es genossen. Sie hatte es gewollt. Also doch nicht willenlos?

Nathalie beschloss, einmal das zu tun, was sie gar nicht gut konnte: ihren Verstand abzuschalten. Und sich diesmal einfach nur ein paar Maultaschen hinzugeben. Und weil das für Nathalie nicht mal unter diesen Umständen möglich war, saß sie kurz darauf doch wieder an ihrem Laptop und schrieb ihre nächste Liste.

10 Punkte, die für einen Mann vom Land sprechen:

1. Er hat Hände, die zupacken können – den Einsatzort können Sie ja bestimmen.

2. Er macht nicht viele Worte. Wie sollte er auch, wenn seine Zunge gerade mit etwas anderem beschäftigt ist.

3. Latzhose, Jägerhut, Gummistiefel – da tun sich modisch gesehen völlig neue Welten auf.

4. Er ist im Besitz eines fahrbaren Untersatzes – sonst kommt er vom Land ja niemals weg.

5. Keine Endlos-Diskussionen, wo man gemeinsam essen gehen könnte – es gibt eh nicht viele Lokale und die haben garantiert Ruhetag.

6. Schlechter Handyempfang, langsames Internet, keine Kinos, nicht mal eine Buchhandlung – bleibt mehr Zeit für Zweisamkeit.

7. Wenn er auch den ganzen Tag im Weinberg oder auf dem Feld verbringt – er wird abends was Frisches zum Essen mitbringen.

8. Die gute Landluft hat doch schon immer belebend gewirkt und eine gesunde Gesichtsfarbe macht noch jeden Mann attraktiv.

9. Er weiß Sie zu schätzen – so viele Frauen gibts in einem Dorf auf dem Land ja nicht.

10. Schweine schlachten, Lehmhäuser bauen, Fass anstechen – wahrscheinlich kann er auch ihr gemeinsames Kind eigenhändig auf die Welt bringen, spätestens das sechste.

Kapitel 24

Wäre es Winter gewesen, dann wäre es schon stockdunkel gewesen, als Ina und Olli in seinem Saab vor dem Gasthaus ankamen. Aber jetzt im Hochsommer dämmerte es nur leicht. Die blaue Stunde. Was für ein schöner Tag! Erst hatte Ina ihm das Dorf gezeigt, wobei Olli vor allem die anderen Gaststätten interessierten und sie zu dem Schluss kamen, dass keine andere im Ort so zentral, so hübsch gelegen und so groß war wie ihre. Sie hatten sogar kurz bei ihren Eltern reingeschaut, die gerade dabei waren, Girlanden zu basteln. Also, Inas Mutter Monika hatte Girlanden gebastelt, während ihr Vater auf der Küchenbank saß und verschiedene Alkoholika in eine große Glasschüssel schüttete und was von »A Bowle muss geteschted wern, i kanns Rezept nimma finde« krächzte. Ihr Vater Dieter hatte kaum noch Stimme, was nach Auskunft der Mutter daran lag, dass er beim Abholen des Partygeschirrs unmöglich geparkt und deshalb ein Knöllchen bekommen hatte. Darüber hatte er sich wohl so geärgert, dass er den ganzen Rückweg über lautstark in seinem alten Opel vor sich hin geschimpft hatte und jetzt heiser war. Vielleicht gab es für ihn deshalb nichts an Olli auszusetzen, stellte Ina zufrieden fest. So ein sprachloser Vater hatte was. In dem Punkt war der Besuch bei den Eltern angenehm gewesen. Aber Ina hatte erschrocken wahrgenommen, was sie seit Tagen und Wochen vergessen oder vielleicht auch verdrängt hatte: Ihre Eltern feierten Rubinhochzeit, und das schon am Wochenende. Vierzig Jahre waren sie verheiratet. Ein großes Fest im Garten sollte es werden. Typisch ihre Eltern, dachte Ina. Bis zur goldenen Hochzeit wollten sie nicht warten mit Fest und Sammelaktion für ihre Reise. Sie wollten schon bald los. Das »Fescht« war eine Art Abschiedsfeier, auf der nebenbei auch für die Reise gesammelt werden sollte. Und sosehr Inas Vater große Partys auch hasste, vor allem, wenn sie in seinen heiligen Hallen stattfinden sollten – auf ein paar Scheine war er dann doch scharf. Je weniger er ausgeben musste für seine große Reise, umso besser, da war Dieter ganz Schwabe. Am Ende hatte ihre Mutter sogar Olli eingeladen. Er war ihr wohl sympathisch. Ihr Vater hatte nur in seiner Bowle gerührt und sprachlos genickt. *Wahrscheinlich braucht er auf seinem Fest Hilfe beim Fassanstechen und Aufbauen der Bierbänke,* dachte Ina. In ihrer Jugend war es nämlich sein Lieblingssport gewesen, jeden ihrer männlichen Begleiter zu vertreiben.

Danach hatte Ina mit Olli eine kleine Sightseeingtour durch ihre Kindheit gemacht. Sie waren an ihrer Grundschule und dem Gymnasium vorbeigefahren und hatten in einem Landgasthof im tiefen Schwarzwald echt badisch gegessen, unter Kastanien und blühenden Büschen. Romantisch eigentlich – bis auf die Trilliarden von Wespen, die sich auf Inas Pflaumenkuchen gestürzt hatten, den sie sich noch als Nachtisch gegönnt hatte. Eigentlich wollte Ina nichts mehr zu sich nehmen, das Fett und Zucker enthielt, aber Olli hatte ihr dazu geraten mit den Worten: »Wieso nicht, du kannst es dir doch leisten. Und wenn ich dich meiner Mutter vorstelle, du weißt schon, meiner echt italienischen *mamma*, und du kein Tiramisu und kein Gelato willst, dann bist du bei ihr unten durch.« Er wollte sie seiner Mutter vorstellen. Bei dem Gedanken bekam Ina jetzt schon leicht schwitzige Hände. Was aber auch an der

Außentemperatur liegen konnte. Sie waren den ganzen Tag lang offen in Ollis altem Saab gefahren und auch jetzt vor dem Gasthaus war das Dach noch nicht geschlossen.

»Und du hast dir nie überlegt, nach Italien zu gehen, wenn du schon fließend Italienisch sprichst? Da gibts doch auch Häuser, die du verkaufen kannst.« Ina sah Olli vom Beifahrersitz aus an. Sie roch sein leichtes Aftershave. In der Abendsonne sah er blonder aus als sonst. Und seine Augen leuchteten ockerfarben. *Wie der Vollmond, den es bald geben wird,* dachte Ina.

»Ich war mal einige Zeit dort, hab mich unglücklich verliebt.« Olli blickte aus dem Fenster. »Da bin ich lieber schnell wieder zurück nach Deutschland. Die meisten Italienerinnen finden blonde Männer zwar erst mal exotisch und aufregend, aber auf Dauer kann ich mit dem italienischen Temperament nicht mithalten. Dafür bin ich wohl einfach zu ruhig. Und vermutlich zu langweilig.« Er sah Ina an. Fast ein wenig traurig kam er ihr vor. Sie legte ihre Hand auf seinen Arm.

»Du bist doch nicht langweilig. Ich habe mich lange nicht mehr so gut unterhalten wie heute mit dir.« Das stimmte. Ina kam es vor, als hätten sie den ganzen Tag nonstop geredet. Olli war so interessiert, dabei so sanft. Er hatte ihr seine ganze italienisch-deutsche Familie beschrieben, die resolute italienische *mamma*, seinen großen, stillen, deutschen Papa und seine hübsche jüngere Schwester. Ina kam es vor, als ob sie sie alle schon seit Jahren kannte. Und Olli schien eine Menge Interessen zu haben. Er las viel, machte gerade den Segelschein und Gitarrespielen hatte er sich selbst beigebracht.

»Und was ich dank dir jetzt alles über italienische Musik weiß! Wie hieß noch mal dein Lieblingssänger? Irgendwas mit Pavarotti?«

Olli lachte. »Jovanotti! Warte.« Er griff an ihr vorbei und machte das Handschuhfach auf. Ina spürte seine Wärme. Er fischte nach einer CD. »Ich bin oldschool, hier im Auto gibts noch einen CD-Spieler.« Er schob die Scheibe in den Schlitz. Ina hörte Gitarrenklänge und eine sanfte, leicht heisere männliche Stimme.

»Das ist schön.«

»Das ist Jovanotti, er singt vom Mond und von Liebe. Apropos – was hältst du davon, wenn wir uns auf der Schwarzwaldhochstraße einen Ausguck suchen und den Vollmond anschauen? Lange dürfte es nicht mehr dauern, bis die Sonne untergeht. Ich wollte schon immer einen badischen Sonnenuntergang sehen.«

Ina seufzte. »Das ist eine wunderbare Idee. Aber ich fürchte, ich sollte mal nach Nathalie schauen. Ich habe sie schon den ganzen Tag allein gelassen, sie langweilt sich bestimmt ganz fürchterlich. Was soll sie in diesem Kaff auch tun?«

Olli nickte. »Das verstehe ich. Du bist eine echt gute Freundin. Aber vielleicht können wir das nachholen. Überleg dir das noch mal gut mit dem Gasthaus. Ich glaube mittlerweile wirklich, hier könnte man was Tolles aufbauen.«

Ina lächelte ihn an. »Das mache ich. Aber vergiss auch nicht meine Berliner Wohnung. Habe ich dir schon gesagt, dass ich jetzt eine Wohnung kaufen will, am besten eine für zwei? Also, ein paar Quadratmeter mehr wären nicht schlecht, Zweizimmerwohnung auf jeden Fall. Mit Aufzug, damit Nathalie nicht meckert.«

Olli sah sie verwundert an. »Für zwei? Deinen Vogel und dich? Ich dachte, du hast zwei Pfirsichköpfchen.«

»Jaja, das sind zwei. Aber ich habe doch jetzt einen Freund. Zumindest glaube ich das. Es ist etwas kompliziert.«

»Einen Freund?« Olli sah sie entgeistert an, wie Ina bemerkte.

»Äh, ja, doch, es ist so eine On-off-Beziehung. Aber das wird schon noch, wenn wir erst die neue Wohnung haben.«

»Ah. So ist das.« Olli sah ihr mit ernstem Gesichtsausdruck in die Augen. Seine waren jetzt eher maronenfarben, kam es Ina vor, aber es wurde ja auch schon dunkel. »Dann melde ich mich wegen der Wohnung.« Olli stieg aus, ging um sein Auto herum und öffnete ihr die Tür. Er streckte ihr die Hand entgegen und half ihr beim Aussteigen.

Ina überlegte einen Moment, ihm ein Küsschen auf die Wange zu geben, aber Olli drückte nur kurz ihre Hand. »Aber, du kommst doch morgen zum Fest, oder? Das wäre schön, da können wir dann weiterreden.«

Olli stieg wieder in seinen Saab. »Natürlich, Ina, ich habe ja zugesagt, dann komme ich auch. Gute Nacht.«

Dann sah Ina nur noch die Rücklichter und sein Berliner Kennzeichen.

Kapitel 25

Als Ina endlich zur Tür hereinkam, hatte Nathalie den Arbeitstag einer Redakteurin, Außenstelle Schwarzwalddorf, hinter sich. Sie hatte drei neue Fotos von sich in verschiedenen Kleidern bei Instagram gepostet, sie musste doch wissen, welches Outfit am besten ankam für die Landparty, zu der Ina sie morgen mitnehmen wollte: Maxikleid mit Spaghettiträgern, ländlich kariertes Hemdblusenkleid oder das Schulterfreie mit Plisseerock? Und sie hatte die Maultaschen warm gestellt, die sie … na ja, *gezaubert* war wohl nicht der richtige Ausdruck. Erhitzt traf es eher, es hatte dann doch nur zu den Fertigmaultaschen aus dem Supermarkt gereicht. Dafür aber mit einem riesengroßen bunten Salat, so schlecht war ihr Gewissen schon. Aber ehe sie sich auch noch in die süddeutsche Nudelteigherstellung einarbeitete, hatte Nathalie lieber mit ihrer Redaktion in Berlin telefoniert. Bevor die Kollegen sie völlig vergaßen. Natürlich war Karlotta rangegangen und erklärte Nathalie, dass ihre letzte 10-Punkte-Liste nicht ins neue Heft komme, weil sie, Karlotta, einen wahnsinnig innovativen Artikel über die Fehler beim Auftragen von Selbstbräuner geschrieben habe. Nathalie wünschte ihrer wenig geliebten Kollegin insgeheim alle diese Fehler selbst auf ihre helle Sommersprossenhaut und ließ sich mit ihrem Juniorchefchen verbinden. Jetzt blieb Nathalie nur zu hoffen, dass Marcel auch wirklich verstanden hatte, weshalb ein Artikel über Selbstbräuner im Hochsommer nicht ganz so dringend war. Warum legte sich Karlotta nicht einfach in die Sonne, wenn sie braun werden wollte, so Nathalies Argument. Und dass natürlich ihre 10-Punkte-Liste über die Landmänner der perfekte Teaser sei für ein anschließendes Fotoshooting Richtung Oktoberfest. Marcel wollte nur wissen, ob dieser gut aussehende Modeltyp aus der Bar wieder dabei wäre. Und als Nathalie ihm versicherte, dass der sogar aus der Gegend hier komme und schon ganz heiß auf ein neues Shooting sei, meinte ihr Chef nur: »Geht in Ordnung« und »Vielleicht muss ich mir das dann selbst mal ansehen«. *Das war knapp,* dachte Nathalie und beschloss, Nick direkt fest zu buchen, ihren Fotografen Piet anzumailen und sich jetzt wirklich nach Locations umzuschauen.

Aber erst mal hieß es, Ina die Fertigmaultaschen zu beichten. Das mit Nick vielleicht doch lieber ein anderes Mal.

* * *

Ina wirkte fröhlich und schaufelte die Maultaschen in sich rein. Ohne sie sich genau anzusehen, wie Nathalie erleichtert feststellte.

»Der Tag mit Olli hat dir nicht nur Hunger, sondern auch Spaß gemacht, wie mir scheint.« Sie lächelte ihre Freundin an. Dieser Mann tat ihr gut, das konnte jeder sehen. »Ihr wart ja ganz schön lang unterwegs.«

Als Ina daraufhin erzählte, dass sie mit Olli auch am See vorbeigefahren war, erstarrte Nathalie kurz zwischen zwei Gabeln Wildkräutersalat, für dessen Dressing aus Honig, Senf, Essig und Öl sie sich im Geiste kurz zur Kochqueen ernannt hatte.

»Aber da war es zu voll und wir wollten ja eh nicht schwimmen gehen. Wir sind dann lieber auf die Schwarzwaldhochstraße, da muss ich mit dir unbedingt auch noch hin. Du kannst nicht fahren, ohne von oben bis in die Vogesen geschaut zu haben.«

»Vielleicht können wir das nächste Woche machen. Ich konnte den schönen Marcel davon überzeugen, dass ich hier noch gebraucht werde, und Karlotta wird hoffentlich auch in Schach gehalten. Wollte Olli nicht noch mit reinkommen?«

»Ach, ich weiß auch nicht. Wir haben uns den ganzen Tag so toll unterhalten und plötzlich hatte er es ganz eilig.« Ina zuckte mit den Schultern. »Vielleicht hat er es mir übel genommen, dass ich mit ihm nicht noch den Sonnenuntergang anschauen wollte.«

»Er wollte mit dir zusammen den Sonnenuntergang ansehen?«

»Ja, und den Vollmond auch, dabei ist der erst morgen richtig rund, sagt mein Mondkalender.«

»Ina, Ina … Ich glaube, da hat sich der nächste Mann ins Labyrinth deines Herzens verirrt.«

Ina schaute sie fragend an.

»Na, unser braver Olli hat sich verliebt. Und zwar in – Trommelwirbel – dich!«

»Waaas?« Ina ließ ihr Besteck sinken. »Der Amselmann in mich verliebt? Das wüsste ich aber.«

»Na, hör mal, er chauffiert dich durch die Gegend, er kümmert sich um dein Gasthaus und kommt extra hier raus in die Pampa, er sucht dir in Berlin eine Wohnung … Wenn das kein gesteigertes Interesse ist, vorsichtig ausgedrückt, dann überlasse ich Karlotta die Promis im Heft und fange morgen als deine Gasthausköchin an. So viel Provision kann Olli gar nicht bekommen, dass sich sein Einsatz für dich finanziell lohnt.«

Ina griff nach der Schokolade, die Nathalie als Nachtisch auf den Tisch gelegt hatte. *Rosa Prinzessinnenschokolade und eine weiße, die Elfentraum heißt, so was gibts auch nur im Schwarzwald,* hatte Nathalie gedacht, nachdem sie die Schokoladenmanufaktur im Ort entdeckt hatte. Was die essenstechnische Versorgung betraf, gefiel ihr dieses kleine Schwarzwaldkaff immer besser. »Ja, ich habe ihm ganz schön viel Arbeit aufgedrückt und in Berlin kann er jetzt noch mal ganz neu suchen, wenn ich eine Wohnung kaufe. Ich wünschte wirklich, Nick könnte mit einziehen.«

»Du willst was?« Nathalie blieb der Elfentraum fast im Hals stecken.

Ina druckste herum. »Na ja, es ist ja erst mal nur eine Idee. Eine neue Wohnung brauche ich in Berlin ja eh. Und die kann ja gleich so groß sein, dass sie auch was für zwei wäre. Ich will für die Zukunft planen.«

»Und das hast du Olli so gesagt?« Nathalie konnte es nicht fassen. War ihre Freundin wirklich so naiv?

»Na ja, so ähnlich schon, ja.«

»Oh, Ina, damit hast du ihn natürlich vergrault. Unser Karohemd ist in dich verknallt und du erzählst ihm was von Liebesnest mit Mister Universum. Kein Wunder, dass er es plötzlich so eilig hatte und meine wunderbaren Maultaschen verschmäht hat.« Nathalie schüttelte den Kopf.

»Er hatte heute gar kein Karohemd an. Aber findest du meine Idee denn nicht gut?«

»Ina, jetzt vergiss mal das Zusammenziehen. Das wäre auch überstürzt, ihr kennt euch doch noch gar nicht so lange.«

»Aber du warst doch so dafür, dass ich ihn treffe und kennenlerne, und er sieht ja auch gut aus und zuerst dachte ich ja auch, dass er an mir interessiert ist.« Sie seufzte.

Nathalie packte die nächste Tafel handgeschöpfter Schokolade aus, die mehr gekostet hatte als ihr Hochglanzheft im Handel. Eine weiße Schokolade, die irgendwas mit Königin hieß, mit Rosenblättern und Gold. Man gönnte sich ja sonst nichts. Auf Dauer würde es selbst Nathalie im Schwarzwald zu teuer werden. Königin hin oder her. »Okay, pass auf. Ich glaube, das mit Nick musst du locker sehen. Ich fürchte, er ist kein Mann für nur eine Frau, das, äh, weiß ich einfach. Den bekommst du in diesem Leben nicht mehr umerzogen. Das sehe ich jetzt leider auch.«

Ina schaute traurig. »Ich fürchte, ich kann das nicht, lockere Beziehung und so. Ich habs ja versucht. Aber für mich kann es nur Liebe geben. Oder gar nichts. Meinst du, das wars mit Nick? Muss ich schon wieder einen abhaken?«

Nathalie nahm ihre Freundin in den Arm, bevor diese sich die mit 67 Prozent Kakao angereicherte Blumenwiesenschokolade greifen konnte, die Nathalie noch in petto hatte. Wenn das so weiterging, futterte Ina an einem Abend ihre Rücklagen für neue Stiefeletten in Krokodillederoptik weg. Ohne dieses neue It-Piece wollte Nathalie den Herbst nicht erleben. »Jetzt vergiss Nick mal. Ruf lieber Olli an und sag ihm, du brauchst doch keine größere Wohnung. Ich glaube, damit machst du einen liebenswerten Mann sehr, sehr glücklich.«

Ina stand auf. »Ich schaffe heute nichts mehr, außer am Kopfkissen zu lauschen, wie Adele immer gesagt hat. Nick und Olli sehe ich ja beide morgen auf der Rubinhochzeit meiner Eltern.«

»Nick kommt? Und, äh, Olli auch?«

»Ja, meine Eltern haben Olli eingeladen, als wir heute kurz bei ihnen waren, ich weiß auch nicht, warum. Und Nick soll sich um Getränke und Musik kümmern. Ist quasi das Geschenk des Skatbruders meines Vaters. Irgendwas muss Nick da abarbeiten, ich habs nicht so ganz verstanden. Ich muss jetzt ins Bett, bevor mir schlecht wird – einfach zu lecker, deine Schokolade.«

Ina trottete in ihrem leicht zerknitterten himmelblauen Rock die Treppe hoch Richtung rot-weiß karierter Bettwäsche und ließ Nathalie ratlos zurück, die jetzt erst mal ein Glas von ihrem Schwarzwald-Gin brauchte.

Kapitel 26

Als Ina mit Nathalie bei ihren Eltern ankam, waren die meisten Gäste schon da. Sie saßen im Garten auf den praktischen Plastiksesseln von Kettler unter einer goldenen 40, die zwischen zwei Apfelbäumen aufgehängt war. Auf dem Biertisch daneben Schüsseln mit Kartoffelsalat, ein Topf Linsensuppe und Fleischküchle, die nichts mit Kuchen zu tun hatten, sondern einfach nur Frikadellen oder Buletten waren, wie Ina ihrer Hauptstadtfreundin erklärte. Inas Vater Dieter war gerade dabei, eine Gummi-Weltkugel aufzublasen und neben einem Spielzeug-Wohnmobil zu platzieren. Das hatte er mit ein paar Handgriffen zur Spardose umfunktioniert, um Geld für seine Weltreise mit Monika zu sammeln.

»Hier kannsch dei Millione lasse und dei Freundin auch.«

Ina fühlte sich genervt, bevor die Party richtig begonnen hatte. »Papa, du willst doch nicht deine einzige Tochter ausnehmen, um zu komischen Orten zu fahren. Ich soll doch schon helfen später. Und Nathalie lässt du auch mal schön in Ruhe, sie ist nur zu Besuch.«

»Wer sich so a Häß leischte ka, der hat doch Geld wia Heu.«

Nathalie mischte sich ein. »Was hat dein Vater gesagt, er findet mich hässlich? Oder meint er mein Kleid? Komm, gib ihm zwanzig Euro für zwei Sekt.«

»Des isch a Rieslingsekt von hier. Der beschte, hab Rabatt beim Georg bekomme. Dei Froindin gfällt mir! Sie würd au gut in die Trachtegrupp passe, die kommt aber später.«

Oh Gott. Ein geldgeiler Vater und volkstümliche Musik auf einmal waren zu viel für Ina. »Wo ist denn Nick, sollte der hier nicht den DJ machen?«

»Der hat verschlafe, sagt der Heinrich. Bestimmt hat den wieder a Mädle gschafft.«

Ina stapfte wütend zu ihrer Mutter Monika, um ihr mit dem Zwetschgenkuchen zu helfen. Was zu einem Zickzacklauf durch Haus und Garten wurde, um der Verwandtschaft zu entgehen. Da die meisten im Süddeutschen wohnten, erschienen sie zu Feierlichkeiten auch immer vollzählig. *Wahrscheinlich, um sich ein Abendessen zu sparen,* dachte Ina grimmig. Gerade erst hatte sie sich aus dem Arm von Onkel Gustav gewunden, der nicht aufhörte, ihr vom Heimatverein vorzuschwärmen, der neue Mitglieder suchte. Schon stand sie vor den Zwillingsschwestern ihres Vaters, Tante Edith und Tante Edelgard, die sie kritisch von oben bis unten beäugten und ihre üblichen drei Fragen loswerden mussten:

1. Arbeitest du immer noch bei diesem Schundblatt?
2. Wann heiratest du?
3. Hast du zugenommen?

Ina beantwortete sie stoisch mit:

1. Es ist ein Zahnarztmagazin.
2. Wahrscheinlich nie.
3. Höchstens zwei Kilo.

Worauf ihr die Antworten entgegenschlugen:

1. Das ist doch nichts.
2. Für Kinder bist du eh schon zu alt.
3. Und deine Körperhaltung ist auch nicht die beste.

Es reichte. Ina flüchtete in die Küche, wo ihre Mutter sicherlich eine neue Aufgabe für sie hatte.

»Ina, kannst du mal bitte die Bowle abschmecken? Der Papa hat da was zusammengepanscht. Er sagte: ›Da muss noch was Stärkeres rein‹ und weg war er. Wir wollen doch die Gäste nicht vergiften.«

»Mach ich, Mama. Und du geh jetzt mal zu deinen Gästen. Es ist doch auch dein Hochzeitstag. Bist ja nicht Papas Angestellte.«

Ina füllte sich eine Kelle Bowle in ein Glas und probierte. Gar nicht so schlecht, aber irgendwas fehlte noch, da musste Ina ihrem Vater ausnahmsweise recht geben. Sie erinnerte sich daran, dass es in der Bar ihrer Eltern eine Rumflasche gab. Wobei der Begriff »Bar« mehr als übertrieben war. Sie war nichts weiter als ein Fach im Wohnzimmerschrank aus den 1980ern, ausgestattet mit wenigen Alkoholika, die ihre Eltern doch nie tranken. Plus eine Schachtel mit völlig veralteten Zigaretten, die auf die Zwillingsschwestern ihres Vaters warteten. Die rauchten sie immer nur hier, wenn sie zu Besuch waren, damit ihre Ehemänner das nicht mitbekamen. Ihre »Göttergatten«, wie sie immer sagten. Natürlich war das Barfach abgeschlossen, wie fast alles in diesem Haus. Hatte ihr Vater etwa Angst, dass seine Gäste ihm die halb leeren Flaschen klauten? Dank seines Sicherheitsspleens hatte er an jeder Tür, jedem Fenster, das er finden konnte, ein extra Schloss plus extra Schlüssel angebracht. Die dann nie zu finden waren. Ina hätte stundenlang ununterbrochen mit den Augen rollen können, so nervend fand sie ihren Vater – gerade jetzt, wo es schnell gehen musste. Aber mittlerweile wusste sie, dass der Barschlüssel ein Regalbrett höher unter der verstaubten Bibel lag, die ihr Vater garantiert noch nicht gelesen hatte. Sie fand den Rum, mit dem ihre Mutter im Winter gern ihren Tee aufwertete, und kippte den Hochprozentigen in die Bowle. Sie probierte noch mal. Schon besser. Vielleicht noch was Spritziges? Wo war noch gleich der Sekt?

Kapitel 27

Overdressed. Das kam Nathalie als Erstes in den Sinn, als sie mit Ina auf der Gartenparty der Eltern eintraf. Die anwesenden Männer trugen einheitlich kurzärmlige karierte Hemden und die Frauen irgendwas mit Blumen obenrum und wahrscheinlich sehr bequeme, sprich unansehnliche Sandalen mit Klettverschluss untenrum. Nathalie hatte sich nach einigem Hin und Her doch für den schicksten Fummel entschieden. Rot stand ihr nun mal am besten, das Kleid ließ ihre Schultern frei, da konnte sie nebenbei in der milden Spätnachmittagssonne schön bräunen und sie hatte mit dem schwingenden Rock etwas von Marilyn Monroe. Außerdem glitzerten die Lurexfäden so schön. *Rot wie ein Rubin. Passend zur Rubinhochzeit, was soll das überhaupt sein?*, grübelte sie. *Wer feiert schon, dass er vierzig Jahre verheiratet ist? Warum nicht auf die fünfzig warten?* Sie waren schon etwas eigenartig, die Eltern ihrer Freundin, stellte Nathalie fest und beschloss, diese denkwürdige Feier als Rechercheort für eine neue Liste zu nutzen. In ihr Smartphone konnte sie unauffällig ein paar Notizen eingeben, sollte es ihr langweilig werden. Allein Inas zahlreiche und etwas eigenwillige Verwandtschaft bot Stoff für mehrere Komödien, urteilte Nathalie.

Wenigstens schien Inas Vater, den alle immer nur »Diiieder« riefen, ihr nicht ganz abgeneigt zu sein, so intensiv wie der sie jedes Mal beäugte, wenn er an ihr vorbeilief mit seinem Kinder-Sammelauto. Für ein Stündchen war so eine fremde Familienfeier im Garten ja mal ganz erfrischend. Aber gut, dass Nick und Olli inzwischen aufgetaucht waren. Mit Olli konnte man wirklich gut reden, wenn sich nur nicht ständig sein Helfersyndrom gemeldet hätte und er irgendwem zu Hilfe springen wollte – das machte es anstrengend. Dafür erschien ihr Nick doch recht zugetan. *Ich will nicht und ich sollte nicht,* dachte Nathalie, aber angenehm war es schon, wenn sich ein Mann so bemühte. Und der Sekt war wirklich fein – vielleicht konnte sie die Produzenten als Sponsoren für das Fotoshooting gewinnen oder gleich an die Werbeabteilung vermitteln. Typisch Süddeutsche, urteilte Nathalie im Stillen. Machten die besten Sachen, aber am liebsten keine Werbung dafür. Wenn sie nur an die Elfenschokolade dachte – die wäre in Berlin »der letzte heiße Scheiß« gewesen, wie Karlotta gesagt hätte. *Vielleicht auch ein potenzieller Werbekunde. Marcel kann stolz auf mich sein.* Nathalie hatte sich erfolgreich von dem Hauch eines Gefühls verabschiedet, das ihr seit einigen Tagen ein schlechtes Gewissen machte: Dass sich ihr Aufenthalt im Schwarzwalddorf zu einem entspannten, aber auch aufregenden Sommerurlaub entwickelte, mit schöner Natur, gutem Essen, netten Leuten und jeder Menge faltenreduzierender Hormone, die in ihrem Bauch Salto übten. Dabei hatte es doch nur eine Stippvisite werden sollen, um die beste Freundin aufzuheitern und zurück nach Berlin zu holen. Aber dann hatte der Verstand den Salto-Hormonen die Tür aufgehalten und sie hatten sich breitgemacht und meldeten sich jetzt schon wieder. Sie spürte Nick, bevor sie ihn sah. Und sie roch sein Gerard-Butler-Parfum, als er ihr von hinten ein neues Glas Sekt reichte und ihr dabei ins Ohr flüsterte. Wenn das hier so weiterging mit dem

Alkohol in der Sonne und dem baggernden Nick, konnte sie für nichts garantieren, dachte Nathalie erschrocken. Sie sollte dringend etwas essen – Grundlage, Ablenkung, weg von Nick. Aber leider war Linsensuppe so gar nicht ihr Ding.

* * *

Neben Alkohol und Nick hatte Nathalie gerade noch Zeit gehabt, Inas Verwandtschaft und die Dorfbewohner so weit zu studieren, dass es für ihre nächste Liste reichte.

10 Punkte, die Sie auf einer Familienfeier unterlassen sollten:

1. **Schon vor der ersten Rede mit der Bowle anfangen.**

2. **Seine Cousine aus Versehen mit Tante Inge anreden.**

3. **Mit dem Mann der Cousine tanzen. Zumindest keinen Klammerblues. Schon gar nicht zur Musik des Trachtenvereins.**

4. **Sich nach dem vierten Glas Bowle melden, um eine Spontanrede zu halten.**

5. **In dieser Rede erzählen, mit wem aus dem Dorf man schon was hatte. Und wie das oder der so war.**

6. **Seine in der Volkshochschule gelernten Bauchtanzkenntnisse vorführen und sich dafür halb nackig machen.**

7. **Lautstark über den hässlichen, dicken Dorfdeppen herziehen, der sich hinterher als Bürgermeister oder der eigene Patenonkel entpuppt. Der mit den (bislang) größten Geschenken.**

8. **Weinend über der Schwarzwälder Kirschtorte zusammenbrechen und laut schluchzen, wie schlimm das Leben doch sei.**

9. **Die anwesenden Schwaben mit Badenern verwechseln und umgekehrt.**

10. **Sich noch vor Ende der Party in die Bowleschüssel übergeben.**

Niemand konnte ihr vorwerfen, dass sie hier nicht arbeitete. Okay, anders als Ina, die hier ständig rumwuselte und, wie es aussah, die ganze Party schmiss. Die Arme kam gar nicht dazu, sich zu amüsieren – was mit ihrer Familie vielleicht auch nicht ganz einfach war. Konnten sich die Menschen hier keinen Cateringservice leisten? Nathalie bemerkte gerade noch, wie eine Menge Menschen in roten Westen mit schwarzen Hüten und Musikinstrumenten in der Hand auftauchten, als sie Nicks Hand spürte, die nach ihrer griff.

Kapitel 28

Als Ina mit der großen Bowleschüssel auf die Terrasse trat, sah sie nicht etwa doppelt, nein, da standen zwei Männer, die den Altersdurchschnitt der Feier enorm senkten und die sie beide kannte. Und dazwischen Nathalie. Olli! Wie war der plötzlich in den Garten gekommen? Adrett sah er aus mit Jackett. Und Nick. In kurzen Hosen. *Ach, es gibt ihn wirklich noch.* Mit der Bowle im Arm konnte Ina sich schlecht einen Kuss bei ihm abholen.

Aber da kam ihr auch schon Olli entgegen und nahm ihr die große Schüssel ab. »Hallo, Ina, darf ich dir helfen?«

»Oh ja, danke. Einfach aufs Büfett damit.«

Ina sah zu Nick, der mit Nathalie beim Sekt stand und lachte. »Nick!«

»Hey, Babe. Heute im Landlook?« Er sah Inas helles Leinenkleid von oben bis unten an und leerte sein Sektglas.

Ina nahm ihm das leere Glas ab, in der Hoffnung, Nick würde sie in den Arm nehmen. Was nicht passierte. »Willst du noch eins? Es gibt auch Suppe. Komm, wir essen erst mal was zusammen.«

Nick gähnte. »Ach, lass mal, aber noch ein Sekt wäre schön, wenn du hier eh schon den Service übernommen hast. Nathalie, du auch?«

Ina lief in die Küche und knallte verärgert die Sektgläser in die Spüle. Der amüsierte sich und sie durfte schuften. Sie holte die fast leere Sektflasche aus dem Kühlschrank und nahm einen großen Schluck direkt aus der Flasche. *Sollen die sich ihren Sekt doch allein holen.*

Ihr Vater kam in die Küche. »Do bischd. Des Fässle isch leer. Kansch mir helfe, im Keller a nois zu hole?«

»Was, das erste Fass ist schon leer? Komm, ich mach das, Papa, kümmere du dich um deine Gäste. Und um deine Geldspenden.«

Sie trottete hinter ihrem Vater her in den Garten. Am Büfett sah sie Olli, der sich mit ihren Tanten zu unterhalten schien. Oh Gott, was die ihm wohl über sie erzählten? Nichts Gutes auf jeden Fall, grübelte Ina. War jetzt auch egal, mit Olli hatte sie es sich verscherzt, so viel war sicher. Schade, es war ja immer schön mit ihm gewesen. Aber wo war Nick? Der stand immer noch neben Nathalie, beide hatten jetzt ein Glas Bowle in der Hand.

»Nick? Kannst du mir mal bitte im Keller helfen. Mein Vater braucht ein neues Fass Bier.«

Er schaute kurz hoch. »Ganz schlecht, Ina, ich leg gleich Musik auf. Frag doch Olli, der hilft dir doch so gern.«

Hatte Nick ihr gerade eine Abfuhr erteilt? Ina fehlten die Worte. Und warum sagte Nathalie nichts dazu?

Sie blinzelte die Tränen weg, bevor die sich auf den Weg machen konnten.

Olli näherte sich. Die Zwillingstanten sahen ihm mit einem anerkennenden Gesichtsausdruck nach, wie Ina bemerkte. »Was ist los, Ina, brauchst du Hilfe?«

»Ja, danke, Olli, wir müssen ein Fass aus dem Keller holen, aber die meisten Männer hier haben, wie es aussieht, Besseres zu tun.«

Er folgte ihr ins Haus. »Du hast ja eine große Verwandtschaft. Sehr unterhaltsam, deine Tanten.«

Ina lief mit ihm die Treppe zum Keller hinunter. »Glaub bloß nicht, was dir die Zwillinge über mich erzählen. Die stänkern gern rum. Wahrscheinlich haben sie dir gesteckt, dass ich vierzehn Semester gebraucht habe, um mein Studium abzuschließen. Und dass ich noch mit fünf Jahren in die Hose gemacht habe.«

»Letzteres wusste ich noch nicht. Ich war sogar sechs.« Olli grinste, das sah Ina sogar im schummrigen Keller.

»Na, da haben wir ja das Wichtigste gemeinsam.« Sie lächelte. Olli verstand es, sie aus traurigen Gedanken zu holen.

»Und wo ist jetzt das Fass?« Ina stieg über ein ganzes Areal leerer Kartons, in denen mal Dinge gesteckt hatten, die es im Haushalt wahrscheinlich schon gar nicht mehr gab. Staubsauger, Fernseher. Ina entdeckte einen vergilbten Karton mit dem Abbild eines Toasters, den sie noch aus ihrer Kindheit kannte.

»Das Chaos hier tut mir leid. Mein Vater hat die Angewohnheit, alles aufzuheben. Auch Kartons und Verpackungen. Es könnte ja sein, dass man etwas wieder zurückschicken muss. Wahrscheinlich so eine Zwangsgeschichte bei ihm. Oder mein Vater ist im Grunde seines Herzens ein Weichei. Er kann sich einfach so schlecht trennen.«

»Wenn man etwas liebt, trennt man sich nicht gern.« Ollis Stimme hinter ihr klang sanft.

»Da hast du recht. Ich kann das auch ganz schlecht mit Trennungen. Also bei Menschen, meine ich, nicht bei Verpackungen von alten Toastern. Bisher war immer ich es, die verlassen wurde. Ich muss ein schwieriger Fall sein.«

»Ina.« Olli berührte sanft ihren Arm. »Du bist doch kein Fall. Schon gar nicht ein schwieriger. Lass dir das bitte von niemandem einreden, auch nicht von dir selbst. Oder von irgendwelchen Männern.«

»Danke, Olli. Du bist immer so aufbauend. Das tut gut.«

»Ina, ich, du …«

»Ja?« Ina schaute ihn fragend an.

»Ach nichts, guck mal da, sieht nach deinem Fass aus.«

»Oh je, da hat mein Vater sicherlich gedacht, die kleinen lohnen sich nicht. Schaffen wir das?«

Olli zog sein Jackett aus. »Zusammen schaffen wir alles, Ina.«

* * *

Sie schafften es wirklich, das schwere Fass die Kellertreppe hochzuhieven und im Garten auf den Tisch zu stellen, wo sich die Stammtischfreunde von Dieter gleich draufstürzten. Ina wurde auch schnell klar, warum. Der örtliche Trachtenverein war in der Zwischenzeit angekommen und hatte sich für ein Ständchen aufgestellt. Fehlte noch, dass die Oberen von Stadt und Kirche ihre Reden hielten. Das war wahrscheinlich nur mit Alkohol zu ertragen. Die meisten der Gäste standen auch schon erwartungsvoll auf, die Gläser in der Hand. Ina sah sich um. Wo war eigentlich ihre Freundin Nathalie? Nicht, dass sie sich langweilte und schon zurück zum Hotel gegangen war. Linsensuppe war bestimmt nicht so nach ihrem Geschmack. Und wo war Nick? Wenn die Trachtenkapelle Musik machte, musste er ja wohl gerade nicht auflegen.

Ina ging über die Wiese ins Haus zurück. Im Wohnzimmer war niemand, die Küche war leer. Sie hörte Geräusche aus dem Keller. Brauchte ihr Vater etwa noch ein Fass Bier? Langsam stieg sie die Treppenstufen hinunter. Als sie gerade Luft holte, um Hallo zu rufen, sah sie einen Schatten, der sich bewegte. Wo war nur der verdammte Lichtschalter? Wahrscheinlich hatte ihr Vater den auch versiegelt und abgeschlossen.

Langsam gewöhnten sich ihre Augen an die Dunkelheit. Es sah aus, als stünden da zwei Menschen eng beieinander. Sie bemerkten sie nicht. Ina war jetzt unten angekommen und spürte unter ihrer Hand den Plastikschalter an der Wand. Sie drückte drauf, das Licht ging an.

Ina erstarrte. Sie öffnete den Mund. Und machte ihn wieder zu. Öffnete ihn noch einmal. »Was, was, ihr …« Ina stammelte. Und starrte. Und stand. Und verstand. Nicht. *Da stehen deine beste Freundin Nathalie und dein Freund Nick. Und diese beiden Menschen küssen sich. So intensiv, so leidenschaftlich, wie Nick dich nie geküsst hat.* Das versuchten Inas Augen ihrem Verstand gerade schonend beizubringen, während Inas Mund weiterstammelte: »Was. Macht. Ihr. Hier.« In diesem Moment war der Informationsfluss in ihrem Hirn angekommen, welches jetzt den Auftrag an ihre Beine gab: Weg hier! Und ihren Augen mitteilte: Jetzt wird nicht geheult. Noch nicht.

Ina schnappte nach Luft und rannte die Treppe wieder hoch. Zurück blieben ein Ex-Freund mit offenem Hemd und eine Ex-Freundin mit perfekt sitzendem roten Lippenstift. Jetzt wusste Ina auch, warum Nathalie immer kussfesten benutzte.

Kapitel 29

Als sich Nathalies Augen an das Licht gewöhnt hatten, war Ina schon verschwunden. Nick tastete nach dem Schalter. *Der will doch wohl nicht im Dunkeln weiterknutschen?* Es dauert einige Schrecksekunden, bevor Nathalie ein Wort in den Sinn kam: KATASTROPHE. Eine einzige Katastrophe. Ina war ihre beste Freundin und sie selbst tat ihr das an. Was war das für eine Gier, für eine Leidenschaft in ihr? So unbeherrscht kannte sich Nathalie nicht. Sie widerte sich selbst an. Nathalie versuchte, sich zu sammeln. Zeit für Selbstvorwürfe würde es noch reichlich geben, jetzt musste sie dringend überlegen, was zu tun war.

»Nick!« Nathalie drückte ihn von sich weg. »Hör auf. Wir müssen Ina hinterher, sie suchen. Wer weiß, was sie sonst tut. Sich antut. Wir haben sie betrogen, beide.«

»Hat aber Spaß gemacht.« Nick grinste.

»Jetzt komm schon. Hast du ein Auto hier, kannst du eins besorgen? Nicht, dass Ina in euren See springt oder sich vom nächsten Berg stürzt oder in den Schnapsbrunnen fällt. Komm mit.« Sie zog Nick die Treppe hoch Richtung Haustür. Begleitet von Gejodel, das aus dem Garten kam.

* * *

Sie waren an allen Orten gewesen, die Nathalie einfielen. Zuerst natürlich in der alten Gastwirtschaft, aber die schien dunkel und verlassen zu schlafen, mitten in der Nacht. Sie waren alle Straßen abgefahren, hatten in ein, zwei Kneipen geschaut, die noch geöffnet waren, und hatten sogar dem Friedhof einen Besuch abgestattet. Das Grab von Inas Oma hatten sie gefunden. Die Blumenkränze wirkten im Dunkeln schlaff und verdorrt, von Ina war nichts zu sehen. Wo konnte sie nur sein? Nathalies schlechtes Gewissen wurde mit jeder Minute stärker und äußerte sich in einer Grundsatzdiskussion, die sie mit Nick im Auto seines Vaters führte, das er kurzerhand ausgeliehen hatte. Sein Vater Heinrich feierte ja noch mit Inas Eltern.

»Das hätten wir alles nicht tun sollen. Ich verstehe mich ja selbst nicht, so bin ich nicht. So will ich nicht sein. Ich bin doch Inas beste Freundin. Die betrügt man nicht mit deren Freund. Von meinem mal ganz abgesehen.«

»Also, so habe ich mich eigentlich nicht gesehen. Da war mal was, okay, aber hey – einmal ist keinmal. Man weiß ja vorher nicht, dass noch was Besseres kommt.« Nick griff nach Nathalies Arm.

»Na, dann weißt du ja auch nicht, ob nach mir nicht auch noch was Besseres kommt.« Nathalie schaute auf ihr Handy. Keine Nachricht von Ina. Dafür ein Anruf in Abwesenheit von Johannes. Auch das noch.

»Momentan sehe ich nur dich.« Nick küsste sie auf ihre nackte Schulter, die noch golden vom Glitzerpuder glänzte.

»Nick, um mich und dich gehts gerade mal nicht. Machst du dir gar keine Sorgen um Ina? Sie ist so labil in letzter Zeit – ihre Oma, das Gasthaus, das ist einfach zu viel für sie. Sie muss total down sein, und ich bin schuld. Dabei bin ich gekommen, um sie aus diesem Trübsinn rauszuholen. Na, hat ja toll geklappt. Was bin ich für eine Freundin!«

»Also, ich bin ganz zufrieden mit dir. Na komm, um Ina kümmert sich Olli schon.«

»Olli, oh Gott, der steht wahrscheinlich völlig verloren auf dem Fest rum, unter lauter badischen und schwäbischen Tanten und Onkeln. Den haben wir ja total vergessen.«

»Olli ist doch schon groß. Genau wie ich.« Nick fuhr an Nathalies Bein entlang.

Sie schlug seine Hand weg. »Lass uns noch zum See fahren. Das ist zwar ein Stück, aber wer weiß, vielleicht hat Ina ja das Rad genommen.« Nathalie versuchte, den Gedanken an Nick und sie nackt am See zu vertreiben. »Mir fällt sonst nichts mehr ein. Wenn sie im Wald ist, finden wir sie nachts eh nicht. Aber am See schauen wir noch. Wenn es nicht zu spät ist.«

Kapitel 30

Als Ina die Augen öffnete, sah sie rot-weiß. Und fühlte Daunen. Sie lag im Bett, in ihrem Zimmer in Oma Adeles Gaststätte, wie sie feststellte. Sie hob den Kopf. Oh Gott. Oh Gott, tat der weh, der Kopf. Und, oh nein, wer lag da angekuschelt neben ihr? Olli! Ina stieß einen stummen Schrei aus. WAS WAR DAS? Panisch versuchte sie, sich zu erinnern, wie sie hier gelandet war mit ihrem Vögel-, äh Vogelmann. HILFE! Ein Bild hatte sich in ihr Hirn gebrannt – das von Nathalie und Nick im Keller ihrer Eltern. Das Fest! Das Fass. Die beiden, die plötzlich verschwunden waren. Der – sie mochte nicht mehr daran denken – Kuss der beiden Menschen, von denen sie dachte, dass sie große Gefühle für sie hegte, für beide getrennt natürlich. Wie war das passiert? Und vor allem – was war danach passiert?

Ina schloss die Augen. Sie erinnerte sich, dass sie Panik ergriffen hatte, da unten im Keller. Als sie ihre Freunde gesehen hatte, miteinander. Sie wollte nur noch weg. Weg von diesem furchtbaren Fest, auf dem sie nur eine Angestellte war. Weg aus diesem Haus, das sie einmal ihr Zuhause genannt hatte und das ihre Eltern jetzt eh verkaufen wollten. Weg aus diesem Ort, diesem engen, kleinen, piefigen Ort. Das hatte sie vor vielen Jahren schon einmal gedacht und war nach Berlin gegangen.

Heute Nacht hatte Ina es wieder gedacht und war gerade mal bis zur Haustür gekommen, unter dem Arm die Flasche Rum, die sie noch auf dem Küchentisch hatte stehen sehen. Ina hielt sich den Kopf. Wie viel hatte sie davon getrunken? Alles, was noch in der Flasche gewesen war? Sehr bald hatte sie eine Stimme hinter sich gehört, die ihren Namen rief. Olli.

Olli hatte sie nicht alleingelassen in dieser furchtbaren Nacht. Aber was war dann geschehen? Hektisch schaute sie unter die Bettdecke. Bis auf die Unterwäsche war sie nackt. Von Olli sah sie nur den nackten Oberkörper. *Wir haben doch nicht …? Hat er die Situation ausgenutzt? Mache ich jetzt schon mit jedem rum? Was ist mit Nick? Habe ich jetzt ihn betrogen oder er mich?* Ina ließ sich vom Bett rollen und griff ihr Kleid vom Vorabend. Interessanterweise lag es ordentlich zusammengefaltet auf dem alten Holzstuhl. Auch die Vorhänge waren zugezogen.

Sie sah, dass es langsam hell wurde. Und hörte es. Die ersten Vögel sangen schon. Amseln vermutlich. *Merlos.* Ina spürte, wie der Gedanke an ihren Vogelmann Olli in ihrem Bett ihr das Blut in den Kopf steigen ließ, was ihrem Kater nicht gefiel, der sich dort breitgemacht hatte und dem Vögelchen auflauerte. Sie wagte einen kurzen Blick auf Olli, der mit leicht verstrubbelten Haaren ganz ruhig schlief. Er strahlte so einen Frieden aus. Ganz anders, als es in Inas Innerem aussah. Was für ein riesengroßer Mist das alles war! Ina schlich zur Tür hinaus. Sie musste weg. Weg. Weg. Weg. Weit, weit weg.

Kapitel 31

Nathalie betrat das Gasthaus mit einem vor Peinlichkeit eingeschnürten Herzen und einer großen Tüte im Arm. Bevor Nick sie abgesetzt hatte, hatten sie kurz beim Bäcker gehalten und Brötchen geholt. Viele Mohnbrötchen, die Ina so mochte. Nathalie spürte, dass sie selbst nichts runterbringen würde. Aber für Ina wollte sie ein Frühstück machen. Irgendwann musste sie doch wieder nach Hause kommen. Oder? Solang sie und Nick auch überall gesucht hatten, sie war nirgendwo zu finden gewesen.

Nathalie stellte den Brötchenkorb auf den Tisch und machte sich daran, Kaffee zu mahlen. Die Ausstattung in der Gaststätte war nicht gerade modern, weit entfernt vom Vollautomaten in ihrer Redaktion und ein ganzes Universum entfernt von dem Gerät, das Johannes zu Hause angeschafft hatte. Johannes! Wie sollte sie ihm das alles jemals erklären? Nathalie lenkte sich ab, indem sie die Kaffeebohnen einzeln in die altertümliche Handmühle legte.

Da hörte sie Schritte auf der Treppe.

»Hallo? Ina?« Olli erschien im Gastraum, barfuß, in Boxershorts. *Gar keine schlechte Figur,* schoss es Nathalie durch den Kopf.

»Olli! Hast du hier übernachtet? Mit, äh, Ina? Ist sie da? Ich habe sie die ganze Nacht gesucht, ich muss mich dringend bei ihr entschuldigen.«

»Morgen, Nathalie. Das wollte ich dich auch gerade fragen. Ina war hier. Aber jetzt ist sie weg. Ich habe in allen Zimmern nachgesehen. Auch ihre Kleidung ist weg.«

»Mist. Ich habs vermasselt. Zerstört. Unsere Freundschaft. Ich bin so eine schlechte Freundin. Und ein schlechter Mensch.« Nathalie ließ die Kaffeemühle sinken. »Wo wart ihr denn gestern noch? Wir haben überall nach Ina gesucht.«

Olli nahm ihr die Kaffeemühle ab und mahlte weiter. »Wir saßen gestern noch eine Ewigkeit am Schnapsbrunnen, bis ich Ina da weglocken konnte. Dann sind wir gleich hierher. Ich habe gar nicht gemerkt, dass sie so früh weg ist. Wo könnte sie sein? Ich kenne in der Gegend ja auch nur das, was Ina mir gezeigt hat. Hat sie noch andere Freunde hier?«

»Soweit ich weiß, nicht.« Nathalie seufzte und griff sich jetzt doch ein Brötchen. Hungern allein brachte ihre Freundin auch nicht zurück. Und diese selbst gemachte Kirschmarmelade aus dem kleinen Laden im Ort schmeckte wirklich phänomenal. »Wann hast du sie denn das letzte Mal gesehen?«

Olli setzte Kaffee auf. »Gestern Abend. Sie lief mir förmlich in die Arme, als ich nach ihr suchte. Ihre Eltern hielten eine Rede und ich dachte, die wollte sie doch bestimmt hören. Aber Ina war nicht im Garten. Also habe ich sie im Haus gesucht. Und da kam sie gerade aus dem Keller und stürmte raus. Sie sah so erschrocken aus.«

»Sie hat uns gesehen.« Nathalie senkte beschämt den Kopf. »Nick und mich.«

Olli nickte. »Verstehe. Nathalie, kannst du mir bitte eins erklären? Was findet ihr Frauen alle so toll an diesem Nick?«

Nathalie zuckte mit den Schultern und schaute ihn mit gequältem Gesichtsausdruck an. »Das lässt sich rational nicht erklären, Olli. Wirklich nicht. Ich glaube, Nick hat bei mir das geweckt, was lange brach lag. Zu lange. Es war wie ein Rausch. Aber der ist jetzt vorbei.«

»Und Ina? Dieser Nick passt doch gar nicht zu ihr. Sie hat was Besseres verdient.« Olli stellte die Kaffeetasse mit einem Knall vor Nathalie auf den Tisch.

»Ich etwa nicht?«

»Du weißt, was du tust, Nathalie, den Eindruck habe ich jedenfalls. Ina dagegen lässt sich von Gefühlen oder Vorstellungen treiben, weniger von ihrem Verstand bestimmen. Das macht sie ja so liebenswert.« Olli schaute unglücklich über seine Kaffeetasse.

»Du magst sie sehr, stimmts?« Nathalies Stimme klang sanft.

Olli nickte bloß.

»Das mit Nick und Ina war auch mehr meine Idee.« Nathalie schaute Olli in die Augen. Irgendetwas an diesem Mann brachte sie dazu, ihm die Wahrheit zu erzählen. Keine Ausreden. Vielleicht lag das daran, dass er halb Italiener war – der Papst und so, du sollst nicht lügen. So langsam drehte sie ab, wahrscheinlich war das die Übermüdung. »Nachdem ihr letzter Freund sie verlassen hatte, war Ina so niedergeschlagen, da dachte ich, dass Nick sie auf andere Gedanken bringt. So ist es doch immer – nach einer festen, ernsthaften Beziehung kommt immer erst mal jemand, der dich ablenkt. Hat ja auch funktioniert. Zuerst.«

»Bis du kamst. Hast du denn … Gefühle für Nick? Ich dachte, du hast schon einen Freund.«

Nathalie nahm einen großen Schluck Kaffee. »Das ist das nächste Problem. Wie sage ich es Johannes? Sage ich ihm überhaupt etwas? Das Komische ist – je mehr ich mich Nick … hingegeben habe, umso mehr habe ich mich meinem Hannes verbunden gefühlt. Ich habe mich so darauf gefreut, zu Hause mit ihm zusammen zu kochen, ihm sogar einen Spätzlehobel gekauft als Überraschung. Vielleicht braucht jede Frau zwei Männer. Einen fürs Leben und einen fürs Bett.«

Olli lachte. »Da wüsste ich aber nicht, welcher ich sein will. Ich wäre gern ein ganzer Mann für eine Frau.«

Nathalie lächelte. Dieser Olli schaffte es wirklich, ein angenehmes, ruhiges Gefühl zu verbreiten. *Wie ein Schwamm, der alle Sorgen und Ängste aufnimmt, einfach wegwischt.* »Olli, du bist ein ganzer Mann, ehrlich. Bis auf die Boxershorts, die müssen wirklich nicht kariert sein. Aber im Ernst. Ich habe dich unterschätzt. Was machen wir jetzt? Ein ganzer Mann und eine sehr, sehr dumme Frau?«

Olli spülte seine Kaffeetasse und stellte sie zurück ins Regal. »Ich schlage vor, du legst dich erst mal hin und schläfst. Ich ziehe mich an und suche Ina noch mal in der Gegend. Später kann ich zu ihren Eltern fahren und fragen, ob sie nicht doch noch mal dort aufgetaucht ist. Aber die schlafen sicher noch nach dieser wilden Party.«

Nathalie musste grinsen. »Ein guter Plan. Könnte von mir sein.«

»Vielleicht ist Ina aber auch gar nicht mehr hier im Schwarzwald, sondern auf dem Weg zurück nach Berlin. Das würde ich jedenfalls sein, an ihrer Stelle.« Olli sah unglücklich aus. »Ich rufe sie gleich auf dem Handy an und erkläre ihr alles.«

»Da habe ich es schon versucht, aber sie ist nicht rangegangen. Entweder hat sie im Zug keinen Empfang oder sie wollte nicht mit mir sprechen. Ich versuche es morgen bei ihrem Zahnarztmagazin. Wenn Ina wirklich nach Berlin will, ist sie noch eine Zeit unterwegs.« Nathalie stand auf. »Ach, und Olli? Danke!«

10 Punkte, warum Liebe wichtiger ist als Sex:

1. **Der Sex ist schnell vorbei, also meistens jedenfalls, die Liebe bleibt ewig, also hoffentlich.**

2. **Sind Sie schon mal jemandem nachgereist bis ans andere Ende der Welt, nur weil der Sex so gut war?**

3. **Mr Sexgott wird nicht Ihr Fahrrad reparieren oder Ihnen nachts neues Asthmaspray aus der Notdienstapotheke holen.**

4. **Er hinterlässt Ihnen auch keine zärtliche Nachricht, schickt Ihnen Blumen oder empfängt Sie mit einem selbst gekochten Abendessen.**

5. **Guten Sex werden Sie häufiger finden, aber die ganz große Liebe ist etwas Besonderes.**

6. **Nur für die Liebe brauchen Sie keine Verhütung.**

7. **Kein Mensch kann ständig einen Blutdruck von 180 ertragen.**

8. **Weil Sex ohne Liebe auf Dauer keinen Spaß macht.**

9. **Die Liebe ist effizienter, sie hält das Herz auf Dauer warm – und sorgt nicht nur für eine kurze Hitzewallung.**

10. **Nichts ist befriedigender als ein Mann, der »Ich liebe dich« sagt.**

Kapitel 32

»Fortschritte in der Dentalhygiene, Power-Bleaching auf dem Vormarsch.« Ina starrte auf ihren Bildschirm und verstand nicht, was sie da geschrieben hatte in der letzten halben Stunde. Sie kam nicht weiter. Immer wieder kehrten ihre Gedanken zu dem Abend zurück, der eigentlich ein fröhlicher, sonniger, verliebter Abend hätte sein können. Stattdessen war alles, was so hoffnungsvoll begonnen hatte, zerbrochen. Eine neue Liebe, ein neuer Mann, eine neue Wohnung, ein neuer Start. Weg. Und an allem war ihre beste Freundin schuld. Ehemals beste. Auch sie – weg. Ina hätte am liebsten den Kopf auf die Tastatur gehauen, aber das hätte ihrem Artikel auch nicht weitergeholfen. Sie brachte heute keinen sinnvollen Text zustande. Aber sich krank zu melden, war für Ina am Morgen auch nicht infrage gekommen. Zu Hause hätten die Gedanken in ihrem Kopf nur weiter Pogo getanzt. Das hatten sie schon während der ewig langen Fahrt mit der Bahn getan. Nach ihrer Flucht aus dem Schwarzwald war Ina erschöpft in ihr Berliner Bett gefallen. Vorher hatte sie es gerade noch geschafft, ihrer Vogelsitterin zu sagen, dass sie wieder da sei, und ihren beiden Pfirsichköpfchen frisches Wasser hinzustellen.

Ina fühlte sich unendlich erschöpft. Und müde. Und traurig. Und so allein. Daran änderte auch der hübsche Sommerblumenstrauß nichts, den ihr Bernd – ihr Chef – hingestellt hatte. *Wenigstens ein menschliches Wesen, dem ich nicht egal bin,* dachte Ina und roch an der großen Sonnenblume. Und noch ein Gefühl ploppte auf. Sie schämte sich, wenn sie an den gestrigen Morgen dachte. Als sie in Ollis Armen aufgewacht war. Kaum war der eine Mann weg, verfiel sie dem nächsten. Was war sie nur für ein Mensch? Olli würde sie wohl auch nicht wiedersehen. Schade, die Tage mit ihm waren so angenehm gewesen. Aber entweder hatte er ihren betrunkenen Zustand ausgenutzt oder – was wahrscheinlicher war – sie hatte sich ihm an den wohlriechenden Hals geworfen. Wie peinlich!

Das Telefonklingeln holte sie aus ihren trüben Gedanken. »*Beißer*, das Zahnarztmagazin.«

»Ina, Gott sei Dank. Da bist du. Ich habe mir solche Sorgen gemacht.«

»Nathalie, ich will nicht mit dir sprechen.«

»Warte. Ina, es tut mir unendlich leid. Ich schäme mich so. Ich weiß nicht, was in mich gefahren ist, die letzten Tage. So bin ich nicht, das weißt du doch hoffentlich. Ich kann dich nur um Entschuldigung bitten.«

»Ich habe dir nichts zu sagen.«

»Ina, ich habe einen großen Fehler gemacht. Aber ich wollte dir deinen Freund nicht wegnehmen. Nick ist ein Blödmann, er ist nichts für dich.« Nathalie holte Luft.

»Aber für dich ist er gut genug, oder was? Du wusstest, dass ich mit ihm zusammen bin.«

»Nick hat mir gesagt, dass ihr nicht zusammen seid. Ich habe es dir ja erst auch gewünscht, dass es mit Nick und dir klappt. Aber er ist kein Mann fürs Leben. Er nimmt sich die Frauen, wie er will. Ina?«

Ina hatte aufgelegt. *So war das also.* Ihre beste Freundin Nathalie musste ihren Freund Nick erst mal ausprobieren, um dann sagen zu können, dass der nichts für sie sei. Das wurde ja immer besser. Wut stieg in ihr hoch. Sie tippte unter ihre Überschrift zur Dentalreinigung:

1. Keinen Freund mehr
2. Keine beste Freundin mehr
3. Bald keine Eltern mehr
4. Irgendjemand, der sie noch liebte? Zwei Vögel.

Ina hätte noch ewig weiterschreiben können. Lief doch gut mit den Listen. *Was Nathalie kann, kann ich schon lang*, dachte Ina mit einem Anflug von Sarkasmus. Sie würden sie alle noch kennenlernen. Jetzt war Schluss mit der kleinen, naiven, verliebten und verratenen Ina. Sie griff zum Telefon. »Bernd? Hier ist Ina. Ich nehme mir den Rest des Tages frei, ich muss noch was erledigen.«

Die Stimme am anderen Ende klang fröhlich. Ina hörte förmlich das Strahlen seiner Zähne, als Bernd Schimmel antwortete. »Geht in Ordnung. Wenn ich behilflich sein kann, sag Bescheid. Hast du nicht Lust, mich am Wochenende in mein Ferienhaus im Brandenburgischen zu begleiten? Ich maile dir gleich mal ein paar Fotos vom Häuschen, das würde mich freuen. Wir fahren auch mit dem Porsche!«

Ina stand auf und griff ihre Tasche. »Ich überlege es mir.« Ihr Blick fiel auf den bunten Strauß auf ihrem Tisch. »Ach, und – danke für die Blumen.« Sie legte auf. Raus hier. Bevor sie den nächsten Mann vergraulte – oder er sie.

* * *

Eigentlich hatte Ina gar nichts Besonderes zu erledigen, doch das musste ihr Chef ja nicht wissen. Aber arbeiten konnte sie heute auch nicht, das war ihr in der Redaktion klar geworden. Ina flüchtete zu den letzten Lebewesen, die sie noch auf der Habenseite ihrer Gefühle hatte: ihre zwei Pfirsichköpfchen. Allein, sie anzuschauen mit ihrem grün-gelb-orangefarbenen Gefieder machte Ina jeden Tag froh. Wie Papageien in Klein. Okay, wenn sie am Abend so richtig loslegten mit ihrem Gesang, waren Inas Telefonate schnell beendet, weil die Gesprächspartner nur noch Vögel hörten. Was ihr manchmal entgegenkam, zum Beispiel wenn ihr Vater am anderen Ende war und wieder Arbeitsaufträge für sie hatte. Immer noch empfand Ina ein zärtliches Gefühl, wenn sie die Vogelgattung von Boris und Iwan aussprach: die Unzertrennlichen, auch Lovebirds genannt. Darum hatte Ina gleich zwei genommen. Sie kuschelten, sie fütterten sich gegenseitig, teilten sich eine Höhle und blieben ihr Leben lang mit einem Partner zusammen. Zumindest in der Theorie. *Pfirsichköpfchen sind einfach die besseren Menschen*, dachte Ina neidisch, als sie zu Hause ankam und beschloss, ihren Vögeln etwas Gutes zu tun und ihren Käfig samt Freigehege zu reinigen. Das brachte große Umbauarbeiten und körperlichen Einsatz mit sich und würde sie von ihren Problemen ablenken.

Zuerst musste sie die Vögel einfangen und in den Käfig bugsieren, dann putzte sie den Tisch, auf dem der Käfig samt einiger Vogelspielzeuge stand. Und am Ende kletterte Ina sogar auf den Tisch, um die Zweige auszutauschen und neue Glöckchen, Spiegel und andere Vogelbelustigungen aufzuhängen. Jetzt noch mal ordentlich durchlüften, dann konnten ihre beiden wahren, treuen und letzten Freunde sich ihre renovierte Umgebung ansehen.

Ina spürte eine zufriedene Müdigkeit. Und Hunger. Zum Kochen hatte sie jetzt keine Kraft mehr und auch keine Lust.

Aber ein Verlangen regte sich in ihr: das nach Currywurst mit Pommes frites. Heiß, scharf, fettig, lecker und kein bisschen vegan. Besser als jeder Mann. Ina nahm ihren Haustürschlüssel. Auf dem Rückweg konnte sie ja noch einen Salat kaufen. Damit wenigstens ihre Pfirsichköpfchen was Gesundes bekamen.

Kapitel 33

Ratlos saß Nathalie auf der Eckbank in Inas Gasthaus und lackierte sich die Fußnägel im tiefdunklen Violettton »The last Samurai«. Wie der letzte Krieger kam sie sich auch vor, aber bei eintöniger Schönheitspflege konnte sich Nathalie immer am besten konzentrieren. Und die dunkle Farbe passte gut zu ihrer Stimmung.

Der Anruf bei Ina war ja wohl völlig danebengegangen. Wie eine Ehebrecherin kam sich Nathalie vor und streng genommen war sie ja auch etwas in der Art. Nur dass sie keine Ehe zerstört hatte, sondern ein zartes Band von, ja, von was eigentlich? War das Liebe, was Ina und Nick verbunden hatte? Von seiner Seite aus so was von gar nicht, wie es aussah. Und Ina? So richtig geschwärmt hatte sie auch nicht von ihm, zumindest wenn man sein Aussehen abzog. Wahrscheinlich hatte sich Ina einfach in die Vorstellung verliebt, wieder einen Freund zu haben. Und sie, Nathalie, hatte sie ja auch dazu ermutigt.

Ihr schöner Verkupplungsplan war total nach hinten losgegangen. Ein Lover, der nur sich liebte. Eine betrogene Freundin. Und sie selbst? Noch war ihr eigenes Trümmerfeld überschaubar. Das mit Nick war wirklich prickelnd gewesen, aber sie konnte ihn verschmerzen. Dass er sich jetzt nicht mehr meldete, würde ihr keine schlaflose Nacht bereiten. Und

Johannes? Noch wusste ihr Freund von nichts. Sollte sie es ihm beichten? Vielleicht war es besser – entweder verließ er sie dann oder er verzieh ihr und ihre Beziehung konnte neuen Schwung bekommen. Und Ina musste wahrscheinlich einfach nur mal richtig über alles schlafen. Dann konnte Nathalie einen neuen Versöhnungsversuch starten.

Na gut. Das konnte alles warten. Nathalie sah sich um. Erst mal hatte sie große Lust, dieses Haus zu einem Schmuckstück zu machen, bevor die Redaktion sie wieder nach Berlin rief. Sie liebte es, zu dekorieren, und wie es aussah, war Ina eh noch nicht bereit, das Gasthaus ihrer Oma zu verkaufen. Dann sollte es wenigstens schön aussehen. Das war ihre Art, Entschuldigung zu sagen.

* * *

Weil Ina – wahrscheinlich zur Trauerbewältigung – schon gründlich durchgeputzt hatte, konnte sich Nathalie auf die Inneneinrichtung stürzen. Design war neben Mode ihre zweite Leidenschaft. Zu Hause mussten die Sofakissen farblich aufeinander abgestimmt sein und außerdem zur Wandfarbe passen. Johannes hatte auch ein Faible für schöne Möbelstücke und so sah ihr Wohnzimmer fast wie ein Bild in einer dieser hippen Interior-Zeitschriften aus. Wäre sie jemals berühmt geworden, hätte sie nichts dagegen gehabt, dass Journalisten für eine Homestory zu ihr nach Hause kamen. Sie wusste sogar schon, welches ihrer Kleider sich harmonisch in die Sitzlandschaft eingefügt hätte. Nur eins konnte Nathalie weder ver- noch ausstehen: den Hype um sogenannte Wandtattoos. Ausgelöst vor allem von Frauen, die weder Geschmack noch eigene Fantasie besaßen, da war sich Nathalie sicher. Warum sonst sollte sich jemand kitschige Sprüche samt Schmetterlingen an die Wand kleben, für die man sich schon geschämt hatte, als sie jemand ins Poesiealbum oder Freundschaftsbüchlein schrieb? Ebenso peinlich war es, wenn Gäste mit einem »Hier kocht die Liebe« oder »Winfrieds Sterneküche« an der Küchenwand empfangen wurden.

Dagegen waren Oma Adeles Sprüche auf den alten Holzschildern ja spitze Retro-Humor: »Lieba mehr essa als zweng trinka«, versuchte Nathalie, laut vorzulesen. Lieber mehr essen als zu wenig trinken. Das hatte was und war wie gemacht für die Gaststube. Sie beschloss, die Schilder zu behalten, aber sparsam dort einzusetzen, wo sie hinpassten. Der große Raum musste dringend renoviert werden, vielleicht fanden sich unter den vergilbten Tapeten ja sogar schöne alte Steine, die man freilegen konnte. Dann sah Altertum doch gleich wieder schick aus. Fürs Erste beschloss Nathalie, die vertrockneten Pflanzen auf der Fensterbank zu entsorgen, und brachte sie erst mal in den verwilderten Garten. Hier musste auch noch viel getan werden, es konnte aber ein schöner Außenbereich sein, allein der alte, Schatten spendende Baumbestand war unbezahlbar. Nathalie suchte einen Komposthaufen und hätte fast aufgeschrien, als sie am Rand der Wiese eine tote Katze entdeckte. Das war ihr dann doch ein wenig zu viel Natur. Nathalie beschloss, dieses Problem zu verschieben, und nahm lieber drinnen noch die kurzen weißen Gardinen ab, die sie auch nicht wieder aufhängen wollte. Wenn überhaupt, mussten da ganze Gardinen ran, rot-weiß kariert natürlich, das wirkte heimelig und sah von draußen einladend aus. Vielleicht konnte Inas Mutter ihr da weiterhelfen.

In der Küche sortierte sie Besteck und Geräte und machte drei Stapel daraus: noch zu gebrauchen, kann weg und hat Museumscharakter. Für diese Teile, die mindestens fünfzig Jahre alt waren, hatte Nathalie eine besondere Idee: Die wollte sie im Gastraum ausstellen – auf Regalen, hinter Glas, das würde sich finden. Moderner Raum mit altem Charme und ländlicher Gemütlichkeit. Nur, auf welchen Stapel der alte Kassettenrekorder kommen sollte, wusste Nathalie noch nicht. Sie drückte auf Start. Er funktionierte noch. »Heute beginnt der Rest deines Lebens«, sang Udo Jürgens, wie Nathalie erkannte. *Bisschen angestaubte Musikfarbe, aber es stimmt,* dachte Nathalie und öffnete die Fenster, während sie den Refrain mitsang. Vielleicht war es an der Zeit, etwas Neues im Leben zu wagen. Warum eigentlich nicht genau hier?

* * *

»Isch des Frollein scho wieder am Putze?«

Nathalie fuhr zusammen, als sie die Stimme hinter sich hörte. Ein dünnes Männchen mit rotem Gesicht und einer sehr großen Ballonflasche im Arm stand im Raum. Hatte sie den nicht schon mal irgendwo im Ort gesehen?

»Des isch aber an anderes Frollein. Gudde Morge, i bin dr Hubert und des is mei Schnäpsle. Tringe ma oine?«

Nathalie blieb nichts anderes übrig, als die frisch gespülten Schnapsgläser hinter der Theke hervorzuholen und sich mit Hubert auf die Bank zu setzen. Wenn sie auch nicht viel verstand von dem, was er sagte, probieren konnte sie ja mal.

Kirsch, schmeckte Nathalie heraus. Und: stark. Und schon hatte sie die nächste Idee. »Sagen Sie, äh, Hubert, können Sie eigentlich auch Gin machen? Einen mit lauter Aromen, die aus dem Dorf hier stammen? Also, ich meine Kräuter, Wacholder und so.«

»I könnts versuche, des muss aber oft abgschmeckt werre.«

»Kein Problem, ich stelle mich zur Verfügung. Den könnte man doch gut in Berlin verkaufen, *handmade* und in limitierter Auflage. Ich übernehme den Vertrieb, ich wollte schon immer einen eigenen Gin haben. Hier könnte man den auch ausstellen. Wir brauchen unbedingt ein großes Regal für die Wand.

Und vielleicht können die Frauen aus dem Ort Marmelade oder so was machen. Hält sich doch alles, könnte man auch verkaufen. Oder was die sonst so an Handarbeit machen. Vielleicht sollte Ina das Gasthaus doch nicht verkaufen, man könnte so schöne Sachen hier machen.«

Hubert schaute beeindruckt. Er konnte Nathalies hochdeutschem Redefluss kaum folgen. »Mir hänn hier a Frauenverein, die machet so Zeug. Könnetse vielleicht mal gugge gehe.« Er schenkte nach.

»Auch eine gute Idee.« Nathalie fand immer mehr Gefallen an ihrer Kreativität, die hier im Gasthaus so richtig aufblühte. Sie hatte eine genaue Vorstellung davon, wie alles auszusehen hatte. Aber – was sollte rein? Normale Gasthäuser gab es in der Gegend nun wirklich schon genug. Und ein Restaurant zu führen, traute sie sich auch nicht zu. Lieber etwas Besonderes aufziehen. Eine Kochschule – über die sie schon mal nachgedacht hatte. Oder Eventlocation. Vielleicht konnte Hubert auch mal einen Kurs in Ginherstellung geben, wenn er denn einen hinbekam und es schaffte, länger als eine Stunde nüchtern zu bleiben. So wäre hier kein laufender Betrieb, sondern es fänden eher unregelmäßig Veranstaltungen statt. Für das nötige Wissen konnte sie Experten einladen und in Berlin ordentlich Werbung für den Laden machen. Ein paar Leute bekäme man auch in den Zimmern unter, der perfekte Rahmen für ein lauschiges Wochenende im Schwarzwald.

Nathalies Wangen glühten vor Eifer, was aber auch am Kirschschnaps liegen konnte. »Hubert, wir müssen hier unser Brainstorming beenden, ich muss dringend telefonieren.« Nathalie schnappte sich ihr Handy und lief in den Garten, hier war eh besserer Empfang. *WLAN-Router besorgen*, notierte sie sich auf ihrer digitalen To-do-Liste.

»Ach, und Hubert«, rief sie, »du hast bestimmt die richtigen Geräte, um eine Katze zu beerdigen, stimmts?«

Kapitel 34

Nicht glücklich, aber wenigstens satt. So kehrte Ina zu ihrer Wohnung zurück. Im Designerjutebeutel von der letzten Fashion Week, zu der Nathalie sie mitgenommen hatte, einen Kopfsalat aus dem Biosupermarkt für ihre Pfirsichköpfchen. Noch schnell die Vögel versorgen und dann ab ins Bett. Liebeskummer machte Ina immer so was von müde. Er zehrte sie förmlich auf. Wenn sie nicht aufpasste, verlöre sie unbeabsichtigt Gewicht, und das tat den Nerven dann gar nicht gut. Deshalb hatte Ina vorsichtshalber noch eine Packung Toffifee mitgebracht. Und After Eight, diese dünnen Schokoladentäfelchen mit Minzfüllung. Beides so was von vorgestern, hätte Nathalie gesagt, aber die hatte ihre Oma so geliebt, die konnte sie doch nicht im Geschäft lassen. Und außerdem – was kümmerte sie die Meinung von Nathalie. Ina schleppte sich die Altbaustufen bis zu ihrer Wohnung hoch und schloss die Tür auf. *Ungewöhnlich still,* dachte Ina. Normalerweise fingen die Pfirsichköpfchen, sobald sie Geräusche hörten, zu singen an und kamen auf ihre Schulter geflogen. Das hatte sie lange trainiert mit den eigenwilligen Vögeln.

Ina betrat ihr Wohnzimmer und rief nach Boris und Iwan. Sie entdeckte einen auf dem Käfig. »Den Salat muss ich dir erst noch waschen. Aber wo hast du deinen Freund gelassen?« Inas

Augen wanderten über ihr abgedecktes Sofa, zur Stuckdecke, auf den Boden und zurück zum einsamen Vogel. Und blieben am Fenster hinter ihm hängen. Es war offen. Zwar hing ihre leichte Gardine darüber, die einmal weiß gewesen war, aber Ina sah es deutlich: Das Fenster war auf. Vor Schreck griff sie nach ihrem Pfirsichkopf. Natürlich, nach der großen Reinigungsaktion hatte sie kurz lüften wollen. Aber da waren die Vögel doch noch im Käfig gewesen. ODER? Ina hielt die Luft an und setzte den übrig gebliebenen Vogel mit zittrigen Händen in den Käfig. Er sah sie ratlos an. Konnte sie so dumm gewesen sein? Konnte der zweite rausgeflogen sein? Hier war er jedenfalls nicht. Gedanken durchpflügten ihr Hirn wie rasende Meteoriten, die ihre Umlaufbahn verpasst hatten. Sie sah ihr Vögelchen schon allein im großen, gefährlichen Berlin. Auf der Straße. Es gab Katzen in der Nachbarschaft. Autos. Er kannte sich doch nicht aus. Und dunkel wurde es auch schon. Panik! Ina griff ihren Haustürschlüssel und ihr Handy. Sie brauchte dringend Hilfe. Während sie die Treppen runter auf die Straße lief, ging sie ihre gespeicherten Nummern durch. Aber wer von ihren Berliner Freunden war schon mitten im Sommer da? Ihr kamen die Tränen.

* * *

Ina stand aufgelöst auf der Straße vor ihrem Haus, als ein weißer Porsche anrauschte. Er hielt in zweiter Reihe, denn natürlich war keiner der Anliegerparkplätze frei. Ina starrte das schicke Auto an. Gerade fragte sie sich noch, wie man aus so einem niedrigen Wagen so schnell und grazil rausspringen konnte, da stand schon Bernd Schimmel vor ihr. Ihr Chef! Was hatte der hier zu suchen? Bevor sie ihn das fragen konnte, umarmte er sie stürmisch. Ina roch sein Mundwasser. Zu seinen weißen Jeans und weißen Slippern trug er heute ein Poloshirt, ausnahmsweise in Hellrosé.

»Ina, zu dir wollte ich gerade. Entschuldige den Überfall, aber ich dachte spontan, wir besprechen unseren Wochenendtrip bei einem schönen Glas Champagner.«

»Mein Vogel ist weg! Ich muss ihn finden, er muss hier irgendwo sein.« Ina schluchzte.

Bernd sah sie mitfühlend an. »Ich verstehe. Vögel fangen ist mein geheimes Hobby.« Er öffnete den Kofferraum. »Ich habe zufällig meine Golfschläger dabei und die Kühltasche mit dem Champagner, falls wir den Vogel aus den Bäumen holen müssen«, erklärte er stolz. *Kühltasche?* Ina schauderte. Noch hoffte sie, ihren Iwan – oder war es Boris? – lebend zu finden. Ein Ende in Bernds Kühltasche wünschte sie ihm jedenfalls nicht.

»Na, komm, schauen wir mal, wo das Vögelchen ist.« Bernd Schimmel klang wie ein Fotograf aus den 1960er-Jahren und Ina überlegte, ob es eine gute Idee war, wenn sie sich von ihm helfen ließ. Aber irgendjemand musste ihr helfen. Auch wenn es ihr Schimmel-Chef war. Der legte jetzt gönnerhaft seinen Arm um sie, während er in der freien Hand noch immer einen Golfschläger hielt. Fast hätte Ina gewünscht, das vermisste Pfirsichköpfchen nicht zu finden, bevor es aus Versehen den schweren Golfschläger auf den Schnabel bekam.

»Ähm, Bernd, du bist wirklich toll ausgestattet, aber können wir ihn einfach erst mal ohne, äh, Hilfsmittel suchen? Er ist sicherlich total verschreckt, da reichen die Hände und ein paar beruhigende Worte. Ich kenne meine Pfirsichköpfchen.«

So half Bernd Ina in der nächsten halben Stunde, die Straße samt Bäumen nach dem bunten Tier abzusuchen. Er schaute sogar in jeden Gully, aber auf der Straße knien, um unter den Autos zu schauen, das musste Ina allein, wegen Bernds weißer Hose. *Blöde Ausrede, wahrscheinlich kommt er einfach nicht mehr hoch, wenn er sich einmal hinkniet,* dachte Ina wütend. Jetzt wurde es auch noch richtig dunkel, die Straßenlaternen gingen schon an. Und immer noch kein Pfirsichköpfchen.

Ina wurde hektisch. »Was machen wir denn nur? Wenn wir ihn jetzt nicht finden, finden wir ihn wahrscheinlich nie mehr.« Ihre Stimme wurde weinerlich. »Der erfriert doch oder wird gefressen oder … oder …« Tränen liefen ihr übers Gesicht.

»Ach Mensch, Ina. Es tut mir so leid.« Bernd Schimmel nahm sie in die Arme. »Der ist bestimmt wieder nach Hause geflogen. Vielleicht sollten wir in deiner Wohnung schauen. Noch ist der Champagner kalt.«

Ina wollte sich losmachen, aber Bernd Schimmel hielt sie fester als nötig, wie sie fand. »Vielleicht hast du recht.« Ina schniefte und Bernd zog ein gestärktes weißes Taschentuch aus seinem Herrenhandtäschchen. *Wer hatte denn noch so was? Also, Taschentücher aus Stoff? Über Handtaschen für Männer konnte man diskutieren.*

Ina ließ Bernds Arm auf ihren Schultern liegen und ging mit ihm ins Haus zurück. Deshalb sah sie den alten Saab nicht, der ein paar Meter entfernt gehalten hatte und jetzt zügig davonfuhr.

Kapitel 35

»Johannes? Ich bins.«

»Wer ist ich?«

Das war so eine Art Spiel von Johannes. Nathalie wusste bis heute nicht, ob er das fragte, um sie zu erziehen, damit sie sich korrekt mit Namen meldete. Oder ob es eine Art Tick von ihm war. Schließlich musste er sie doch an der Stimme erkennen. Außerdem sah er ja auf seinem Handy, dass sie es war, die anrief. Oder hatte er ihre Nummer gar nicht eingespeichert? Das glaubte Nathalie jetzt nicht von ihrem Freund. Oder wollte es nicht glauben.

Wie immer ignorierte sie seine Frage einfach. »Wie gehts dir, was machst du gerade?«

Johannes war nicht der große Telefonierer, noch nie gewesen. Was für Nathalie aber in Ordnung war – wenn statt vieler Worte große Taten folgten. Wahrscheinlich musste er als Hochschuldozent an der Uni jeden Tag so viel mit den Studenten sprechen, dass er in seiner Freizeit einfach keine Worte mehr übrig hatte. Oder keine Lust.

»Nichts Besonderes, ich sortiere gerade die Kochwerkzeuge neu, da hängen zu viele über dem Herd. Und ich denke über die Anschaffung einer Teemaschine nach, nachdem wir doch so zufrieden mit unserem Kaffeebrühsystem sind.«

Johannes war ganz in seinem Küchenelement. Was bedeutete, dass er gute Laune hatte, stellte Nathalie fest. »Das klingt gut. Und weißt du was? Das mache ich auch gerade, also Küchenzeug sortieren. Hier in dem Gasthaus, das Ina geerbt hat. Die Sachen sind zum Teil von 1970, glaube ich. Die solltest du sehen, vielleicht sind die ja was wert.«

»Hm, solange nichts rostet. Im Grunde hat sich nicht so viel geändert in der Küche. Da ist auch viel Schnickschnack dabei heutzutage.«

»Hier gibts nicht mal eine Kaffeemaschine, ich hab gestern den Kaffee mit der Hand gemahlen und aufgebrüht, stell dir vor.«

»Das ist bestimmt die schonendste Art der Kaffeezubereitung. Die Mühle würde ich nicht wegwerfen. Seit wann tust du was in der Küche?«

»Es macht mir sogar Spaß! Wir sollten viel mehr zusammen kochen. Magst du nicht herkommen? Ich könnte dich hier gebrauchen. Na, wie wärs, ein Wochenendtrip in den Schwarzwald. Vielleicht bekommst du noch ein, zwei Tage frei und danach kannst du mich wieder mit nach Hause nehmen. Was meinst du?«

Johannes blieb still am anderen Ende. Dann fragte er: »Was wird das da mit dem Gasthaus? Willst du im Schwarzwald bleiben? Ich dachte, das gehört deiner Freundin.«

Nathalie lächelte. Johannes hatte also doch bemerkt, dass sie schon einige Tage nicht zu Hause gewesen war. »Ich, ähm, passe gerade ein bisschen auf das Haus auf. Natürlich ist es total piefig hier, aber eigentlich auch ganz schön, so landschaftlich gesehen. Und das Essen ist wirklich toll. Ein Nachbar macht sogar seinen Schnaps selbst. Dem habe ich schon den Auftrag für einen Gin gegeben. Das wäre es doch, ein eigener Gin. Im Ernst, Hannes, ich glaube wirklich, man könnte hier so was wie eine Kochschule unterbringen. Nicht ein Gasthaus, davon gibts schon viele hier, sondern was Besonderes. Für spezielle Events. Was hältst du davon?«

»Hmhm, du klingst ja ganz begeistert. Das kann man sich sicher mal anschauen.«

Nathalie wusste, dass erst mal nicht mehr an Emotionen aus Johannes rauszuholen war. Dazu war er zu sehr Norddeutscher. Aber immerhin war er nicht völlig abgeneigt. Und wenn er erst mal hier wäre, würde er schon sehen, was alles möglich sein konnte. Da würde doch sein Kochherz glühen, ach was, wenigstens simmern. Und ganz praktisch gedacht, konnte Nathalie wirklich seinen Sachverstand hinsichtlich Küche, Kochen und dem ganzen Drumherum gebrauchen.

»Schön, dann überlegs dir. Bis zum Wochenende bin ich noch hier. Ich würde mich freuen.«

»Also dann.«

»Ach, und Hannes? Vermisst du mich?«

Aber Johannes hatte schon aufgelegt.

10 Punkte, an denen Sie merken, dass Ihre Beziehung in die Jahre gekommen ist:

1. **Unter einem gelungenen Abend verstehen Sie eine Flasche Wein. Für sich allein.**

2. **Sie haben kein Problem damit, mit Ihrem ausgeleierten Frotteeschlafanzug ins Bett zu gehen.**

3. **Wenn Sie ihn im Bett anfassen, fragt er: »Was ist?«**

4. **Sie denken, dass es wirklich besser ist, wenn er nicht mehr mit Ihnen schlafen will – bei dem Bauchumfang.**

5. Sie können stundenlang zusammen schweigen und es ärgert Sie nicht einmal.

6. Wenn er vorschlägt, es sich heute Abend auf dem Sofa so richtig gemütlich zu machen, meint er es auch genauso.

7. Bei erotischen Stellen im Film schaltet er um.

8. Er schenkt Ihnen nichts mehr zum Geburtstag mit der Begründung, er habe Ihnen schon alles geschenkt.

9. Getrennte Betten im Hotel machen ihm nichts aus.

10. Wenn Sie ihn küssen wollen, fragt er: »Warum?«

Nathalie hätte ewig weiterschreiben können, aber ihre Listen beschränkten sich nun mal auf zehn Punkte. Sie wurde nicht schlau aus Johannes und ihr und dem, was sie beide verband. Wenn sie noch etwas verband. Je leidenschaftlicher sein Verhältnis zur Küche geworden war, umso mehr war das zu ihr abgekühlt. So kam es ihr zumindest vor. Andererseits – wenn sie etwas gemeinsam unternahmen, in den Urlaub fuhren, dann waren sie auf einer Wellenlänge, wie man so schön sagt. Ein gutes Team. Sie hatten denselben Geschmack. Dieselben Interessen, na ja, fast. Sie hatte ganz vergessen, Johannes zu erzählen, was sie schon alles gekocht hatte. Nathalie griff noch einmal ihr Handy und tippte eine Nachricht an ihn:

> Hast du ein Rezept für Maultaschen? Spätzle habe ich hinbekommen, mache ich demnächst für dich! Kuss, Nathalie.

So schnell gab sie sich nicht geschlagen, was diese Beziehung betraf. Sie spürte schon noch ein bestimmtes Gefühl, wenn sie an Johannes dachte. Sie mochte, wie er roch, wie er sprach. Wenn er denn mal sprach. Dass er zuhörte. Das mit Nick konnte sie Johannes ja immer noch beichten, wenn er herkam. Wenn. Apropos Nick – wo versteckte der sich überhaupt?

Kapitel 36

Als Ina am nächsten Morgen in ihrem verwaschenen rosa Lieblings-Baby-Doll wach wurde, fuhr sie vor Schreck im Bett hoch. Denn der erste Gedanke, der an die Tür ihres noch gähnenden Kleinhirns klopfte, war der an ihre Vögel. Aber dann kam Gedanke Nr. 2 fröhlich pfeifend vorbeigejoggt und gab Gedanken Nr. 1 einen Tritt in den Hintern, denn Ina fiel ein: Ihr zweites Pfirsichköpfchen war wieder da! Boris und Iwan hatten gestern Abend einvernehmlich nebeneinander auf ihrer Lieblingsstange im Käfig gesessen und Salat gefuttert, als sie mit ihrem Chef Bernd Schimmel ins Wohnzimmer gekommen war. Als wäre Boris oder Iwan – sie sahen sich aber wirklich zu ähnlich – nie weg gewesen. Was der Vogel vermutlich auch nicht gewesen war, Ina hatte ihn wahrscheinlich bloß nicht gesehen.

Erleichtert ließ sie sich zurück aufs Kissen sinken. Sie war so froh. Darüber, dass sie nicht allein war, sondern ihre beiden Vögel wiederhatte. Und sie war froh, dass sie allein war. Dass Bernd dann doch irgendwann gegangen war. Ina hatte sich bremsen können und war ihrem Chef nicht um den Hals gefallen, aus Freude über ihre vollzähligen Vögel. Bernd war auch so schon anhänglich genug. Es war ja wirklich nett von ihm gewesen, dass er ihr noch einen beruhigenden Gute-Nacht-Tee gemacht hatte. Aber musste er ihr stundenlang seine persönliche

Leidensgeschichte erzählen, nachdem sie selbst gerade eine erlebt hatte? Er hatte doch gesehen, wie fertig sie gewesen war. Und spätestens nach einer Tasse Tee außerdem mehr als reif fürs Bett. Stattdessen wusste Ina jetzt, dass Bernd Schimmel selbst einmal Zahnarzt gewesen war. Bis die Klage einer Patientin ihn finanziell ruiniert hatte. Irgendwas von Schönheitsfehler hatte Schimmel gemurmelt. *Nur gut, dass er nicht in meinem Mund auf Fehlersuche geht, sondern nur in meinen Texten,* dachte Ina. Aber wenigstens verstand sie jetzt, warum ihr Chef in der Redaktion so herumlief, als wäre er noch in seiner Praxis. Fehlten nur noch Handschuhe und Mundschutz. Das Einzige, was er aus dem finanziellen Desaster hatte retten können, war der Porsche. So nett Bernd Schimmel auch zu ihr war, Ina hatte seine spleenige Art so langsam leid. Von dem Geschreibe über Karies und Parodontose mal ganz zu schweigen. Es gab doch so viel Schöneres im Leben! Sie war ihren Chef erst losgeworden, als sie ihm versprochen hatte, sein Angebot vielleicht, doch ganz bestimmt, sehr gern anzunehmen: das Angebot, ihn am Wochenende in sein Haus im Brandenburgischen zu begleiten. Das er selbst gebaut oder renoviert hatte. Diesmal sollte sie wirklich, endlich mitkommen, hurra. Das mit den Urlaubstagen gehe schon klar, waren seine Worte gewesen. Ina hatte verdrängt, was sie ihm darauf geantwortet hatte. Sie wusste nur, dass sie sich momentan kaum etwas Schlimmeres vorstellen konnte als ein Liebeswochenende mit der schreiweißen Kauleiste, die auch noch ihr Chef war. In einer wahrscheinlich abbruchreifen Fehlinvestition ohne fließend Wasser in der Pampa. Stunden von den beiden Männern entfernt, an denen ihr am meisten lag: Boris und Iwan, ihren Pfirsichköpfchen. Und im Porsche wurde ihr sowieso immer schlecht.

* * *

Ina schlug die Bettdecke zurück. Das Kapitel »Unterwegs mit Bernd Schimmel« beendete sie für heute erst mal. Sie hatte noch so viel anderes zu tun. Auch wenn sie gerade nicht an Nathalie denken wollte, die wahrscheinlich immer noch in ihrem Gasthaus im Schwarzwald hockte – es half nichts, Ina musste den Verkauf auf den Weg bringen. Ihre Erinnerungen an ihre Oma Adele hingen schließlich nicht nur an dem alten, viel zu großen Haus. Und allein konnte sie das niemals bewirtschaften. Stattdessen würde sie das Geld aus dem Verkauf in eine neue Wohnung in Berlin investieren. Ina sprang auf. Die Lösung all dieser Probleme hatte einen Namen: Oliver Merlo. Olli. Der musste ja jetzt auch wieder zurück in Berlin sein. Eigentlich hatte er ja nur wegen ihr und dieser blöden Feier noch einen Tag Schwarzwald drangehängt. Er war ihr dort wirklich eine große Hilfe gewesen, die einzige, wenn sich Ina recht erinnerte. Auch wenn Ina immer noch nicht so genau wusste, was an diesem schrecklichen Abend in ihrem badischen Dorf noch alles passiert war – das durfte jetzt keine Rolle spielen. Einmal alles Gefühlige beiseitelassen, nahm sich Ina vor und fühlte sich schon wie eine halbe Geschäftsfrau ... na ja, zu einem Drittel vielleicht. Sie würde sich jetzt in ihr Busybusybusy-Outfit werfen und die Dinge wie eine erwachsene Frau regeln. Ganz allein.

* * *

In Ina betrat eine Businesslady das Maklerbüro in Berlins Mitte. Sie hatte sich in den dunkelblauen engen Rock gequetscht, den ihr Nathalie mal vermacht hatte mit den Worten: »Jede Frau braucht einen Pencil Skirt«. Bleistiftrock, hatte Ina übersetzt und an alte Filme gedacht, in denen Frauen meistens Sekretärinnen waren und aufreizend aussahen. *Besser Sekretärin als Unschuld vom Lande,* hatte Ina überlegt und dazu eine ihrer weißen Blusen gewählt, die wenigstens gebügelt war. Dass Vögelchen drauf waren, die sich küssten, sah man eigentlich gar nicht. Ina fuhr sich noch mal mit der Hand durch die Haare, während sie versuchte, ihre Pumps nicht zu verlieren.

Eine junge Frau am Schreibtisch sah sie erwartungsvoll an.

»Mein Name ist Ina Weininger, ich suche Oliver Merlo, er ist bereits für mich tätig.«

Die junge und außerdem sehr hübsche Frau sprang auf und gab ihr die Hand. »Ah, von Ihnen habe ich schon gehört. Mein Name ist Sarah Merlo. Olli hat gerade noch ein Gespräch im Konferenzraum, aber ich bringe Sie schon mal in sein Büro.«

Ina folgte der schönen Sarah, die sie dann allein auf einem sehr bequemen Ledersessel zurückließ und versprach, mit einem Kaffee, vielleicht sogar schon mit Olli wiederzukommen.

Sarah Merlo. Konnte das seine Schwester sein? Mit den langen, dunklen Haaren wirkte sie zwar wie eine Italienerin oder wenigstens eine halbe, aber sie sah Olli überhaupt nicht ähnlich. Und hatte er nicht einen anderen Namen für seine Schwester genannt? Olivia? Weil alle Namen in seiner Familie mit O anfingen? So naiv, eine Geliebte für eine Schwester zu halten, war sie nur einmal gewesen, bei Nick. Das passierte ihr nicht wieder. Deshalb ließ Ina den unangenehmen Gedanken zu. Konnte es sein, dass Olli verheiratet und die Schönheit in seinem Vorzimmer seine junge Ehefrau war? Er hatte Ina zwar von einer unglücklichen Liebe in Italien erzählt, aber das schloss ja nicht aus, dass er schon längst wieder vergeben war. Ina spürte, wie ihr morgendlicher Schwung einen Tritt in den Magen bekam. Die Schönheit erschien und stellte Ina einen Latte macchiato auf den Tisch. Ohne Keks, wie Ina bemerkte. Wahrscheinlich hatte Olli ihr erzählt, dass es da so eine dicke, dumme Kundin gab, die zu viele Kekse futterte.

»Sie sind also …«, begann Ina, als Olli in der Tür erschien.

»Ina! Was kann ich für dich tun?« Olli sah sie an, ohne erkennbare Regung im Gesicht. Zumindest keine positive.

»Na ja, von dem Gasthaus weißt du ja. Ich werde es verkaufen. Mein Entschluss steht. Das wollte ich dir zum einen sagen.«

»Gut. Ich bereite alles vor. Ab wann kann ich Interessenten vorbeischicken, sollte sich jemand melden? Es wäre schon gut, wenn die Eigentümerin selbst vor Ort wäre.«

Eigentümerin nannte Olli sie, bemerkte Ina traurig. Waren sie nicht schon so was wie Freunde gewesen? Sie hatten sich so viel erzählt, sich so gut unterhalten, er war so eine Stütze für sie gewesen. Egal. Vorbei. Er war ein bemerkenswerter Mann mit einer hübschen jungen Frau. Er machte hier einfach nur seinen Job mit ihr. Wie hatte sie sich nur einbilden können, er sei an ihr interessiert? Nathalie hatte das behauptet. Nathalie hatte vieles behauptet, was nicht stimmte.

»Noch etwas?« Olli sah sie erwartungsvoll an.

»Ja, die neue Wohnung in Berlin. Ich brauche doch nur eine für mich.«

»Ach so. Ja. Klar. Bist du dir sicher? Ich meine, schneller als gedacht ist man wieder zu zweit. Und dann heißt es wieder Wohnung suchen.«

Es kam Ina vor, als ob ihr Vogelmann eine Spur bissig klang. Dabei hatte sie nach der Feier das Gefühl gehabt, dass Olli sie verstanden hatte in Bezug auf Nick.

»Ja, gut, ich würde sagen, wir schauen erst mal, was beim Verkauf des Gasthauses rauskommt. Das Geld kann ich einsetzen, um eine neue Wohnung zu kaufen. Wie groß auch immer.«

»Gut, ich maile dir dann die Angebote, wenn es so weit ist.«

Ina spürte, dass Olli sie loswerden wollte. Was sie traurig machte. *Verliere ich hier gerade meinen letzten Freund?* »Eins noch, Olli. Ich würde dich gern zum Essen einladen. Als Dankeschön für deine Hilfe, auch beim Fest meiner Eltern. Das war wirklich nett, dass du nach, du weißt schon, für mich da warst. Ich wäre auch nicht so schnell abgehauen, aber ich dachte, ich wusste nicht …«

Olli stand auf. »Ich verstehe, Ina, du hattest Termine in Berlin. Da will ich auch nicht stören. Vielen Dank für die Einladung, aber ich bin doch sehr beschäftigt gerade.«

Ina nickte stumm. Sie gab Olli die Hand. Seine Augen erinnerten sie an ihren gemeinsamen schönen Tag im Schwarzwald, der in seinem Saab zur Musik von Jovanotti geendet hatte. Am liebsten hätte sie Olli gefragt, wann der eine neue Platte rausbrachte. Ob er ihr noch andere schöne italienische Musik vorspielen konnte. Wann sie ihren Ausflug zum Mondaufgang nachholen würden. Aber Olli hatte seine Augen schon längst wieder abgewandt und so verließ Ina schweigend das Maklerbüro.

Kapitel 37

Nathalie sprang unter die Dusche, das heißt, sie stieg zum Duschen in die alte Badewanne. In Berlin hätte sie sich drei neue Nagellackfarben und zwei Lippenstifte zur Belohnung gekauft. Hier auf dem Land reichte ihr eine lauwarme Dusche in einer alten Badewanne mit der tollen Zitronenseife, die sie im Geschenkeladen im Dorf entdeckt hatte. *Die einfachsten Dinge sind oft die besten,* das sagte auch Johannes immer. Was er allerdings auf sein Kochen bezog.

Nathalie war mit sich zufrieden. Eins Plus mit Sternchen sozusagen. Den ganzen Tag hatte sie im und ums Haus gewerkelt. Ach was, geschuftet. Sie hatte die Betten bezogen, mit der niedlichen rot-weiß karierten Bettwäsche von Oma Adele. Sie hatte die Fenster geputzt und neue Gardinen aufgehängt, natürlich rot-weiß kariert. Die kamen von Inas Mutter. Bei ihr war Nathalie als Erstes gewesen. Monika war zwar etwas überrascht gewesen, weil sie annahm, dass Ina das Gasthaus verkaufen wollte, hatte dann Nathalie aber bereitwillig einen Großteil ihrer Gardinen, Kissen, Handtücher und einiges mehr überlassen. *Wie praktisch, dass Inas Eltern gerade ihr Haus verkaufen,* dachte Nathalie. So konnte sie vieles übernehmen, das nach Schwarzwaldidylle aussah und das alte Gasthaus verschönern würde. Inas Vater konnte gerade noch von der Mutter gestoppt werden, ihr Geld für die Sachen abzuknöpfen. Nathalie hatte nicht alles verstanden, was sich die Eheleute auf Badisch oder Schwäbisch zugerufen hatten, in ihrem Ohr war nur das lang gezogene »Diiieder« hängen geblieben. Der war gerade dabei gewesen, seine Einnahmen von der Party zu zählen, und hatte das nur unterbrochen, um Nathalie seinen Wotan vorzuführen, den bellenden Katzenschreck an der Terrassentür. Ein einfallsreicher Mann war Inas Vater. Nathalie ahnte, von wem ihre Freundin wohl den ein oder anderen Spleen geerbt hatte.

Nachdem sie im Ort Blumen- und Kräutertöpfchen gekauft und Laternen oder Fackeln gesucht hatte, wusste schnell das ganze Dorf Bescheid über ihr Vorhaben, das alte Gasthaus neu zu beleben. Nathalie musste grinsen, als sie an die vielen Zettel in ihrer Tasche dachte. Jeder im Dorf hatte ihr angeboten, zu helfen. Gegen gute Bezahlung natürlich. Sie hatte jetzt Telefonnummern von einem Schreiner, einem Fliesenleger, sogar ein Dachdecker war dabei gewesen. Na, die konnten ihr alle mal Kostenvoranschläge unterbreiten. Nathalie kam sich schon wie eine richtige Unternehmerin vor. Die Tatsache, dass ihr das Haus gar nicht gehörte – noch nicht –, konnte sie in ihrem Tatendrang nicht stoppen. Jetzt musste sie nur noch Ina ihren Plan beibringen.

Ach ja, Ina. Etwas unruhig wurde Nathalie schon, wenn sie an ihre Freundin dachte. Gestern hatte sie ihr eine lange E-Mail geschrieben und alles erklärt. Hatte sich noch mal entschuldigt und für ihre Verhältnisse wirkliche Reue gezeigt. Heute früh dann die kurze Antwort von Ina, in der sie mitteilte, dass sie schon bald wieder kommen werde. *Ina kommt, um sich zu versöhnen,* dachte Nathalie beglückt und wartete noch auf eine Nachricht von ihrer Freundin, wann genau sie einträfe, denn natürlich wollte sie ihre Freundin am nächsten Bahnhof abholen. Vielleicht konnte sie sich dafür sogar das Auto von Inas Vater leihen. Aber bis dahin musste sie noch die Maultaschen hinbekommen. Deswegen hatte sie noch einmal lange mit Johannes telefoniert, den sie wohl beeindruckt hatte mit ihrem plötzlichen Elan in der Küche. Sie hatte ihn auch fast so weit, dass er über ein verlängertes Wochenende anreisen wollte. Aber das sollte sie vielleicht doch lieber erst mal mit Ina besprechen, schließlich war sie hier die Hausherrin. Noch.

Als Nathalie den Nudelteig knetete, ließ sie den anklopfenden Gedanken rein, dem sie den ganzen Tag so erfolgreich die Tür zu ihrem Kopf zugehalten hatte – den an Nick. Sie war sich noch nicht ganz schlüssig gewesen, ob sie ihn überhaupt noch einmal sehen sollte. Wollte. *Wohin soll das führen?*, rief die imaginäre Streberin mit Nerdbrille, die auf ihrer rechten Schulter Platz genommen hatte und am Ohrläppchen zog. *Komm, du willst es doch. Wo Nick ist, ist Spaß, ist Flirt, ist Sex,* säuselte ein leicht bekleideter Adonis im offenen Bademantel in ihr linkes Ohr. Punkt für Nick. Zumindest, bis Ina wieder da war. Böser Gedanke, ganz böser Gedanke, der sich in ihrem Kopf gerade den Liegestuhl aufklappte.

Nathalie knetete versonnen weiter. Sie verstand sich doch gerade wieder so gut mit ihrem Hannes. Ja, aber der war noch weit weg. Und selbst wenn er herkäme, war es fraglich, ob er endlich wieder Spaß an gemeinsamer körperlicher Betätigung hätte, die gute Schwarzwaldluft konnte nicht alles lösen. Aber da war noch etwas. Inas Mutter hatte da was erwähnt, als sie Nathalie die Handtücher und Gardinen eingepackt hatte – in Baumwolltaschen, auf denen »Halts Maultäschle« stand. Sie hatten über das Fest gesprochen, das »Feschd«, wie Inas Mutter sagte. Und wie schön es für sie gewesen war, mit den vielen Gästen und der Musik. Bis Inas Vater Dieter dazwischengerufen hatte: »Bis uff oin Totalausfall, de scheene Nick, de saubere Herr Sohn von meim Kumpel Heinrich, der hot's gschafft, dr ganze Abend koin Finger krumm zu mache. Musik hätter ufflege solle, stattdesse macht er fremde Madels an.«

Was dazu geführt hatte, dass Nathalies auf *nude* geschminktes Gesicht ein wenig Farbe bekam und Inas Mutter sie fürsorglich fragte, ob dieser Nick sie belästigt habe.

Und nach und nach hatten sie die ganze Geschichte über Heinrichs Sohn Nick erzählt. Dass er ein Hallodri sei, faul, chronisch pleite, nur Frauen im Kopf. »Und in der Hoos«, hatte Diiieder gerufen. Wie viel Ärger seine Eltern schon immer mit ihm hatten. Während der Schulzeit war eine Mitschülerin von ihm schwanger geworden. Um das Kind habe sich Nick nie gekümmert, dabei sei das »a ganz süßes Mädle«. Und Dieter hatte gebrüllt: »Wer woiß, wie viele Kinder von ihm noch rumspringe, der Lumbeseggel.«

Nathalie wurde noch immer ganz heiß, wenn sie an die Geschichte dachte. Nick war also Vater. Er hatte ein Kind. Ob Ina das wusste? Was auch immer ein »Lumbeseggel« sein sollte. Sie nahm den Batzen Nudelteig prüfend in die Hand. Was hatte ihr der italienische Starkoch in Berlin letztens noch gesagt? Ein Pizzateig muss sich anfühlen wie ein Männerpopo, ein Nudelteig wie eine Frauenbrust. Musste hinkommen. Schon sprangen ihre Gedanken über den Gartenzaun und waren weg, Richtung Nick und seiner Körperteile. Wenn er jetzt reingekommen wäre, sie hätte nicht gewusst …

Mooooment. Nathalie bohrte ihren Finger tief in den Teig und spulte ihre Gedanken eine halbe Minute zurück. Nick – Mitschülerin schwanger – wer weiß, wie viele Kinder. Argh. Nathalie haute den Nudelteig auf die Arbeitsplatte. Ein Gedanke blitzte in ihrem Kopf auf. Sie hatten nicht verhütet, da draußen am See, bei ihrer Spontanaktion in wilder Natur. Oh Gott. Nicht, dass eine aussichtslose Romanze auch noch handfeste Folgen hatte! Nathalie schwitzte. Konnte doch gar nicht sein. Das eine Mal. Oder? Ogottogottogottogott. Mit Johannes hatte sie sich schon am Anfang ihrer Beziehung auf

Kondome geeinigt, weil sie die Pille nicht vertragen hatte. Aber hier … Nein, Schluss, aus! Jetzt bloß nicht mit Möglichkeiten beschäftigen, die sowieso nie eintraten, befahl sich Nathalie. Sie brauchte ihre Energie, um erstens diese Maultaschen hinzukriegen, zweitens das Gasthaus zu einer angesagten Kochschule zu machen und drittens, um ihre Freundin Ina zurückzugewinnen. Und die würde schon sehr bald auf der neuen Fußmatte stehen.

10 Punkte, warum Sie Ihre beste Freundin brauchen:

1. **So viel haben Sie noch mit keinem Mann gelacht. Über ihn.**

2. **Sie ist so wie Sie. Aber nur fast.**

3. **Haben Sie schon mal versucht, mit einem Mann über die Vor- und Nachteile von Sugar Waxing zu sprechen?**

4. **Es macht ihr nichts aus, sich den ganzen Abend Ihren Kummer anzuhören und darüber das Fußballspiel zu verpassen.**

5. **Sie geht mit Ihnen in Kinofilme mit Scott Eastwood – und nicht Clint.**

6. **Sie müssen ihr nicht erklären, was an Einhörnern, Flamingos und Kätzchen so toll ist.**

7. **Ihr ist es egal, was Ihr neues Sommerkleid gekostet hat.**

8. Sie kommt mit, wenn Sie drei Stunden in der Kälte vor dem Hotel warten, in dem Prinz Harry ganz bestimmt abgestiegen ist.

9. Nichts im Leben kann so schlimm sein, dass Sie es ihr nicht erzählen würden.

10. Mit ihr haben Sie immer etwas, über das Sie lachen können.

Kapitel 38

Als Ina im Schwarzwald aus dem Nahverkehrszug stieg, war sie nicht mehr ganz so selbstsicher wie noch in Berlin. Warum musste sie schon wieder so überstürzt aus Berlin abreisen, obwohl sie gerade erst dort angekommen war? Als sie ihren Rucksack gepackt hatte, dachte sie nur: *Weg hier, bevor mein Chef mit seinem schimmelweißen Porsche vor der Tür steht, um mich Richtung Brandenburg zu entführen.* Bei Pretty Woman und Richard Gere hatte das irgendwie anders ausgesehen. Nach einer Männerpleite so schnell in die nächste zu flutschen, das tat nicht mal sie. Stattdessen nahm sich Ina vor, das Thema Männer erst einmal weit wegzuschieben, so ungefähr bis Vorderindien. Denn sie war auf wichtiger Mission, sie musste ihr Erbstück verkaufen, für möglichst viel Geld. Um sich davon eine möglichst schicke Wohnung in Berlin zu kaufen. Mit wie vielen Zimmern auch immer.

Das würde Olli ja hoffentlich noch für sie tun, dachte Ina wehmütig – eine neue Wohnung besorgen. Sie müsste sich wirklich auf die Zunge beißen, damit sie beim nächsten Maklertermin nicht ins Plaudern geriet in seiner Gegenwart. Wie gern hätte sie ihm jetzt erzählt, dass sie sich im Zug eine Sprach-App heruntergeladen und schon drei Lektionen

Italienisch durchhatte. Das wollte sie schon lange, eine neue Fremdsprache lernen – warum nicht Italienisch, das klang so schön. *»Scusi«*. Fast kam sie sich vor wie eine Frau von Welt, wäre da nicht der große Vogelkäfig gewesen, den Ina irgendwie zusammen mit ihrem Gepäck durch die Zugtür bringen musste. Ja, es war etwas unpraktisch, mit zwei Pfirsichköpfchen zu reisen, aber so spontan hatte ihre Vogelsitterin keine Zeit gehabt, die nächsten Tage nach den beiden zu schauen. Und Boris und Iwan allein zu lassen, war für Ina nicht infrage gekommen – nicht nach dem Drama der vergangenen Tage.

* * *

Es dämmerte bereits, als ihr Taxi vor dem Gasthaus hielt. Im ersten Moment dachte Ina, der Fahrer habe sie zur falschen Adresse gefahren. Wo war der verlassene alte Gasthof geblieben? Ihr strahlte ein lauschiges Heim entgegen. Sie sah bunte Gardinen und Kerzen in den Fenstern. Auf der Treppe zum Eingang standen große Laternen und leuchteten ihr den Weg. Den großen Vogelkäfig voran, stieg sie vorsichtig hoch. »Auch Schwaben willkommen«, stand auf dem alten Schild ihrer Oma Adele an der Eingangstür. Die öffnete sich und Nathalie stand vor ihr. Mit einer Schürze wohlgemerkt.

Ina hatte dem Moment des Wiedersehens mit 0,01 Prozent Freude, 43 Prozent Wut und 56,99 Prozent Traurigkeit entgegengesehen. Sie war sehr enttäuscht von ihrer vermeintlich besten Freundin. Wütend natürlich auch – wie konnte sie ihr nur den Mann wegnehmen, den sie doch extra für sie ausgesucht hatte? Aber wenn Ina ehrlich war, dann freute sie sich auch ein klitzekleines bisschen auf Nathalie. Sie vermisste ihre beste Freundin, wollte ihr alles erzählen von ihrem Chef Bernd Schimmel und das weitere Vorgehen mit ihr besprechen. Aber so einfach war das nicht. Was sich Nathalie geleistet hatte, war höchstwahrscheinlich nicht wiedergutzumachen, ihre Freundschaft am Ende. Schweigsam folgte sie Nathalie ins Haus.

* * *

Geflasht. Ein anderes Wort fiel Ina nicht ein für das, was sie empfand, als sie das alte Gasthaus von innen sah. Kerzen beleuchteten den Raum, den Nathalie wirklich wohnlich gemacht hatte. Die alte Eckbank wirkte so gemütlich mit roten und weißen Kissen, in den Fenstern Töpfchen mit frischen Kräutern. Die Gardinen kamen ihr irgendwie bekannt vor. An der Wand hing eine moderne Kuckucksuhr. So etwas hatte ja nicht einmal Oma Adele besessen. Daneben prangte ein Schwarzwälder Trachtenhut mit den typischen roten Bollen. *Heimelig, aber nicht kitschig,* urteilte Ina im Stillen. Sie stellte den großen Käfig mit den Pfirsichköpfchen auf einen der wenigen kleinen Tische, die im Raum standen, und setzte sich auf die Eckbank. Jetzt erst merkte sie, wie gut es roch. Und dass sie Hunger hatte.

»Ina, möchtest du erst mal ein Glas Sekt? Ich habe einen schönen Rieslingsekt vom Winzer empfohlen bekommen.«

Ina spürte Nathalies Blick, in dem sich Vorsicht und Hoffnung mischten. »Zu feiern haben wir ja eigentlich nichts.« Ina gab sich reserviert, nahm aber trotzdem das Glas, das ihr Nathalie entgegenstreckte.

»Ich, ähm, habe auch gekocht. Maultaschen, die hast du dir doch letztens gewünscht. Aber nicht in der Brühe. Ich dachte, ich brate sie an, mit Tomaten und frischen Kräutern.«

Ina war skeptisch. »Du hast Maultaschen hinbekommen? Oder wieder nur fertige warm gemacht? Vielleicht warst du ja wieder zu beschäftigt mit anderen Dingen.«

Ihre Freundin nahm einen großen Schluck Sekt und verschwand Richtung Küche. »Die Zeiten sind vorbei, Ina. Natürlich habe ich den Teig für die Maultaschen selbst gemacht. Klappte prima mit der Nudelmaschine deiner Oma. Aber teste doch selbst.«

Als Nathalie mit den angebratenen Maultaschen auf zwei Tellern zurückkam, hübsch dekoriert mit viel Grün und den roten Tomaten, da konnte Ina nicht anders, als reinzuhauen. Beleidigt, gedemütigt, betrogen hin oder her. Hunger ist Hunger und Nathalie schien sehr bemüht zu sein. Irgendwie mussten sie ja miteinander auskommen.

»Boah, lecker«, entfuhr es Ina, als sie die ersten Bissen probiert hatte. Nathalie grinste. Da musste auch Ina lächeln, bis sie sich dabei ertappte, viel netter zu sein, als sie vorgehabt hatte. »Dass du kochen kannst, das habe ich ja immer vermutet, aber seit wann hast du solche Lust dazu und den Elan?« Ina war beeindruckt. Sie ließ sich von Nathalie einen Spätburgunder Rosé aus dem Dorf einschenken.

»Ich weiß nicht, vielleicht habe ich bisher meine Kreativität in der Küche noch nicht entdeckt, weil Johannes zu Hause immer der Koch ist. Aber es macht mir Spaß und du weißt ja, wenn ich erst mal eine Idee habe, dann setze ich sie auch um. Wie bei den Maultaschen.«

»Und wie bei dem ganzen Haus hier, wie ich sehe.« Ina blickte sich um und nickte anerkennend. »Es sieht richtig schön aus, Nathalie, danke. Aber warum machst du dir so viel Mühe. Du weißt doch, dass ich es verkaufen werde.«

Nathalie schenkte Wein nach. »Ich habe nachgedacht, Ina. Ich glaube wirklich, man könnte hier etwas Besonderes draus machen. Etwas Neues aufbauen. Eine Kochschule mit speziellen Events. Gruppen könnten sich anmelden, die zusammen lernen wollen, wie man Sushi macht – oder Maultaschen, Spätzle. Das Programm wäre variabel.«

Ina schaute skeptisch. »Und du willst hier Kochkurse geben oder dachtest du an mich?«

»Nein, dafür gibts doch Experten, die könnte man für einzelne Termine buchen. Ich würde mich um die Organisation kümmern. Du müsstest gar nichts machen, wenn du nicht willst. Wenn ich das richtig verstanden habe, hängst du doch sehr an dem alten Haus deiner Großeltern. So müsstest du es nicht an Fremde verkaufen, die es vielleicht ganz abreißen würden, um hier was Neues hinzubauen. Du müsstest dich auch nicht von den Sachen trennen, die deiner Oma gehört haben. Schau mal.« Nathalie zeigte zum Regal am anderen Ende des Raumes.

Das hatte Ina ja noch gar nicht gesehen. Sie stand auf und sah es sich genau an.

»Ich dachte, diese schönen, alten Sachen kann man hier ausstellen«, meinte Nathalie.

»Das alte Waschbrett von Adele. Das hat sie ganz früher benutzt, das weiß ich noch. Wo hast du das denn gefunden? Ihre Kaffeemühle! Mit der hat sie bis zuletzt ihren Kaffee gemahlen. Ach, und der Kassettenrekorder, da steckt Udo Jürgens drin, richtig?« Sie drückte auf Play. Und war sofort gerührt. Udo sang von Treue und Freunden, die zu einem halten, und dass es die wichtigsten Dinge des Lebens nicht für Geld gebe. Wie recht er doch hatte!

»Ina.« Nathalie stand hinter ihr und berührte sie sanft am Arm. »Ina, es tut mir alles so leid, was passiert ist. Ich möchte nicht, dass unsere Freundschaft deshalb zu Ende ist. Ich brauche dich doch.«

Ina schluchzte laut auf und fiel ihrer Freundin um den Hals. »Ich dich doch auch, Nathalie.« Und dann heulte sich Ina ihren ganzen Kummer von der Seele. Den desinteressierten Freund, die untreue Freundin, den lästigen Chef, den verschwundenen Vogel, die abtrünnigen Eltern. Bis Nathalies Schürze nass war. Aber da war noch etwas, ein klitzekleines Gefühl von Hoffnung. Ihre beste Freundin würde ihr bleiben, dachte Ina, und vielleicht ja auch Oma Adeles Gasthaus.

Kapitel 39

Nathalie fiel der gesamte Schwarzwälder Feldberg vom Herzen, als sie die weinende Ina im Arm hielt. Das war knapp, fast hätte sie ihre beste Freundin verloren. Ihre wahrscheinlich einzige Freundin. Hatte sich ihr Einsatz doch gelohnt.

Lachend erzählte sie Ina von ihren Dorferlebnissen und hörte sich ihre Geschichte vom schimmeligen Chef an.

»Auch deshalb musste ich dringend weg, bevor der mit seinem weißen Porsche vor meiner Tür steht und mich ins Brandenburgische entführen will.« Ina stützte den Kopf auf ihren Arm. »Wen ich will, den kriege ich nicht, und wen ich kriege, den will ich nicht. Es ist doch verrückt.«

»Du musst dringend weg von deinem *Beißer*-Magazin, Ina. Vielleicht überlegst du es dir doch noch mal mit der Kochschule! Mag sein, dass ich mich gerade in was reinsteigere, was zu groß für mich ist, aber ich sehe alles schon vor mir. In der großen Küche bieten wir Unterricht an, im Gastraum essen alle zusammen. Ich könnte dich hier gebrauchen. Natürlich übernehme ich das volle unternehmerische Risiko. Ich weiß nicht, ob ich so viel Geld zusammenbekomme, um dir das Haus abzukaufen, aber vielleicht vermietest du es mir. Über das Finanzielle müssen wir eh noch mal reden.«

Aber ihre Freundin winkte ab. »Nicht heute, Nathalie. Aber du hast recht, *gute Freundschaft, strenge Rechnung*, sagte auch Adele immer. Was auch immer aus diesem Haus und unserem Leben wird – das sehen wir. Ich sage erst mal Olli Bescheid, dass er keine Interessenten suchen und herschicken muss. Zumindest vorerst nicht. Deshalb bin ich ja eigentlich hier. Er meinte, die Eigentümerin sollte anwesend sein. Überleg mal, ich bin für ihn nur noch eine Eigentümerin.«

Nathalie sah sie fragend an. »Wieso das denn? Da hatte ich aber einen ganz anderen Eindruck.«

»Er war plötzlich kalt wie eine Schwarzwaldforelle, hat mit mir nur noch rein beruflich geredet. Vielleicht weil seine junge Frau in Berlin im Vorzimmer saß.«

»Was?« Nathalie holte Gin, während sie sich wunderte, was hier krumm lief. War ihre Freundin Ina wieder in einem Paralleluniversum unterwegs? »Was redest du da von Frau? Olli ist doch nicht verheiratet, der ist verliebt, und zwar in dich.«

»Quatsch. Nathalie, du versuchst schon wieder, mir einen Mann ans Herz zu quatschen, der sich überhaupt nicht für mich interessiert. Erspar mir bitte den Kummer.«

Nathalie goss ihrer Freundin und sich Gin ein. Den teuren mit den vielen Kräutern, das musste jetzt sein, bevor die Stimmung kippte. »Jetzt hör mir mal zu. Als du hier weg bist, so heimlich, ohne ein Wort zu sagen, ohne Nachricht, da hat sich Olli große Sorgen um dich gemacht. Ich natürlich auch. Er hat das ganze Dorf nach dir abgesucht. Das klingt für mich gar nicht nach kaltem Fisch.«

Aber ihre Freundin Ina schüttelte nur den Kopf. »Der hatte ein schlechtes Gewissen, weil er die Situation ausgenutzt hat.«

Nathalie verstand nicht. »Welche Situation?«

»Na ja.« Ina schaute sie mit gequältem Gesichtsausdruck an. »Er war ja erst sehr nett und hat mich begleitet nach diesem schrecklichen Fest und … du weißt schon. Ich war auch schrecklich betrunken und als ich am nächsten Morgen aufgewacht bin, da lag ich in seinem Arm und hatte nur noch meine Unterwäsche an. Ist doch klar, was passiert ist.«

»Oh, Mann, Ina.« Nathalie haute sich wenig damenhaft gegen die Stirn. »Da ist gar nichts passiert. Olli ist der wahrscheinlich anständigste Mann, den ich kenne. Als klar war, dass du in Berlin bist, hat er dir sofort Blumen geschickt. Damit du dich besser fühlst.«

»Was? Die Blumen waren von Olli? Ich dachte, von meinem Chef!«

Nathalie ließ den Kopf auf die Tischplatte sinken. »Ach, Ina, waren die Blumen denn weiß?«

»Nein, die waren schön bunt, rot und gelb und wunderschön.«

»Siehst du. Dein Chef kann doch nur weiß. Ich hab gehört, wie Olli mit Fleurop telefoniert hat. Der hat richtig viel springen lassen. War denn keine Karte dabei?«

Ina schüttelte den Kopf. »Aber warum hat er das denn nicht gesagt, als ich bei ihm im Büro war? Warum war er so schrecklich abweisend? Ich habe ihm doch nichts getan.«

Nathalie überlegte. »Ja, das ist komisch. Aber ich glaube nicht, dass sich seine Gefühle für dich geändert haben.«

Ina schaute betreten in ihr Ginglas. Leise sagte sie: »Das hoffe ich. Ich habe Olli nämlich wirklich gern. Das habe ich gemerkt, als er nicht mehr da war.«

Nathalie überlegte. *Jetzt bloß nicht den Rückwärtsgang Richtung »zu Tode betrübt« einlegen.* »Pass auf, Ina. Ich habe da eine Idee.«

Sie erzählte ihrer Freundin von ihrer Verabredung mit Olli, der in zwei Tagen extra wieder runter in den Schwarzwald kommen wollte, um sich mit ihr ein paar Locations für ein Fotoshooting auf dem Lande anzusehen. »Olli meinte, er habe da einige Objekte im Blick, die wild und romantisch seien. Da könnten wir die neue Herbstmode so richtig schön präsentieren. Ich dachte ja, wir könnten das hier im Garten machen, aber so weit bin ich noch nicht mit der Renovierung von Adeles Schmuckstück und so groß ist der Garten ja auch nicht.«

»Ja und, er wird mich nicht sehen wollen. Warum auch immer. Nicht, dass er gleich wieder abreist und du hast keine Locations.«

Nathalie legte ihre Hand auf Inas Arm. »Und deshalb schmieden wir einen Plan. Ich lade Olli zum Dank in ein hübsches Lokal ein, irgendwo im Grünen, das recherchiere ich noch.«

»Am See gibts was Hübsches, ist auch nicht so weit.«

»Äh, nein, an den See fahren wir lieber nicht, da gibts zu viele Mücken. Irgendwo anders. Wir verabreden uns dort. Und wenn ich mit Olli dort sitze, entschuldige ich mich und sobald ich weg bin, tauchst du auf. Dann könnt ihr euch endlich aussprechen. Wie findest du meinen Plan?«

Ina schaute sie zweifelnd an. »Wenn das mal gut geht. Aber ich glaube, ich habe keine andere Wahl.«

So dramatisch hätte es Nathalie jetzt nicht ausgedrückt, aber das war vielleicht ihre letzte Möglichkeit, Ina zu beweisen, dass sie wirklich eine Freundin war. Die beste Freundin.

Kapitel 40

Ina hatte den folgenden Tag dazu genutzt, mit Nathalie über die Finanzen zu sprechen. Wenn sie das Gasthaus nicht verkaufte, fehlte ihr natürlich das Geld, um sich eine größere, schönere Wohnung in Berlin anzuschaffen. Und Nathalie hatte kein Geld, um ihr das riesige Haus abzukaufen. Auch über die Mietoption hatten sie gesprochen. Ina fand die Idee ihrer Freundin gar nicht schlecht, über Crowdfunding Geld zu sammeln – also das Projekt im Internet vorzustellen und zu hoffen, dass viele andere es genauso interessant fanden wie sie und Geld spendeten. Damit hätte Nathalie die Renovierung bezahlen und viele Menschen auf ihre Kochschule aufmerksam machen können. Und alle, die etwas gaben, bekämen natürlich einen Kochkursus inklusive. Es war schön, Nathalie und ihre Pläne wieder in ihrem Leben zu haben, dachte Ina, als sie sich ihre Fußnägel anmalte – in einem Roséton mit dem hoffnungsvollen Namen »Wishing well«. Den hatte ihr Nathalie geliehen. Genau wie das Sommerkleid mit rosa-pinken Blumen drauf. Total angesagt in diesem Sommer, hatte sie gemeint. Das saß zwar ein bisschen spack, aber die Farben standen ihr wirklich gut. Das würde sie gleich tragen, wenn sie Olli traf. Hoffentlich klappte es.

Mi dispiace – es tut mir leid. Ina war schon bei Kapitel 6 ihrer Italienisch-App. *Mi piaci* – ich mag dich. *Ti amo.* Na ja, so weit wollte sie jetzt noch nicht gehen. Bevor sich Ina das nächste Mal ernste Gefühle für einen Mann eingestand, wollte sie sich seiner sicher sein. Ganz sicher. Und heute würde sie wenigstens erfahren, wie Olli zu ihr stand.

Nathalies Freund Johannes hatte auch seinen Besuch angekündigt. Ina hatte die Idee gefallen, dass Nathalie ihre Beziehung zu ihrem Hannes neu beleben wollte, und zwar hier im romantischen Schwarzwald. Wobei da ja auch noch eine Aussprache ausstand.

Würden sie am Ende noch zwei glückliche Pärchen abgeben? Ina lächelte, während sie sich auch die Fingernägel lackierte. *Wishing well.* Sie wünschte sich wirklich, dass alles gut ginge. Denn auch nur als guten Freund würde sie Olli vermissen. Seine angenehme Art, seine Hilfsbereitschaft. Er war einfach liebenswürdig, er war so ein Guter. Er tat ihr gut. Sogar Nathalie mochte ihn. Ina musste nur noch herausfinden, warum er so schlecht auf sie zu sprechen war.

Ihr Handy piepste. Nachricht von Nathalie.

> Gasthaus zur Sonne. Sitzen draußen, direkt am Fluss. Ruf mich an, wenn du da bist, Schwarzwaldeule.

Ina sprang auf. Das war nicht weit. Da kam sie mit dem Rad hin. Sie schnappte sich ihre Handtasche und betrachtete sich noch einmal im alten Spiegel ihrer Oma. Mehr war wirklich nicht rauszuholen. Wenn sie Olli heute nicht gefiel, dann nie mehr.

* * *

Ina stellte das alte Klapprad ihrer Mutter unweit von Ollis Saab ab. Sie suchte ihr Handy in der Tasche und holte noch mal tief Luft. Jetzt kam es drauf an. Nathalies Nummer hatte sie als Favoriten gespeichert.

»Ja bitte?«, meldete sich Inas Freundin.

»Ich bin jetzt vor dem Lokal«, flüsterte Ina, die sich einbildete, Olli könnte sie hören, wenn sie lauter sprach. »Wenn du jetzt Richtung Toilette verschwindest, tauche ich auf. Das Rad steht vor der Tür. Wie ist er denn drauf?«

»Ja, vielen Dank, es ist alles bestens. Wenn es wirklich so dringend ist, dann rufe ich den Kunden natürlich sofort zurück. Danke, Marcel, bis bald in Berlin.«

Ina kicherte nervös vor sich hin. *Wie aufregend!* Sie hätte sich ihr Wiedersehen mit Olli ja etwas entspannter gewünscht, aber wenn sie ihn nicht überrumpelte, war zu befürchten, dass er kein herzliches Wort mehr mit ihr sprach. Nie mehr. Und das hätte Ina nicht ertragen. Sie atmete noch einmal tief ein und aus. Nathalie musste ihr zeigen, wie das mit diesem Qi Gong ging, etwas mehr Gelassenheit hätte ihr gut gestanden. Dann lief Ina los Richtung Garten.

* * *

Olli saß unter einem großen Kirschbaum und war mit der Speisekarte beschäftigt. Er sah Ina erst, als sie schon vor ihm stand.

»Hallo, Olli, was machst du denn hier?«

Ihr Vogelmann sah sie stumm an. Seine Augen wirkten ein wenig traurig – oder kam das Ina nur so vor? Er stand auf und bot ihr einen Platz am Tisch an. Seine Höflichkeit hatte sich immerhin wacker gegen seine Enttäuschung behauptet, stellte Ina fest. Sie nahm auf dem Plastikstuhl samt Sitzkissen Platz.

»Du hast es aber schnell wieder in den Schwarzwald geschafft. Ich dachte, du bist noch in Berlin beschäftigt.« Olli wirkte sachlich, aber Ina hörte einen leichten Vorwurf heraus.

»Wenn du meine Arbeit meinst – ich konnte eine Woche freinehmen. Sonst hält mich gerade nichts in Berlin.«

»Das sah letztens aber ganz anders aus.« Olli schaute sie ernst an.

»Was meinst du?« Ina war ratlos.

»Ach, nichts, es geht mich ja auch wirklich nichts an.«

Wovon spricht er nur? »Olli, ich weiß wirklich nicht, worauf du hinauswillst. Aber ich möchte dir auf jeden Fall noch mal für die schönen Blumen danken. Das hätte ich auch schon längst getan, aber ich dachte, die seien von meinem Chef. Du hast sie ja in die Redaktion schicken lassen.«

»Ja, ich dachte, damit du gleich Montagfrüh was Schönes siehst und aufgemuntert wirst nach dem verdorbenen Wochenende hier.«

War das Zärtlichkeit in seinem Blick? Instinktiv legte Ina ihre Hand auf Ollis Arm. »Das hat auch funktioniert, Olli. Dein Blumenstrauß war das einzig Schöne an dem Tag. Du verstehst es, mich aus meinen trüben Gedanken und meiner Einsamkeit zu holen.«

Olli zog seinen Arm weg. »Ich glaube nicht, dass du mich dafür brauchst, Ina. Schon am Abend wirktest du kein bisschen einsam.«

Ina grübelte. Sie war Currywurst essen gegangen, dabei hatte sie mit niemandem gesprochen, wenn man von dem »Einmal Currywurst mit Pommes« absah. Sie war nach Hause gekommen … ihre Vögel! Und hatte dann auf der Straße gesucht … mit ihrem Chef. »Jetzt weiß ich.« Ina ließ den Kopf sinken. »Du hast mich vor meiner Haustür gesehen mit meinem Chef.«

»Ich weiß nicht, mit wem du da warst, Ina, ich habe nur einen Mann in Weiß gesehen, und das war sicher kein Gespenst.

Es ist auch egal, du kannst dich schließlich treffen, mit wem du willst. Ich hätte nur nicht gedacht, dass du so schnell schon wieder einen Freund hättest. Ich meine, das mit Nick war doch gerade erst Stunden vorbei. Da habe ich dich wohl falsch eingeschätzt.«

Jetzt reicht es aber. »Wie schätzt du mich denn ein, Olli? Dass ich, wie du sagtest, Stunden später, nachdem mit dem einen Schluss ist, in die Arme des nächsten falle?«

»So sah es jedenfalls aus.«

»Jetzt hör mir mal gut zu.« Ina spürte, wie ihr Hitze ins Gesicht stieg. »Das war mein widerlicher Chef, dem ich seit Wochen einen Korb gebe. Aber er hat mir wenigstens geholfen, meinen Vogel zu suchen. Er hat mich getröstet, weil ich so aufgelöst war. Ich dachte, mein Pfirsichköpfchen wäre weggeflogen. Aber wenn es ums falsche Einschätzen geht – da bin ich, was dich betrifft, auch ganz vorn dabei.« Ina redete sich in Rage.

»Mich? Warum solltest du mich falsch einschätzen? Ich bin extra noch mal zu dir gefahren, um zu sehen, wie es dir geht. Außerdem – ich hatte dir doch alles von mir erzählt.«

»Alles? Bis auf die klitzekleine Tatsache, dass du verheiratet bist mit einer wunderschönen jungen Frau, die in deinem Büro sitzt und mir keine Kekse gönnt. Das hast du wohl vergessen. Macht ja auch nichts. Du kannst zusammen sein, mit wem du willst. Aber mach mir keine Vorwürfe.«

»Wolletse noch ebbes trinke?« Eine Bedienung in Tracht stand neben dem Tisch, in der Hand Block und Bleistift.

Ina sprang auf. »Bringen Sie ihm ein großes Bier, damit ich es ihm ins Gesicht schütten kann. Darin habe ich Übung.« Sie lief aus dem Garten auf die Straße, bevor Olli ihre Tränen sehen konnte.

Kapitel 41

Nathalie war wieder im Gasthaus angekommen und hatte Kaffee aufgesetzt. Auf dem Rückweg vom Gartenlokal hatte sie noch Kuchen in der Bäckerei gekauft und gerade vorsichtshalber noch eine Flasche von dem leckeren Rieslingsekt auf Eis gelegt. Vielleicht gab es ja gleich was zu feiern, wenn Ina mit Olli zurückkam. Das war ein 1a-Plan von ihr gewesen. Nathalie grinste vor sich hin. Ina war noch nicht da, das war doch ein gutes Zeichen. Bestimmt lagen sie sich schon in den Armen. Endlich konnte sie bei ihrer besten Freundin einiges wiedergutmachen. Die neue Richtung hieß aufwärts, beschloss Nathalie. Sie ging in den Garten, um dort den alten Holztisch zu decken. Mit einer von Mutter Monikas Tischdecken darüber sah man nicht, wie abgenutzt er schon war. Vielleicht konnte sie noch ein paar von den großen rosa Rosen abschneiden und auf den Tisch stellen. Wenn es auch sonst nicht ihre Art war – jetzt war Romantik angesagt. Es fehlte nicht viel und Nathalie hätte Udo Jürgens auf dem alten Kassettenrekorder singen lassen.

Bremsende Autoreifen auf Kies holten sie in die Wirklichkeit, bevor sie in ihrer neonpinken Marshmallowwelt kleben blieb. Da waren sie. Nathalie lief durch den Garten ums Haus herum Richtung Auffahrt, so schnell ihre geschnürten Wedges sie trugen. *Seit wann fährt Olli einen Porsche?*, dachte sie noch, als sich auch schon ein sehr braun gebranntes Gesicht aus dem Wagen schälte. Der Rest des Körpers strahlte im Kontrast dazu weiß. Während sich Nathalie überlegte, ob sie hier Zeugin einer Erscheinung war, die es in abgelegenen Schwarzwalddörfern sicherlich häufiger gab, nahm die Erscheinung die spiegelnde Sonnenbrille ab und kam auf sie zu.

»Finde ich hier Ina Weininger?«, fragte die Erscheinung, die sich als Mann entpuppte, und entblößte dabei zwei Zahnreihen, die jede Beauty-Influencerin neidisch gemacht hätten. Bevor sich Nathalie überlegen konnte, was sie am besten auf diese Frage antworten sollte, sah sie auch schon das Ziel der Erscheinung den Berg hochtrotten. Ina! Ihre Freundin hielt ihre Sandalen in der Hand, ihr Gesicht glänzte unschön und irgendwie wirkte sie mitgenommen. Warum kam sie allein? Und zu Fuß? Ohne aufzublicken, steuerte Ina den Eingang des Gasthauses an, der Kies unter ihren nackten Füßen schien ihr nichts auszumachen.

Mit einem »Da ist sie ja« sprang ihr das braun gebrannte Gesicht in den Weg.

Nathalie sah, wie Ina erschrak und die Erscheinung anstarrte. »Bernd, was soll das denn? Verfolgst du mich jetzt schon bis in den Schwarzwald?«

In Gedanken sortierte Nathalie die Tonlage ihrer Freundin in die Kategorie hysterisch bis ungehalten ein. So klang Ina nur, wenn sie nervlich am Ende war.

»Wir wollten doch in mein Ferienhaus in Brandenburg.« *Aha, das ist also Inas Chef, der sich aufführt wie ein Fünfjähriger, dem gerade eine Taube auf seinen neuen Lego-Ninjago-Schulranzen gekackt hat.*

»Du wolltest nach Brandenburg, ich nicht. Und schon gar nicht mit dir. Was meinst du, warum ich weggefahren bin.«

Unsicher schaute Nathalie zu Inas Chef. Nicht, dass der noch anfing zu flennen, so wie er beschimpft wurde. Aber schön, dass sich Ina endlich mal alles von der Seele brüllte.

»Wir waren doch verabredet. Ich stand pünktlich um acht Uhr vor deiner Tür. Aber du warst nicht da.«

Fehlte nur noch, dass Bernd mit dem Fuß aufstampfte. Woher wusste der überhaupt, wo er Ina finden konnte? Musste man bei seinem Zahnarztblättchen etwa auch die Adresse der Eltern angeben? Zuzutrauen war es ihm. Die hatten ihm bestimmt den Weg gewiesen, als sie die Wörter Chef und Zahnarzt gehört hatten.

»Lass mich einfach in Ruhe.« Ina klang geschwächt.

In dem Moment bemerkte Nathalie ein weiteres Auto, das vor das Gasthaus fuhr und hinter Bernd Schimmels Porsche anhielt. Olli in seinem Saab Cabrio! Er stieg aus.

Jetzt wird es interessant. Da war wieder Adonis im Bademantel, der Nathalie bösartig ins Ohr zischelte: *Tu etwas, wir können hier nur einen Mann gebrauchen!* Nathalie hörte mal lieber auf die Streberin mit Nerdbrille, die ihr ins andere Ohr rief.

Aber bevor sie einschreiten konnte, meldete sich Olli. »Ina, ich muss dir etwas sagen. Oder störe ich?«

»Olli!« Mehr brachte Ina nicht raus.

»Ja, Sie stören, ich habe etwas mit meiner Freundin zu besprechen.« Bernd Schimmel packte Ina am Arm.

»Freundin? Du spinnst wohl. Ich bin doch nicht deine Freundin.« Nathalie konnte nur zuschauen, wie Ina sich losriss und dabei über ihre Schuhe stolperte, die sie fallen gelassen hatte.

Olli stürzte nach vorn und fing sie auf.

»Olli, ich, du …?« Ina sah zu Olli hoch.

Statt einer Antwort nahm er ihr Gesicht in seine Hände und küsste sie. Und küsste sie. Und küsste sie.

Nathalie konnte nicht anders, als die beiden anzustarren. Die hörten ja gar nicht mehr auf. Aus den Augenwinkeln sah sie Bernd Schimmel, dessen Gesichtsfarbe jetzt Richtung verbrannte Kastanien tendierte. Er drehte sich um und lief zu seinem Porsche, den er ziemlich spektakulär anließ, wie Nathalie bemerkte. *Den wären sie schon mal los.*

Plötzlich kam sie sich überflüssig vor. »Okay, ich werde dann schon mal den Sekt rausholen«, sagte sie mehr zu sich selbst und schlich sich langsam zurück in den Gasthausgarten. Schade, dass sie ihr Handy nicht parat hatte, sonst hätte sie schnell ein schönes Erinnerungsselfie mit dem knutschenden Pärchen im Hintergrund gemacht. Und weil das hier, wie es aussah, noch etwas dauern konnte, genehmigte Nathalie sich an Oma Adeles Gartentisch schon mal ein Glas Sekt, holte ihren Laptop und schrieb ihre nächste 10-Punkte-Liste.

10 Punkte, warum es sich lohnt, für seine Liebe zu kämpfen:

1. **Es gibt halt nur den einen »Einen«.**

2. **Was wäre die Alternative? Eben.**

3. **Ihre Story puscht jede langweilige Party – weißt du noch, als ich deinen Ex-Freund niedergetextet habe?**

4. **Wenn es vorher turbulent war, kann die Beziehung ja nur völlig entspannt und glücklich werden, oder?**

5. **Wer so schwer zu bekommen war, wird so schnell nicht wieder verlassen werden, hoffentlich.**

6. **Wer um die Liebe kämpft, der offenbart sein Herz – und das wollen wir doch sehen.**

7. **Wer es geschafft hat, einen Mann zu erobern, der kann auch Weltkriege verhindern.**

8. **Es ist immer schön zu gewinnen, am besten ein Herz.**

9. **Alles andere wäre doch langweilig.**

10. **Es geht doch nichts über ein ordentliches Happy End.**

Kapitel 42

Ina wagte nicht, sich zu bewegen. Ausgeblendet waren Tränen, Ärger, Missverständnisse, Betrug und Belästigung. Diese ganzen anstrengenden letzten Wochen. Ina war ganz Gefühl. Sie spürte Ollis Lippen sanft auf ihren und wünschte sich, es würde ewig anhalten. Es war so heiß. Nicht nur Ollis Küsse. Sie standen in der prallen Nachmittagssonne und Ina spürte, wie ihr Schweiß von der Stirn lief. Sachte lösten sie sich voneinander.

Ina lächelte Olli an. »Danke, dass du mich gerettet hast.«

»Du hast dich doch selbst sehr gut gerettet.« Olli grinste. »Ich habe dich nur aufgefangen, symbolisch und praktisch. Damit du eins weißt: Ich lasse dich nicht mehr los.«

»Oh, Olli.« Ina fiel ihm um den Hals. »Was für ein Durcheinander. Mit meinem Chef, da war nie etwas, das musst du mir glauben. Wie gut, dass du hier bist. Ich habe dich so vermisst. Komm, wir müssen in den Schatten, sonst ist es mit uns vorbei, bevor es auch nur begonnen hat.«

Sie ergriff ihre Schuhe. Hand in Hand gingen sie zu Nathalie in den Garten, die sofort ihr Handy zückte und Fotos machte. »Ihr werdet mir noch mal dankbar sein. Auch wenn du ein wenig, na ja, mitgenommen aussiehst, Ina.«

Sie ließen sich auf Oma Adeles schon etwas mitgenommene Holzstühle unter dem großen alten Walnussbaum fallen.

Bei Bienenstich und Rieslingsekt stießen sie auf die neue Liebe an, zu der genau hier und jetzt der Startschuss fiel. Mithilfe ihrer Moderatorin Nathalie klärten sie sich gegenseitig über ihre Missverständnisse auf.

»Also, dass Ina ganz bestimmt nichts von ihrem Chef will, das konntest du ja selbst sehen, Olli.« Ina schaute ihre Freundin an. Wie immer brachte sie es perfekt auf den Punkt. »Aber was hat mir Ina da von einer Ehefrau erzählt?«

Olli lachte, was Ina beruhigte. »Es hat etwas gedauert, bis ich verstanden habe, was du damit meinst, Ina. Welche Ehefrau? Und was war mit den Keksen? Und als ich da vorhin in dem Gartenlokal saß und du so aufgebracht weggerannt bist, fiel mir ein, dass wir uns das letzte Mal in meinem Büro in Berlin getroffen haben.«

»Wegen meiner Wohnung und dem Gasthaus hier, als du mich Eigentümerin genannt hast, so neutral.«

Olli nickte. »Richtig, ich war sauer, weil ich dich am Abend vorher mit diesem Typen gesehen hatte, von dem ich jetzt weiß, dass er dein Chef ist. Auf jeden Fall kannst du nur meine kleine Schwester meinen, Sarah. Sie wohnt in Berlin und jobbt in den Semesterferien bei mir. Ich hatte dir doch von ihr erzählt.«

Ina schaute gequält. »Ich dachte, deine Schwester heißt Olivia, weil alle mit O anfangen und so.«

»Nein, Olivia ist meine Cousine. Ina, ich fürchte, du musst dir noch sehr viele Namen merken, wenn du meine ganze italienische Familie kennenlernen willst.«

Ina lachte laut. »*Con piacere.* Mit Vergnügen. Wie du hörst, bin ich schon bei Kapitel sechs meiner Italienisch-App. Ich dachte, ich sollte mal ein bisschen in die Zukunft investieren. Nicht mehr lange und ich kann mit allen fließend Italienisch sprechen.«

Nathalie schaltete sich ein. »Und als dir klar wurde, dass Ina da was verwechselt haben muss, da bist du gleich wie Captain

Schwarzwald in deinen Saab gesprungen und keine Minute zu spät gekommen, um deine Lady zu retten.«

Olli grinste breit. »Ja, so ungefähr. Und weil mir eine Krähe im Kirschbaum auf mein Hemd gemacht hat.«

Ina griff seine Hand. »Das müssen wir sofort ausziehen.«

»Wir wollen doch nicht so unhöflich sein und Nathalie hier allein lassen.« *Der gute Olli.* »Eins möchte ich auch noch wissen, so ganz beruflich. Wie sieht es denn jetzt aus mit dem Gasthaus? Willst du das übernehmen, Nathalie?«

Sie zuckte mit den Schultern. »Im Prinzip ja. Aber keinen ständigen Gastrobetrieb, sondern eher eine Kochschule und Eventlocation. Ich glaube, über Crowdfunding könnte was reinkommen, und wenn Ina die Miete nicht allzu hoch ansetzt, kriege ich das bestimmt hin. Aber nicht allein. Ich verstehe total, dass Ina hier nicht bleiben will. In Berlin kann sie sich viel besser ausleben. Aber für mich ist das was Neues. Und ich habe gemerkt, dass ich total Spaß daran habe, mit meinen Händen zu arbeiten, was aufzubauen, was Neues zu entwickeln. Ich werde heute Abend Johannes fragen, ob er mitmachen will. Der ist schon unterwegs und müsste bald da sein.«

»Und da wir schon über Immobilien reden«, schaltete sich Ina ein, »hätte ich da auch mal wieder eine klitzekleine Änderung, Olli, was meine Berliner Wohnungssuche betrifft. Ich glaube, ich brauche jetzt doch eine Wohnung für zwei.« Sie lächelte ihn an.

»Weißt du was, ich habe immer nur für zwei gesucht.« *Schon wieder ein Punkt für Olli,* dachte Ina. *Er weiß nicht nur, was und wen er will. Mich! Er weiß auch, was ich will. Und es war jetzt ganz dringend, mit ihm allein zu sein.* Sie nahm Olli an der Hand und führte ihn ins Haus. »Komm mit in mein Zimmer, wir müssen dringend dein Hemd wechseln.«

Kapitel 43

Erschöpft, aber sehr, sehr froh und erleichtert räumte Nathalie das Kuchengeschirr zusammen. Sie freute sich für ihre Freundin Ina, dass sie endlich einen Mann gefunden hatte, der sie wirklich zu lieben schien. Das hatte sie auch verdient. Jetzt musste Nathalie nur noch ihre eigene Beziehung retten. Sie rang noch immer mit sich, ob sie Johannes von ihrer Affäre mit Nick erzählen sollte. Wie sie ihn kannte, würde der sich sofort wieder in seinen Kombi setzen und zurück nach Berlin fahren. Da war er konsequent. Nathalie seufzte und griff nach den leeren Sektgläsern.

»Jemand zu Hause?«

Sie fuhr herum. Das klang nicht nach ihrem Freund Johannes. Dann sah sie ihn. Kurze zerrissene Jeans, weißes, offenes Hemd. Ein sehr weit offenes Hemd. Seine nackten Füße steckten in ausgetretenen Sneakers.

»Was machst du denn hier?« Nathalie starrte ihn an.

»Das ist aber keine nette Begrüßung für jemanden, den du heiß und innig liebst!«

»Nick, was willst du?« In Nathalies Kopf befand sich plötzlich ein Trampolin, auf dem ihre Gedanken wild herumhüpften. Dieser Mann hatte gerade noch gefehlt. Nick konnte sie hier und jetzt gar nicht gebrauchen. Jede Minute konnte Johannes da sein und wenn er sie mit dem heißen Eisen Nick sähe, würde er sofort wissen, was hier lief. Nick musste verschwinden, sofort.

Stattdessen kam er näher. Nathalie roch Gerard Butler. Wenigstens seinem Duft war er treu. Nick griff nach ihrer Taille, aber sie sprang zurück und hätte fast das gute Porzellan von Oma Adele auf dem Tisch umgestoßen, das aufeinandergestapelt auf den Abtransport in die Küche wartete.

»Nick, lass das! Ich kann dich hier gerade gar nicht gebrauchen, ich habe zu tun.«

Ihre Worte ließen ihn unbeeindruckt, wie Nathalie bemerkte. »Ihr habt ohne mich gefeiert?« Er nahm die Flasche Sekt und setzte sie sich an den Mund. »Schade, schon leer. Vielleicht finden wir noch eine im Keller – was meinst du, Nathalie, da bist du doch so gern.«

Sie sah ihn an, in seinem Blick lag mehr als nur Verlangen. Auf ihrer persönlichen Liste der unschönen männlichen Gefühlsäußerungen ordnete sie seinen Auftritt irgendwo zwischen gefährlich und sehr, sehr dreist ein.

»Vergiss es, Nick. Das mit uns ist so was von vorbei. Bitte geh jetzt. Mein Freund kann jeden Moment hier sein.« Nathalie biss sich auf die Lippe. Das hätte sie vielleicht lieber nicht sagen sollen.

»Ach, machen wir plötzlich einen auf Familie, oder was?« Nick grinste sie frech an. »Das wäre aber schade, wenn der gute Freund erfahren würde, was seine Freundin hier im dunklen Schwarzwald so treibt.« Er fuhr über ihre Wange und ließ seine Hand an ihrem Hals entlanggleiten.

»Der weiß schon alles. Gib dir keine Mühe.« Nathalie drückte seinen Arm weg.

»Wollen wir es ausprobieren? Ich warte hier, bis er kommt, und erzähle ihm von uns. Dann sehen wir mal, ob er das wirklich schon verdaut hat.« Nick ließ sich auf einen der Holzstühle sinken und sah sie herausfordernd an.

»Was willst du, Nick?«

»Ich sehe da genau zwei Möglichkeiten.« Er sah sie lauernd an. »Entweder, du bezahlst mich für meine Verschwiegenheit …« Er kniff die Lippen zusammen.

»Was? Willst du mich erpressen? Du spinnst wohl. Gar nichts bekommst du von mir.«

Nick stand langsam wieder auf und kam ihr viel zu nahe. »Oder du bezahlst in … Naturalien.« Er hauchte ihr einen Kuss auf den Hals. »Es war doch immer so schön mit uns. Komm schon, Nathalie. Wir wissen doch beide, dass du eine ganz Wilde bist.«

»Drecksack, lass mich sofort los. Oder ich rufe um Hilfe.« Sie rangelten auf der Wiese, bis Nick plötzlich von ihr weggezogen wurde.

»Johannes!« Bevor Nathalie mehr sagen konnte, hatte ihr Freund dem verdutzten Nick einen Kinnhaken verpasst – wenn Nathalie das richtig einschätzte. So gut kannte sie sich nicht mit Prügeltechniken aus, Qi Gong war das auf jeden Fall nicht. Sie konnte nur zusehen, wie Johannes Nick packte, ums Haus schleifte und ihn mit einem Tritt in den Hintern vom Grundstück warf.

Etwas zittrig ließ sie sich auf einen der Holzstühle sinken.

Johannes kam zurück. »Alles in Ordnung bei dir?« Er zog sie hoch und nahm sie in den Arm. »Was war das denn für ein Kerl? Hat er dir etwas getan?«

Nathalie schüttelte den Kopf. »Alles in Ordnung, Schatz. Das war nur der Ex von Ina, der hat sie gesucht. Der will sie einfach nicht in Ruhe lassen. Schön, dass du da bist.« Sie sah ihren Freund an. »Seit wann weißt du, wie man zuschlägt? Und seit wann trägst du einen Bart?«

Johannes schaute ihr tief in die Augen. »Es hat sich einiges getan, seitdem du weg bist. Komm, wir verlassen diesen unschönen Ort. Ich möchte doch dringend die badische Küche testen.«

Kapitel 44

Als Ina am nächsten Morgen barfuß die Treppe in den Gastraum hinunterstieg, war alles still. Sie trug nichts außer einem alten Nachthemd ihrer Oma. *Viel cooler wäre es natürlich, wenn mich Nathalie in Ollis Hemd sehen würde,* dachte sie, *wie man das aus den Hollywoodfilmen kennt.* Aber da war immer noch die Vogelkacke drauf.

Sie hatten es gestern Abend nicht mehr geschafft, das Hemd sauber zu machen. Viel zu viel gab es da zu erzählen, zu küssen, kennenzulernen. Ina lächelte vor sich hin. Wo war denn Nathalie? Sie musste ihr alles erzählen. Fast alles.

Aber von Nathalie war nichts zu sehen. In der Küche stand noch das Geschirr vom Vortag herum. Komisch, ihre Freundin war doch immer so eine Ordentliche. Wie gern hätte Ina ihrem Olli ein tolles Frühstück gemacht, frisch gepressten Orangensaft, frische Brötchen, Omelette und natürlich einen großen Latte macchiato. Mit Keks! Aber dafür hätte sie sich anziehen müssen, aufs Rad schwingen, einkaufen und den Herd anwerfen. Fast hätte sie vergessen, dass sie noch nie ein ordentliches Omelette hinbekommen hatte. Ina fand Toast im Kühlschrank und warf ihn gerade in den Toaster, als Olli in Boxershorts hereinkam.

»Guten Morgen, mein Schwarzwaldmädel, ich dachte schon, du hättest mich wieder verlassen.« Er nahm sie in die Arme und drückte ihr einen Kuss auf den Mund. »Schickes Outfit.« Er grinste. »Komm, ich mahle uns Kaffee, ich weiß mittlerweile, wie das hier funktioniert. Du könntest schon mal Milch heiß machen.« Er setzte sich mit der Mühle auf die Eckbank im Gastraum und schaute aus dem Fenster. »Erwartest du noch mehr Besuch?«

»Wieso?« Ina sprang ans Fenster. »Oh. Ich glaube, wir ziehen uns schnell was an, das sind meine Eltern und wie es aussieht, haben sie sich tatsächlich ein Wohnmobil gekauft.«

* * *

Als Ina Minuten später zusammen mit Olli die Tür öffnete, war ihr Vater Dieter gerade dabei, eine kleine Trittleiter am Wohnmobil auszuklappen, ehe er seine Tochter entdeckte.

»Ah, do bisch. Schau, des is mei kleiner Nasebär. I hab ihn Ina getauft.«

Inas Mutter Monika ging dazwischen. »Das ist unser neues Wohnmobil, das wird wirklich Nasenbär genannt, wegen des Überbaus.« Sie kicherte, wie Ina ihre Mutter noch nie kichern gehört hatte. »Da oben drin haben wir heute Nacht auch schon geschlafen.«

Oh Mann, zweiter Frühling bei ihren Eltern? Ina war in der Stimmung, dass sie ihnen gerade alles gönnte.

»Wir haben was zum Frühstücken mitgebracht. Wir dachten, wir können den Nasenbär zusammen sozusagen einwohnen. Oh, hallo, wir kennen uns doch schon.« Sie hatte Olli entdeckt und hielt ihm die Hand hin.

»Ah, des tapfere Schneiderlein, hat am Feschd mit alle alde Schachtle geraatscht, der kriegt en Orde.« Inas Vater gab Olli ebenfalls die Hand und haute ihm mit der anderen auf den

Rücken. Für ihren Vater eine mehr als herzliche Begrüßung, stellte Ina fest.

»Freut mich. Ich bin der, äh, größte Fan ihrer Tochter.«

»Er ist mein Freund.« Ina nahm Olli in den Arm. »Ein Frühstück kommt uns gerade ganz recht.«

»Wars Nächtle so anstrengend?« Dieter konnte es nicht lassen.

»Na, das könnte ich dich ja auch fragen«, konterte Ina. »Passen wir denn da alle rein. Euer Nasenbär ist ja nicht gerade groß.«

»Hast halt ned gnug gspendet.«

»Er reicht vollkommen für zwei Personen. Und mehr wollen ja nicht mit auf unsere große Reise.« Monika nahm ihre Tochter an der Hand. »Na komm, ich zeig dir mal die Hütte. Oliver, ich hoffe, Sie mögen Instantkaffee.«

* * *

Es war wirklich recht kuschelig im Nasenbär, dachte Ina, als sie um den kleinen Tisch herumsaßen. Ihre Mutter briet Spiegeleier auf einem Miniherd, ihr Vater hatte den Fahrersitz herumgedreht.

»Wo wollen Sie denn damit überall hin?« Olli gab sich interessiert, bemerkte Ina erfreut.

»Wo die Sprüch uns hintreibet.«

Inas Mutter übersetzte. »Na ja, mein Mann hatte diese, äh, interessante Idee, dass wir an Orte fahren, die in Redewendungen vorkommen. Also, nach Athen fahren wir ganz bestimmt.«

»Wegen Eulen nach Athen tragen.« Jetzt bekam Olli sogar den Orden am Bande von ihrem Vater, dachte Ina.

»Des isch ja a Cleverle.« Ihr Vater nickte anerkennend. »Nich so wie dei andere Kerle.«

»Zum Jordan will Dieter auch, aber ich weiß noch nicht, ob mir das da nicht zu gefährlich ist.« Inas Mutter wirkte noch nicht so überzeugt.

»Über den Jordan gehen, verstehe. Lustige Idee.«

»Ja woisch, d' Welt isch granadegroß, mir misset Prioritääte setze. Und des Audole wird uns fahre.« Dieter drückte übermütig auf die Hupe. *Klingt wie sein Katzenschreck Wotan, dem man den Schwanz kupiert hat,* kam Ina in den Sinn.

»Apropos Audole.« Dieter wandte sich an Ina. »Mir hen heut früh in de Weinberg so en großkopfiche Porsche gsäh. Beim Bäcker hen sich älle 's Maul zerrisse. Kommt der von dir?«

Inas Mutter übersetzte für Olli. »Na ja, so ein strahlend weißer Porsche fällt hier schon auf und alle meinten, der war bei dir zu Besuch, also der Fahrer, nicht der Porsche.«

Ina wurde porscheblass. »Der gehört meinem Chef aus Berlin. Bernd Schimmel. Ja, der war kurz hier. Was macht der denn immer noch in der Gegend? Ich glaube, ich muss da kündigen.«

»Bei uns kansch ned wohne, wennd arbeitslos bisch. Des Häusle is verkauft, in drei Woche gehts los.«

Ihr Vater war wie immer mitfühlend und hilfsbereit, dachte Ina grimmig. Sollten ihre Eltern doch auf ihre merkwürdige Weltreise gehen. Sollte ihr Job doch wegfallen, sie war jetzt nicht mehr allein. Sie drückte Ollis Arm. »Ihr könnt unbesorgt losfahren, Olli passt schon auf mich auf.«

Er sprang ihr zu Hilfe und sah Ina in die Augen. »Sie können sich auf mich verlassen.«

Kapitel 45

»Dicker Guten-Morgen-Kuss! Bin schon beim Frühstück!« Als Nathalie wach wurde, fand sie Johannes' Nachricht auf seinem Kissen. Er hatte wieder Worte für sie, die über »Deck doch schon mal den Tisch« und »Wer geht denn am Wochenende einkaufen« hinausgingen! Das fühlte sich gut an. Und sie hatte richtig viel Lust, weiter mit Johannes zu reden. So wie früher und wie gestern Abend. Nach dem, was er erzählt hatte, war ihm das Alleinsein während der paar Tage gut bekommen. Er hatte sich zum Boxtraining angemeldet, um sein Übergewicht anzugehen. Er hatte vorsorglich schon mal seinen Kleiderschrank entrümpelt und jedes Hemd, jede Hose, die nur einen Hauch von Freiraum boten, entsorgt. *Slim fit* war jetzt angesagt, darin wirkte er schon mal viel schlanker. Nathalie hatte ja die Vermutung, dass ihr Hannes nur ein gutes Gewissen brauchte, um weiterkochen zu können. Aber das war ihr ja auch ganz recht. Und sein neuer Dreitagebart rief vor allem: »Ich bin noch nicht so alt, wie ich aussehe!« Nein, sie fand es gut, wenn Männer sich um ihr Äußeres und um ihr Leben Gedanken machten. Davon profitierte sie schließlich auch.

Unter der Dusche schaute sie sich im Geiste noch einmal ihren Film des gestrigen Tages im Schnelldurchlauf an. War es mehr ein Krimi oder eine seichte Lovestory? In ihrem

Kopf blitzten einzelne Szenen auf. Nick, der sie bezirzte, aber bei genauem Hinsehen nur noch peinlich wirkte. Nick, wie er von Johannes verhauen wurde. Fast hätte Nathalie gelacht, wenn es nicht so schlimm gewesen wäre. Johannes, der nicht groß über den Vorfall gesprochen, sondern sie sehr bestimmt in seinen Wagen verfrachtet hatte und mit ihr in eins der besten Restaurants der Gegend gefahren war.

»Da wollte ich immer schon mal hin«, hatte er nur gemurmelt, als sie durch den Schwarzwald kurvten und dabei seine geliebte Jazzmusik hörten. Und wenn sie schon mal da waren, hatte Hannes auch gleich ein Zimmer im dazugehörigen Hotel genommen. Was den Vorteil hatte, dass sie nach den anregenden Gesprächen beim wirklich außergewöhnlichen Essen nicht mehr fahren mussten und direkt in die Kissen sinken konnten. Die rochen schon ein wenig besser als die in Inas altem Gasthaus. Dort hatte Nathalie festgestellt, dass Johannes durchaus noch über eine gewisse Restenergie verfügte.

Sie lächelte, als sie nach der Dusche Bodylotion unter den Fläschchen am Waschbecken suchte. Wilde Rose, na, das passte doch. Ihre Spontanaktion hatte allerdings den Nachteil, dass Nathalie jetzt zusehen musste, wie sie sich gestylt bekam, so fast ohne Hilfsmittel. *Ach was, Natürlichkeit gefällt Männern bei Frauen angeblich doch eh immer am besten, jetzt kann er das mal beweisen, mein Hannes,* dachte sie. Dieselben Klamotten wie gestern mussten ja nicht sein. Denn natürlich hatte Johannes sein schickes Alu-Köfferchen dabei. Daraus zog Nathalie sein Jeanshemd, das sie locker zu ihrem Blümchenrock knotete. Ärmel hochgekrempelt. Ging doch. Seit Hannes da war, fühlte sie sich wieder so komplett. Es lohnte sich also doch, für eine in die Jahre gekommene Liebe zu kämpfen, sie wiederzubeleben.

Schnell notierte Nathalie ein paar Punkte in ihr Handy. 10-Punkte-Listen auf Vorrat für ihr Magazin konnten nicht schaden, nachdem sie so viel Zeit im Schwarzwald verbracht hatte.

10 Punkte, warum es sich lohnt, Ihrer Liebe noch eine Chance zu geben:

1. **Zu irgendwas müssen all die Tränen doch gut gewesen sein.**

2. **Er oder sie weiß alles über Sie – wollen Sie das wirklich noch mal einem neuen Partner erzählen? Das ist Lebenszeit!**

3. **Sie haben schon so viel in diese Beziehung investiert, wenn Sie allein an die Tausende gewaschene Unterhosen denken …**

4. **Es wäre viel zu viel Arbeit, die gemeinsame Hausrats- und Haftpflichtversicherung auseinanderzudividieren.**

5. **So schnell lernen Sie nicht kochen.**

6. **Wer sollte Ihre liebevoll gestalteten Fotoalben der gemeinsamen Reisen bekommen?**

7. **Auch eine neue Liebe hat Mundgeruch, Pickel am Rücken und lässt überall die Turnschuhe liegen.**

8. **Wenn sich überhaupt eine neue Liebe findet.**

9. **Wer tauscht schon gern ein schickes Penthouse gegen ein Einzimmer-Appartement?**

10. **Können Sie den Gedanken ertragen, nie mehr von seinen Armen gehalten zu werden? Eben.**

Noch nicht zehn Uhr und schon gearbeitet. Nathalie zog sich zufrieden die Lippen in Vampirrot nach, einen Lippenstift hatte sie natürlich immer in der Handtasche. Sie überprüfte ihre Erscheinung im Spiegel. So sah eine Unternehmerin aus. Wenigstens eine vom Lande, bislang noch ohne eigene Immobilie und ohne Angestellte, aber mit vielen Ideen und einem Mitarbeiter in spe. Auch darüber hatten sie gestern Abend noch lange gesprochen. Über ihr Projekt Kochschule und dass sich Johannes vielleicht daran beteiligen wollte. Zumindest war er nicht völlig abgeneigt gewesen, er war ja schließlich der Experte in Sachen Kochen. Und seine Restzweifel, die würde ihm Nathalie auch noch aus dem Hirn radieren. Wenn sie ehrlich war, sah sie sich schon mit Johannes Arm in Arm vor dem Gasthaus stehend in einer dieser Gastrozeitschriften unter der Überschrift: »Das Unternehmerpaar von morgen und seine hippe Kochschule«.

Aber eins nach dem anderen. Erst einmal gab Nathalie ihrem Neuanfang mit Johannes die Note Zwei plus.

Und sie freute sich auf ein leckeres Frühstück, das sie nach gefühlten Wochen einmal nicht selbst zubereiten musste. Bestimmt gab es hier auch handgepflücktes Müsli und mit den Füßen gestampfte frische Säfte. Hauptsache, ihr Hannes versteckte sich nicht wieder hinter seiner Zeitung. Nathalie fand, sie hatte ihm Zeit bis zum Sportteil gelassen, mindestens.

* * *

Als Hannes nach einem ausgiebigen Frühstück den Wagen wieder Richtung Gasthaus lenkte, bat Nathalie ihn, vor dem Dorf kurz anzuhalten. Sie wollte mit ihm noch durch die Weinberge spazieren und ihm die fantastische Aussicht zeigen. Und ihm endlich die ganze Wahrheit erzählen, über Nick und sie. Irgendwie waren sie gestern bei dem handgreiflichen Vorfall hängen geblieben und Hannes' heldenhaftem Einsatz, den Nathalie im Nachhinein vielleicht ein wenig übertrieben, aber ungemein romantisch fand und auf den er ziemlich stolz war. Und das wollte Nathalie natürlich kein bisschen schmälern. Auch nicht Johannes' Laune. Und irgendwie hatte es Nick ja auch verdient.

Sie hatten auf dem Weg schon einige Höhenmeter zurückgelegt, als ihr Freund die riesigen Weinfässer entdeckte. »Guck mal, was ist das denn? Sieht aus wie ein Haus im Fass, wie praktisch.«

Die kannte Nathalie schon. »Da kannst du drin übernachten. Muss ganz niedlich sein und natürlich total schön, wenn die Sonne hier auf- oder untergeht.«

»Auf oder unter? Da musst du dich schon entscheiden«, meinte Johannes trocken und schaute auf seine teure Uhr mit dem eingebauten Kompass. »Dem Porsche nach zu urteilen, ist die Übernachtung hier vor allem teuer.«

Tatsächlich. Ein weißer Porsche, der so gar nicht zwischen die Rebstöcke passte, parkte vor einem der Fässer.

»Sieht aus wie der Porsche von Inas Chef. Der wird doch wohl nicht noch hier sein! Er hört auf den schönen Namen Bernd Schimmel, von dem habe ich dir doch erzählt. Hat gestern eine Szene vor dem Gasthaus gemacht«, erklärte Nathalie, »der stellt Ina nach.«

Aber Johannes war in die Fässer-Konstruktion vertieft. *Gut so,* dachte Nathalie, *sonst hätte er vielleicht bemerkt, dass es immer mehr Männer werden, die Ina angeblich nachstellen.*

Vier Fässer standen in einer Reihe, besser gesagt lagen. Bei allen war in den Fassboden, der Richtung Weinberg zeigte, ein Fenster eingelassen. Vorn gab es sogar eine Tür.

»Sieht aus, als ob die auch fließend Wasser hätten, vielleicht wäre das auch eine Idee für uns. Das Gasthaus hat ja nur vier Zimmer. Aber für Besucher aus Berlin und anderen Großstädten ist das doch besser als jeder abgelatschte Kletterwald. Ich mach schnell ein paar Fotos.«

Nathalie schaute neugierig durch die Glastür in eins der Fässer. »Oh Gott, da schläft einer, sieht wirklich aus wie Inas Chef. Komm, lass uns verschwinden.« Hier konnte sie unmöglich mit Hannes über ihren Fehltritt sprechen, da mochte der Ausblick in die Ebene noch so reizvoll sein und ihre Beichte schönfärben. Die Vorstellung, dass der fiese Schimmel jede Sekunde aus seinem Fass kriechen konnte, wollte Nathalie gerade nicht in ihren Kopf lassen.

Ihr Handy klingelte. Hoffentlich wurde der Chef im Fass jetzt nicht wach. Schnell drückte sie auf den grünen Hörer. »Ja?«

Und während Johannes die bewohnbaren Weinfässer abschritt und sich Notizen in sein Handy machte, sagte Nathalie abwechselnd: »Was?« und »Ja, gut«, bis sie auflegte und Johannes verzweifelt ansah.

Nervös Stufe acht von zehn, urteilte der schnell, *verzweifelt neun von zehn.* »Was ist los? Hat deine Freundin Ina wieder irgendwas angestellt?«

Nathalie schüttelte den Kopf. »Schlimmer. Mein Chef Marcel will herkommen. Für das Fotoshooting der Herbstmode. Jetzt schon!« Sie wurde hektisch. »Ich, ich … ich habe doch noch nicht mal eine Location. Und noch keine Models. Ich dachte, wir machen das gemütlich in ein paar Wochen. Aber irgendwie hat er es damit eilig. Und ich muss mich um alles kümmern, sagt er. Er bringt nur die Mode mit. Und die doofe Karlotta. Und einen Fotografen wenigstens. Aber – er will unbedingt wieder Nick als Model dabeihaben.«

»Dem ich gestern eins auf die Mütze gegeben habe? Der dürfte gerade nicht so vorteilhaft aussehen. Was genau hast du eigentlich mit dem zu tun?« Johannes sah sie interessiert an.

Merde! Immer wenn Nathalie unter Hochspannung stand, verfiel sie ins Französische, nach ihrer Großmutter mütterlicherseits. Was allerdings wirklich selten vorkam, vor allem bei beruflichen Problemen, die sie meistens schnell und durchdacht löste. Das wusste auch Johannes.

»Erzähle ich dir später. Komm, wir müssen zurück, ich brauche einen Plan.«

Kapitel 46

Damit Ina ihre Eltern beruhigt auf Weltreise ziehen lassen konnte, mussten ihr die beiden beweisen, dass ihr Nasenbär wirklich in Form war. Also hatten sie zu viert noch eine kleine Spritztour durch die Nachbardörfer gemacht, bis Dieter seine Tochter und ihren Freund wieder vor dem Gasthof absetzte mit den Worten: »Mehr Benzin könne mer ned vergeude.«

Hand in Hand ging Ina mit Olli zurück ins Haus, als ein dunkler Kombi mit Berliner Kennzeichen vor dem Gebäude hielt. *Sieht so aus, als ob auch Nathalie und Johannes unterwegs waren,* dachte Ina, *und zwar die ganze Nacht.* Sie hatte sofort bemerkt, dass Nathalie fast dasselbe Outfit trug wie am Vortag. Wenn das nicht nach Versöhnungsnacht aussah, wo auch immer.

Ina freute sich und begrüßte Nathalies Freund. »Hallo, Johannes, da bist du ja endlich. Wie gehts deiner Küche?«

Bevor der antworten konnte, packte Nathalie sie am Arm und zischte ihr »Notfallplan« ins Ohr.

»Olli, bist du so gut und zeigst Hannes das Zimmer oben und überhaupt das ganze Gasthaus? Wir müssen hier was besprechen.« Ina stolperte hinter Nathalie her in den Garten.

»Das war knapp.« Ihre Freundin ließ sich stöhnend auf den Holzstuhl fallen.

»Nattie, was ist los? Du siehst etwas mitgenommen aus. Ich hoffe, das liegt an einer kurzen Nacht. Bei uns wars auch ganz nett.«

Aber Nathalie ließ ihre Freundin nicht ausreden, sondern sah ihr ungewohnt ernst in die Augen und sprach leise und eindringlich weiter. »Ina, da ist ein Problem unterwegs, ein ganz dickes Problem. Eben rief mich mein Chef an, um mir zu sagen, dass er auf dem Weg hierher ist. Sie kommen alle – Marcel, Karlotta, der Fotograf –, mit ganz viel Mode und wollen morgen ein Fotoshooting für das nächste Heft machen. Herbstmode. Hier.«

»Wie aufregend, das wird bestimmt toll, ich freue mich für dich, Nattie.« Ina verstand noch immer nicht, warum ihre Freundin so außer sich war. Sie konnten doch für alle was kochen und bestimmt bekamen sie auch alle im Gasthaus unter.

»Nur wenn wir vergessen, dass ich noch keine Location habe und keine Vorstellung, wie wir das Shooting machen sollen – Marcel will Nick.«

»Wie, Nick?« Ina verstand nicht, was Nathalie ihr eigentlich sagen wollte.

»Er will Nick als Model beim Shooting dabeihaben. Weil er den so toll fand auf den Fotos unserer letzten Session, was weiß denn ich, warum.«

Ina überlegte. »Ja, gut, wir wollen beide nichts mehr mit ihm zu tun haben. Aber dafür gibts doch bestimmt Geld, und da ist Nick doch schnell dabei, oder?«

Nathalie ließ den Kopf schwer in ihre Hände sinken. So verzweifelt hatte Ina ihre Freundin noch nie gesehen.

»Ich kann dir jetzt alles nur in Kurzform erzählen, weil die Zeit drängt, aber gestern Abend, als ihr schon oben wart, kam Nick und hat mich erpresst. Er wollte mich oder Geld, damit er den Mund über uns hält. Dann kam Johannes und hat ihm eine verpasst und dann sind wir zum Essen gefahren.«

»Was, Johannes hat Nick verhauen? Weil du ihm alles erzählt hast?« Ina konnte es nicht glauben, welche Dramatik sie verpasst hatte. Man musste halt Prioritäten setzen bei der Abendgestaltung.

»Nein, ich kam noch nicht dazu, es ihm zu beichten. Verstehst du? Johannes weiß von nichts und das wäre irgendwie auch gut gegangen. Aber jetzt muss ich Nick als Model buchen und gleichzeitig aufpassen, dass er Johannes nicht alles erzählt. Das geht doch niemals gut. Ich bin erledigt. Johannes wird mich verlassen oder ich bin meinen Job los. Wahrscheinlich beides.« Nathalie war aufgesprungen und lief aufgeregt um den Walnussbaum herum. Sie wiederholte immer wieder: »Sie können jeden Moment hier sein.«

Ina musste ihre Freundin beruhigen. »Nathalie, zusammen kriegen wir das hin. Entspann dich, vielleicht machst du erst mal ein bisschen Qi Gong. Ich hole schnell mein Handy und Papier. Wir machen einen Plan.«

* * *

Die Hausführung der Männer war gerade in der Küche angelangt. Während Johannes den Herd inspizierte, weihte Ina ihren Freund kurz in das Problem ein.

»Olli, von dir brauchen wir in der nächsten Stunde eine Location. Du hast dir doch mit Nathalie einige angesehen. Such die beste aus, die bezahlbar ist. Und nicht zu weit weg. Je eher wir das Fotoshooting beginnen, umso früher ist es fertig und umso schneller sind alle wieder weg. Bekommst du das hin? Wir können Nathalie jetzt nicht hängen lassen.«

Olli nickte. »Ich hänge mich gleich ans Telefon. Ich habe da einen Hof im Kopf, der ist im Nachbardorf und hat alles, was wir brauchen – Trecker, Heuballen, sogar Pferde. Den fand Nathalie auch ganz gut, sie konnte sich nur nicht entscheiden.

Drück die Daumen, dass der Bauer, dem alles gehört, ein echter Badener ist und kein Schwabe, sonst könnte es teurer werden.« Er grinste.

Ina drückte ihm einen Kuss auf die Wange. »Du bist der Beste. Halte uns auf dem Laufenden.«

Im Vorbeilaufen griff sie eine Flasche Schwarzwaldsprudel und Nathalies Ginflasche und kehrte zurück zu ihrer verzweifelten Freundin, die im Garten den Walnussbaum umarmte. *Ganz schön durch den Wind,* dachte Ina besorgt. Ein Gin und ganz viel Wasser würden ihr guttun.

»Nathalie, setz dich«, sagte sie streng. Wenn sie jetzt nicht entschlossen die Sache in die Hand nahm, würde alles im großen Chaos enden – und Nathalie im Wahnsinn, wie es aussah.

Ina nahm Stift und Papier. »Punkt eins können wir erst mal abhaken – Olli organisiert gerade die Location. Punkt zwei – Nick. Ich denke, um den kümmere ich mich am besten. Was brauchen wir noch?«

»Models, mehr Models«, wimmerte Nathalie leise. »Ich habe versprochen, dass ich die besorge. Und so was wie Statisten, also Bauern oder wer halt so nach Land aussieht. Aber ich kenne doch keinen hier.«

Es fehlte nicht viel und ihre Freundin Nathalie wäre in Tränen ausgebrochen, das spürte Ina. Ihre starke, toughe, immer gut strukturierte und organisierte Nathalie. Das musste Ina jetzt übernehmen. »Aber ich kenne hier alle, Nattie. Pass auf, wir kümmern uns erst mal um Johannes. Wir beschäftigen ihn mit Kochen. Er soll für uns alle heute Abend was machen – und morgen früh kann er dann was vorbereiten für nach dem Shooting. Dabei kann er auch gleich die Küche testen. Den hätten wir dann aus den Füßen. Ich schicke ihn sofort zum Einkaufen, bevor der Laden zumacht. Wo hast du den neuen Spätzlehobel? Den kann er gleich ausprobieren, das wird ihm gefallen.«

Ina spürte jede Menge Elan, das fühlte sich gut an. Sie goss ihrer Freundin einen Gin in das Weinglas, das noch vom Vorabend auf dem Tisch stand. War das erst gestern gewesen? *Verrückt, was an einem Tag so alles passieren kann,* dachte sie, *ein neuer Freund, ein neuer Feind, neue Freuden, neue Sorgen.* Aber jetzt bloß nicht abschweifen, es musste jetzt schnell gehen.

»Nathalie, du trinkst jetzt den Gin, das beruhigt. Dann nimmst du die Wasserflasche und gehst auf dein Zimmer. Zieh dir was anderes an, mach dich schön. Das kannst du doch so gut, das wird dich entspannen. Dann sieht die Welt gleich ganz anders aus. ›Eins nachem annere‹, hat meine Oma immer gesagt. Lass mich nur machen.«

Kapitel 47

Shooting-Day! Als Nathalie in der Frühe aufstand und sich mechanisch anzog, fühlte sie sich, als stünde ihre Hinrichtung bevor. So in etwa würde es ja auch werden. Sie befürchtete das Schlimmste. Wobei – hinter der Gardine sah Nathalie ein Fitzelchen Sonnenschein durch den Nebel, der sich gerade durch den Schwarzwald verzog. Das fehlte gerade noch, dass jetzt auch noch das Wetter gegen sie gewesen wäre. Während sie sich schminkte, trugen ihre Gedanken einen Hauch Sarkasmus bei, um sie für eine große Aufgabe zu rüsten. Und die hieß: Sie musste heute ein Fotoshooting auf Beine stellen, die am besten in Gummistiefeln steckten oder was man sonst so auf dem Lande trug. In Selleriegelb am besten. Eine der neuen Herbstfarben, hatte ihr Karlotta gestern leicht belehrend erklärt, als sie zusammen die Kleiderwagen aus dem Transporter luden. Aber Nathalie konnte sich genauso wenig über ihre besserwisserische Jungkollegin ärgern, wie sie sich über die neue Mode freute, die ihr Marcel stolz präsentiert hatte. Dabei war wirklich viel Schönes von angesagten Designern dabei, lange Mäntel in Nachtblau und Oliv, warme Pullover im neuen Farbton Mandelmilch, braune Arbeitshosen und ein paar Highlight-Kleider in Magenta und einem Rostbraun, das in der neuen Saison Feuerholz hieß. Normalerweise hätte Nathalie sofort das ein oder andere Stück anprobiert und in Gedanken ihren Namen ins Etikett geschrieben. Aber im Moment wollte sie nur, dass dieser Tag irgendwie vorbeiging. Obwohl sie zugeben musste: So schlecht war der gestrige Abend nicht verlaufen.

Ziemlich aufgekratzt war ihre Redaktionstruppe am Abend vor dem Gasthaus angekommen. Piet, der niederländische Fotograf, hatte die ganze Zeit am Steuer gesessen, weil Karlotta nicht so gern Autobahn fuhr, wie er augenrollend erzählte. Und Marcel – das war die größere Überraschung – besaß gar keinen Führerschein. Ob noch nie gehabt oder nicht mehr, so genau wollte Nathalie das gar nicht wissen. In ihr Hirn passte kein zusätzlicher Gedanke mehr.

»Goedemorgen.« Piet trat aus seinem Zimmer, als Nathalie sich gerade aus ihrem schlich. Johannes schlief noch und das sollte auch möglichst lange so bleiben. Im Schlaf machten die wenigsten Menschen Ärger.

»Guten Morgen, Piet. War mir irgendwie klar, dass du der Erste bist, der wach ist. Kaffee?«

»Immer. Ich dachte, es ist besser, wenn ich zuerst aufstehe. Wenn Marcel im Bad ist, kann das dauern.«

Nathalie lächelte. »Der schöne Marcel! Ich bin gespannt, ob er heute wirklich mal mit aufs Bild will. Ich denke, er wäre ein gutes Ersatzmodel.«

»Das denke ich auch, fotogen ist er. Was für Models hast du denn sonst noch gebucht?«

»Das, äh, werdet ihr sehen, wenn wir am Bauernhof ankommen. Punkt neun wollten alle da sein.« Nathalie kümmerte sich lieber mal schnell um das Frühstück, bevor es noch mehr Fragen gab, die sie nicht beantworten konnte.

Olli stand schon in der Küche des Gasthauses und machte Kaffee, er war einfach der Beste an der Mühle.

»Morgen, Olli, du Guter. Wo ist denn Ina?« Ohne ihre Freundin würde sie den Tag nicht durchstehen, das war Nathalie plötzlich klar.

»Sie hat Brötchen geholt und bereitet auf dem Hof schon mal was vor, so dies und das. Kaffee ist gleich fertig. Das Wetter ist übrigens spitze. Noch nicht zu warm, das wird ein richtig klarer, schöner Tag.«

»Supergut, dann kann ich mit kleiner Blende arbeiten.« Piet strahlte und begann auf der Eckbank, seine Kamera zu reinigen.

»Meinst du, Ina bekommt das alles allein hin?«, raunte Nathalie Olli in der Küche zu, während sie den halben Kühlschrank auf Oma Adeles altes Tablett packte. Wie gut, dass Johannes gestern noch einkaufen war, dachte sie. Nichts war schlimmer als schlechte Laune durch Hunger.

Olli legte ihr beruhigend die Hand auf den Rücken. »Ich vertraue Ina da voll und ganz. Ja, sie wird das schaffen, du wirst sehen. Mach dir keine Sorgen. Lächeln, immer nur lächeln.« Er schob sie zu ihren Gästen. Denn auch Karlotta und Marcel waren bereits erschienen und Olli musste noch Rührei für alle machen. Mehr ging wirklich nicht für einen guten Start in einen ungewissen Tag.

* * *

Als Nathalie in Ollis Saab auf dem Hof im Nachbardorf ankam, hinter sich ihre Kollegen im Transporter, da hätte sie fast vor Rührung geweint – wenn das nicht ihre Wimperntusche zerstört hätte. Und die brauchte sie noch, wenn sie als Model einspringen sollte.

Nicht nur, dass der Hof viel aufgeräumter aussah, als sie ihn von ihrer Besichtigung in Erinnerung hatte – es war alles da, was sie nicht mehr zu hoffen gewagt hatte. Ein grüner Traktor stand fotogen neben dem offenen Scheunentor und sah frisch gewaschen aus. Auf der anderen Seite stapelten sich Heuballen. Ein paar Pferde tänzelten unter einem großen Baum, den Nathalie beim Näherkommen als Kastanie identifizierte.

»Wow, sieht das schön aus.« Nathalie stieg aus dem Saab und spürte, wie sich ihr altes Selbstbewusstsein mit jedem Schritt zurückmeldete.

»Hab ich's dir nicht gesagt?« Olli grinste sie an und half ihren Kollegen beim Ausladen der Mode.

Ein Zelt zum Umziehen war neben der Scheune aufgebaut, davor entdeckte Nathalie ihre Freundin Ina. Und Menschen. Alte Menschen, junge Menschen. Interessante Menschen, bildschöne Menschen. Männer, Frauen, Kinder. Es sah aus, als hätte Ina das ganze Dorf motiviert, bei diesem Fotoshooting mitzumachen, stellte Nathalie fest. Sie war überwältigt. Das war in ihrem Leben noch nicht oft vorgekommen.

»Ina!« Nathalie umarmte ihre Freundin zur Begrüßung und flüsterte ihr ins Ohr: »Wie hast du das nur fertiggebracht? Dankedankedankedankedanke! Das werde ich dir nie vergessen.«

»Jetzt warte erst mal ab, ob alles so klappt, wie du es dir vorgestellt hast, Nathalie. Da hinten im Stall ist noch jemand, den du begrüßen solltest – dein Marcel wird sich freuen.«

Nathalie ging langsam in die Scheune. Als sich ihre Augen an die Dunkelheit gewöhnt hatten, sah sie eine Gestalt im Heu sitzen. Nick! Sollte sie sich jetzt freuen oder Angst haben, dass er alles verdarb?

»Hallo, Nathalie. Da hast du ja heute Großes vor. Finde ich toll, dass das Dorf mitmachen darf. Und ich auch.«

Nathalie ließ die Nachricht, die ihre Augen ihr gerade überbringen wollten, nicht in ihr Hirn: *Guck mal, Nick mit freiem Oberkörper, wie gut der wieder aussieht.* Dafür war jetzt keine Zeit. Würde nie mehr Zeit sein. Und Gelegenheit. Das hatte sie sich geschworen. Sie wusste jetzt: Der Mann an ihrer Seite hieß Johannes. Falls der sie noch wollte nach diesem Tag.

»Du bist gekommen, das finde ich gut.« Nathalie schaute betreten auf ihre Doc Martins, die sie mal lieber aus dem Koffer geholt hatte für ihren ländlichen Dreh. »Ich will auch gar nicht wissen, wie Ina das geschafft hat.« Sie schaute ihn ernst an. Jetzt erst sah sie sein blaues Auge. »Oh, es tut mir alles so leid. Ich könnte verstehen, wenn du keine Lust mehr hättest auf all das hier. Aber mein Chef wollte dich unbedingt dabeihaben. Ich fürchte, ohne dich bin ich heute geliefert.«

Nick stand auf. »Ich muss mich entschuldigen, Nathalie. Das letztens im Garten, das hätte ich nicht tun dürfen. Ich weiß auch nicht, was da in mich gefahren ist. Es war alles zu viel, mein Vater hatte mich vor die Tür gesetzt, die Mutter meines Kindes will nichts mehr von mir wissen. Geld habe ich auch keins. Und ob das in Berlin mit dem Studium noch was wird, weiß ich auch nicht. Da bin ich ausgetickt.«

Er zeigte auf sein Auge. »Ich denke, damit sind wir quitt.« Er lächelte tapfer.

»Gut.« Nathalie atmete auf. »Sehr gut. Das bekommen wir doch überschminkt. Oder wir lichten dich nur von der Seite ab. Wobei du natürlich schon unser Hauptmodel bist. Du hast es einfach. Das gewisse Etwas. Aber Nick, tu so was einer Frau nie wieder an.«

Nick sah jetzt sehr kleinlaut aus. Und dankbar. Und fast schon wieder liebenswert. »Danke, Nathalie. Und ähm, eins noch.« Wie damals am See nahm er ihr Gesicht in seine Hände und gab ihr einen Kuss auf die Lippen. Einen sehr zarten Kuss. »Es war schön mit dir.«

Nathalie sah ihm in ein Auge. Das vermöbelte sah wirklich zu schlimm aus. Sie nahm ihn an der Hand und zog ihn nach draußen zu den anderen. »Dann kanns ja jetzt losgehen. Lass uns ein fantastisches Land-Shooting machen.«

Kapitel 48

Sehr viel später an diesem Tag kamen sie mit roten Sonnenbrandgesichtern zurück zum Gasthaus. Fotograf Piet hatte die ganze Fahrt über gerufen: »Das Licht war perfekt«, »Die Atmosphäre, so echt« und »Habt ihr diese bildhübsche Frau gesehen mit ihrer Tochter bei der Heuernte, der Hammer. Wenn die nicht das nächste Topmodel wird, weiß ich auch nicht.« Nicks blaues Auge war nicht überschminkt, sondern in Szene gesetzt worden – mit ihm als wildem Dorfburschen in abgerissener Hose und edlem Strickpulli in passendem Nachtblau. Darüber hatte sich Marcel gar nicht mehr eingekriegt und dafür plädiert, dass Nick doch bei ihm im Gasthaus nächtigen könne. Weil der ja jetzt keine Bleibe mehr hatte. Es wurde eng im Gasthaus. Ina hatte mittlerweile Mühe, alle in den vier Zimmern im ersten Stock unterzubringen. Zwei pro Zimmer mussten schon sein, aber wer mit wem? Weil Piet auf keinen Fall noch eine Nacht mit Karlotta in einem Zimmer schlafen wollte, hatte Ina ihr Zimmer geräumt und war mit Olli für eine Nacht ins Wohnmobil ihrer Eltern gezogen, das sie ihr vor das Gasthaus gestellt hatten. Sie hatten ja noch ihr altes Haus zum Übernachten. Aber zum Dank durften die Eltern auch beim großen Abschiedsessen dabei sein, das

Johannes den ganzen Tag über vorbereitet und gekocht hatte. Wildkräutersalat mit gebratener Bachforelle als Vorspeise, eine Weincreme mit frischen Beeren als Nachtisch und als Hauptgericht natürlich Huhn. Und zwar gleich mehrere Hühner. Frei laufende vom Hühnerhof, für die Ina ihr angestrebtes Veganertum für einen Abend ausgesetzt hatte. Damit hatte Hannes nicht nur bewiesen, dass Oma Adeles Küche noch einsatzbereit war, sondern auch, dass er sie beherrschte. Nathalie hatte ihm dafür einen Orden verliehen, gebastelt aus diversen Kron- und Weinkorken des Abends, und ihn gebeten, als Küchenchef in ihr Projekt einzusteigen. Und es sah so aus, als ob er das auch wirklich tun wollte.

So viel Fröhlichkeit und Leben hat es lange nicht mehr in dem alten Gasthaus gegeben, dachte Ina, als nach dem Essen auch noch Schnaps-Hubert in der Tür gestanden hatte mit einer ersten Testversion seines kreierten Gins. Der musste natürlich von allen verkostet werden. Am Schluss hatte Inas Vater Diiieder ihre Mutter zum Tanz aufgefordert – zur Musik von Udo Jürgens aus Adeles altem Kassettenrekorder. Und zum Geschrei ihrer Pfirsichköpfchen. Olli hatte es ihm gleichgetan, hatte mit ihr getanzt und ihr Details ihrer neuen Berliner Wohnung ins Ohr geflüstert.

Was für eine Nacht, dachte Ina etwas später, als sie im Wohnmobil lag. Sie hörte Olli neben sich in dem engen Bett leicht schnarchen. *Von dieser Angewohnheit hat er mir noch nichts erzählt,* dachte sie amüsiert. Leise schlich sie sich raus. Sie brauchte noch ein wenig Luft und einen Blick in den Sternenhimmel. Barfuß lief sie in den Garten und setzte sich unter den großen Walnussbaum. Da sah sie Nathalie aus dem Haus kommen, stilecht mit einem weißen Hemd von Johannes bekleidet. Sie setzte sich zu ihr und legte ein Blatt Papier auf den alten Holztisch.

»Dass du noch wach bist nach der Aufregung.«

»Na, du ja auch. Nach deiner ganzen Arbeit. Ich habe dir noch gar nicht dafür gedankt. Ina, ohne dich hätte ich einpacken können, im Ernst. Ich will auch gar nicht wissen, wie du es geschafft hast, das halbe Dorf als Statisten und Models auf diesen Hof zu bringen.«

Ina winkte ab. »Kleinigkeit. Ich weiß doch, wie aufgeschlossen die Menschen hier für Neues sind. Und hilfsbereit sind sie auch, die Badener. Das wirst du schon merken, wenn du jetzt öfter hier bist. Aber es war gar nicht schwer, sie zu überzeugen. Du hast bei vielen einen guten Eindruck hinterlassen. Ich glaube, du passt hier viel besser her als ich.«

Nathalie lächelte. »Sehen wir einfach, wie alles läuft. Ich werde dir in Kürze einen Finanzplan überreichen, versprochen.«

»Also ist mit Johannes wieder alles paletti? Weiß er jetzt eigentlich von dir und Nick?«

Nathalie schüttelte den Kopf. »Ich habe es nicht übers Herz gebracht, ihm heute die Stimmung zu versauen. Er war so glücklich über sein Essen. Vielleicht ahnt er etwas. Vielleicht auch nicht. Vielleicht werde ich ihm irgendwann alles erzählen. Vielleicht nicht. Ich weiß es noch nicht, Ina. Ich weiß auch noch nicht, ob unsere Affäre … Folgen haben wird … du verstehst, was ich meine.« Sie sah ihre Freundin an. »Das war alles so dumm von mir.«

Ina sah ihre Freundin erschrocken an. »Verstehe.« Dann legte sie ihre Hand auf die ihrer Freundin. »Eins nach dem anderen. Du wirst wissen, wann der richtige Moment für ein klärendes Gespräch ist. Und ob es nötig ist. Irgendwann, wenn du mit Nick abgeschlossen hast und dich voll und ganz auf Johannes konzentrieren kannst.«

»Es gab noch einen Abschiedskuss in der Scheune. Damit ist das Kapitel Nick abgeschlossen. Was hast du ihm eigentlich dafür bezahlt, dass er die Klappe hält und mich nicht auflaufen lässt bei Hannes?«

»Nur euren Tagessatz für Models. Das Geld wird er brauchen, wenn er zurück nach Berlin will, so abgebrannt wie er ist.«

»Mehr nicht?« Ihre Freundin sah sie ungläubig an.

»Na ja, vielleicht habe ich ihm noch angeboten, dass du ihm dabei hilfst, als professionelles Model anzufangen. Und bis das läuft, kann er hier in einem Zimmer wohnen. Unter der Voraussetzung, dass er alle Frauen im Haus in Ruhe lässt.«

Nathalie lachte auf. »Ich glaube, Karlotta ist scharf auf ihn. Ich habe mal nichts dazu gesagt. Aber warum will Nick denn hierbleiben? Er hat doch oft genug gesagt, das Landleben sei nichts für ihn, wenn ihm auch die Landliebe ganz gut gefällt.«

Die Freundinnen lächelten sich in der Dunkelheit an.

»Nick hat hier noch was zu tun, bevor er wieder nach Berlin kann. Sein Vater hat einen Deal mit ihm gemacht. Er wird ihn nur dann nicht enterben, wenn er sich ab sofort um seine Tochter kümmert. Und wo könnte er das besser als bei der Kinderferienfreizeit auf der Hornisgrinde – nicht weit weg von hier. Ich finde, das ist eine sehr befriedigende Vorstellung: Nick auf über tausend Metern Höhe spielt inmitten von dreißig schreienden Kindern mit rosa Einhörnern.«

»Vielleicht wird er dann endlich ein Mann.«

»Ein perfekter Mann.«

Nathalie schraubte den teuren Montblanc-Füller auf, den sie Johannes vorher aus der Jacketttasche gezogen hatte. »Komm, wir machen eine Liste. Meine letzte. Deine erste. Ich habe mit Marcel besprochen, dass ich mich langsam zurückziehe aus dem Magazin. Und statt meiner wirst du weitermachen. Was hältst du davon?«

Statt einer Antwort fiel Ina ihrer Freundin in die Arme.

»Du musst natürlich erst mal beweisen, dass du das auch kannst. Mit weißen Zähnen hat das nämlich wenig zu tun.«

Und dann schworen sich die Freundinnen, nie mehr einen Mann zwischen sich und ihre Freundschaft kommen zu lassen, und schrieben zusammen ihre Liste. Jede auf ihre Weise sehr, sehr glücklich.

10 Punkte, die den perfekten Mann ausmachen:

1. **Sie sind ihm wichtig, egal, wo er das zeigt – in der Küche, im Schlafzimmer oder in jedem seiner Blicke.**

2. **Er bleibt er selbst, also am besten so liebenswürdig wie am ersten Tag.**

3. **Das Wort »gemeinsam« existiert in seinem Wortschatz.**

4. **Er heitert Sie auf, wenn Sie deprimiert sind, ohne sich zum Affen zu machen.**

5. **Er macht Ihr Leben leichter, nicht schwerer, wenn man von den Einkaufstüten absieht, die er für Sie trägt.**

6. **Sie können mit ihm lesen, trinken, lachen, feiern, aber auch weinen.**

7. **Er macht Sie an, mit irgendwas.**

8. **Ihre Beziehung endet für ihn nicht mit dem Verlassen des Zimmers.**

9. **Sie sind weder Köchin, Putzfrau noch Sexspielzeug für ihn, sondern einfach seine geliebte Partnerin.**

10. **Er steht zu Ihnen, bis zum**

ENDE

Danke

1. Allen Freundinnen in Berlin, im Schwarzwald und anderswo, die mich mit ihren Männergeschichten immer wieder zum Lachen bringen.

2. Meinem Freund für seine Inspiration, nicht nur in der Küche.

3. Meinem guten alten Schulfreund, dessen Kreativität sich niemand entziehen kann.

4. Meinem Vater für seine – nennen wir es Originalität.

5. Meiner Agentin für ihre Geduld, ihre guten Nachrichten und ihr Schwäbisch.

6. Meinem ehemaligen Kollegen, der mir jedes Manuskript mit den Worten zurückgab »Mach's frecher«.

7. Meiner Mutter, die mich zum Lesen und damit zum Schreiben brachte.

8. Den zwei schreienden Nymphensittichen meiner Freundin (dass ich das einmal schreiben würde).

9. Den hoffentlich wohlgesonnenen Leser/-innen in spe.

10. Allen Nicks, Ollis und Johannes' da draußen für, ach, ihr wisst schon.

Hat Ihnen dieses Buch gefallen?

Möchten Sie informiert werden, wenn Nina Bach ihr nächstes Buch veröffentlicht? **Dann folgen Sie der Autorin auf Amazon.de!**

1) Suchen Sie auf Amazon.de oder in der Amazon App nach dem eben gelesenen Buch.

2) Klicken Sie auf den Namen **der Autorin**, um auf die Autorenseite zu gelangen.

3) Klicken Sie auf den »Folgen«-Button.

Noch schneller gelangen Sie zur Autorenseite, indem Sie diesen QR-Code mit Ihrem Smartphone oder Tablet scannen:

Wenn Sie dieses Buch auf einem Kindle eReader oder in der Kindle App lesen, wird Ihnen automatisch angeboten, **der Autorin** zu folgen, sobald Sie die letzte Seite des Buches erreicht haben.

Printed in Poland
by Amazon Fulfillment
Poland Sp. z o.o., Wrocław

75002129R00148